行走英伦

WALK INTO BRITAIN

欧宏　陈丹苗　王冲寒 / 著

光明日报出版社

图书在版编目（CIP）数据

　　行走英伦 / 欧宏，陈丹苗，王冲寒著. -- 北京：
光明日报出版社，2018.8
　　ISBN 978-7-5194-4483-9

　　Ⅰ.①行… Ⅱ.①欧… ②陈… ③王… Ⅲ.①随笔—
作品集—中国—当代 Ⅳ.① I267.1

　　中国版本图书馆 CIP 数据核字（2018）第 184510 号

行走英伦
XINGZOU YINGLUN

著　者：欧　宏　陈丹苗　王冲寒	
责任编辑：周文岚　向倩兰	策　划：段　英
封面设计：天行云翼·金　丹	责任校对：傅泉泽
责任印制：曹　净	

出版发行：光明日报出版社
地　　址：北京市西城区永安路 106 号，100050
电　　话：010-67078255（咨询），010-63131930（邮购）
传　　真：010-67078227，67078255
网　　址：http://book.gmw.cn
E - mail：zhouwl@gmw.cn
法律顾问：北京德恒律师事务所龚柳方律师
印　　刷：廊坊市海涛印刷有限公司
装　　订：廊坊市海涛印刷有限公司
本书如有破损、缺页、装订错误，请与本社联系调换，电话：010-67019571
开　　本：145mm×210mm　　　印　　张：11
字　　数：227 千字　　　　　　插　　图：63 幅
版　　次：2018 年 8 月第 1 版
印　　次：2018 年 8 月第 1 次印刷
书　　号：ISBN 978-7-5194-4483-9
定　　价：58.00 元

自 序

自从移动互联网兴起后，每次出国自驾游，为了向远在国内的家人朋友报平安，也为了记录自己的行程和所闻所感，更为了将沿途的美景美食、人文风情分享给大家，总是在晚上洗漱完毕之后，躺在宾馆舒适的床上，开始挑出9张照片，配上文字，发到朋友圈中，然后在疲累与满足中沉沉睡去。第二天醒来，打开手机，看到朋友的留言，身在异国他乡，顿觉无比温暖，更加精神抖擞。这些留言中，有对美景的感叹，有对所思所感的评论，有对旅途的祝福，还有对攻略的详细询问。就这样，边游边拍边看边思，边写边发边回复评论，即时共享互动，成了我们旅游的常态。旅游本来就美好，又多了随时加进来的星星点点的火花与温暖，这样的旅游便更加醇厚更加耐人寻味，更加令人乐此不疲。

旅途总是有限的，再美的行程也有结束的时候。但是，习惯了看旅游日记的朋友们，过一段时间就会发来信息问，最近没有出游吗，怎么不写游记了，再发点什么吧。于是，我们将移动互联网时代到来之前许多年的旅游日记翻翻整理出来，配上照片，发了出去。好在这些文字和图片资料，早已被数据化存进了电脑。

2015 年 4 月的一天，一位在今日头条工作的朋友打来电话，说你这种九宫格的图式，再美也没法转发，不如来我们这儿开个号吧。这是一个好得不能再好的主意。除了可以把旅行分享给更多的朋友，还可借此良机系统地回望一下这些年走过的旅程，如同捡秋天的红叶一样，捡拾一些虽然早就褪色但依然美丽的故事和心情。而在俯首捡拾之间，亦可阅读更多也许被我们忽视掉、忘记掉的城市，和景点之所以成为景点的原因。于是我们很快开了个号，并直白地为它取名为"世界真的很大"。

我们深知，在头条上的分享，与随意简单的碎片化的九宫格式的朋友圈阅读，有很大的不同。因此，我们将"世界真的很大"定位为"景点背后的故事，旅游途中的文化"。今日头条"世界真的很大"这个号，就这样诞生了。从 2015 年 5 月，到 2018 年 6 月，这一写，我们就写了三年多，几百个景点，几百个故事。

我们三个人：欧宏、陈丹苗和王冲寒，前者长住重庆，后两人生活在广州，我们三人至今还没有见过面。但是，通过传递照片和文字，通过讨论选题和标题，通过阅读彼此的文章，我们早已成了亲近的朋友。这种亲近，也许早在这本小书问世之前，早在共同经营"世界真的很大"之前，就有了。因为我们有太多共同点：都是女性，都曾经是报社的记者，都酷爱旅游和阅读，并视其为十分重要、不可缺少的生活方式。除非万不得已，我们都不太加入"到此一游"呼啦啦似的旅游，而更喜欢边走、边读、边看、边思、边记录，尽量去看一些一般旅游者不太看的东西，比如，非常小众而深具特色的博物馆；绕些路，也要去拜访下某位大师的故居。

因此，这本上架建议为"旅游""游记"类的书，也许显得有点另类。抒个人之情的很少，讲历史故事的很多。世界真的很大，人类真的很小，通过阅读和旅游，我们希望更多地了解世界的广度和历史的深度。对生命，对世界，我们始终充满好奇，永远心存敬畏。

500多个故事，500多篇文章，涵盖世界五大洲许多个国家的无数景点。在这里，我们精选了关于英国的若干个故事，按区域重新编辑成册。因为英国对我们三人而言，有特别的意义。三人之中，有人曾留学英伦，在那里度过了一段美好难忘的时光；有人年纪不大的儿子，如今正求学英国，因此她有了另一种牵挂；有人的女儿，在英国找到了自己的真爱，已结婚生子，英国于她，有了别种意义。英国卷之后，我们将有美国卷、法国卷、德国卷、意大利卷、西班牙卷等等。

我们要感谢今日头条的陈诗莹女士，没有她，不会有"世界真的很大"这个公众号，以及发表在上面的几百个故事。感谢段英女士，作为多年的好友，没有你的真诚鼓励和无私支持，互联网上的故事，不会散发出纸张与油墨的馨香。感谢向倩兰女士，将杂乱无章的网文，不但梳理得井井有条，还增加了很多知识点和信息服务，使其可读性更强，更具价值。

还在很小的时候，我们就对这个很大很大的世界充满了恐惧与好奇。长大成人以后，只要一有机会，我们就走出家门、走出所在的城市、走出国门，去看不同的世界，了解不同的社会，体验不同的历史。我们相信，有旅游和阅读的人生，更加有滋有味。希望我们在世界各地搜罗的这些故事，为你，亲爱的读者，出门的旅游或在家的阅读，能增添哪怕一点点趣味。

欧宏

2018 年 7 月

伦敦：泰晤士河畔的花开花落

◇
辑
一

◇
辑
四

辑

七

辑

八

辑

九

辑 一

伦敦：泰晤士河畔的花开花落

伦敦（London），位于英格兰东南部，跨泰晤士河下游两岸，由罗马人于公元 50 年建立的定居点发展而来。伦敦有世界上历史最悠久、最庞大的地下铁路交通网络。伦敦最早的地铁于 1863 年建成通车，第一条地下电气铁路线也于 1890 年投入使用。伦敦市内和近郊旅游，最方便的是乘坐地铁，可以轻易地到达任何景点。

推荐：

图书：《Lonely Planet 孤独星球：英国》

《走遍全球：英国》

The History of London by Walter Besant

第一站：
伦敦塔——写就半部英伦史

伦敦塔（Tower of London）并非一座高塔，而是市政厅对面泰晤士河边的一座城堡，是英国伦敦一座标志性的宫殿和要塞。伦敦塔在历史上还曾被用作堡垒、军械库、国库、铸币厂、天文台、避难所和监狱，特别关押来自上流社会的囚犯。1988 年，伦敦塔被列为世界文化遗产。

听完伦敦塔的故事，觉得这里的咖啡更美味

英语中有一个词，专指伦敦塔的卫兵（beefeater）。而短语 Send to the Tower，并不是把某人送往、派往伦敦塔，而是入狱的意思。可见伦敦塔在英国历史和社会中的重要角色。夸张点或者文学点说，一部英国史，有半部就写在这塔里。

推荐：

小说：*The Other Boleyn Girl by Philippa Gregory*

电影：《另一个波琳家的女孩》，2008

主演：娜塔丽·波特曼、斯嘉丽·约翰逊、艾瑞克·巴纳

诺曼底公爵、征服者威廉于1066年在黑斯廷斯大败威塞克斯伯爵哈罗德后，成为了英格兰国王威廉一世。那是大不列颠最后一次为外族所侵，所以1066年在英国历史上如分水岭般重要。

为了巩固胜利成果，防范敌人并控制整个伦敦城，威廉一世在泰晤士河北岸修建了战略要塞——最早的白塔。往后，历代国王又在这里陆陆续续修建了十多座塔以及教堂、城堡、卫墙、护

城河，于是便有了今日的伦敦塔建筑群。除了皇室生活及办公的宫殿，这里还先后或同时有过铸币厂、军械厂、金库、王室珠宝库、皇家动物园、监狱、行刑场。

十多座塔各有名字各有用途，其中血塔最为臭名昭著。因为这里是专门囚禁王室特重大犯人的地方。据称，自1220年血塔建成以来，共有1700多王室成员、贵族公侯、大主教、内阁成员和政治军事领袖被关押在此，其中不少人从这里走向自己生命的终点，有的则在这里被秘密处死，至今没有找到尸骸。

伦敦塔监禁的第一个官员，是曾经负责建造白塔的掌玺大臣、主教和首席顾问兰纳尔夫·弗拉姆巴德。他很能干，深得威廉王的喜爱，但同时他也肆无忌惮地勒索各地教会及诸侯。威廉二世死后，他被亨利一世关进他自己建成的塔里，捞了个"第一"。不过日后，他成功地逃出了白塔，在朋友们的帮助下逃回了法国。

读遍伦敦塔里的宫斗故事，最残暴的是亨利八世，最冤屈的是被称为"九日女王"的简·格蕾，最可怜的是12岁的爱德华王子和他9岁的弟弟理查德王子，最纠结的是在英国历史上可算作明君的伊丽莎白一世。

伊丽莎白一世加冕前，被她同父异母的姐姐英格兰的玛丽一世即"血腥玛丽"关在伦敦塔，成为女王后又将她的表侄女、被废黜的苏格兰女王玛丽·斯图亚特即苏格兰的玛丽一世囚禁在伦敦塔。玛丽·斯图亚特后来被以谋反罪，由伊丽莎白一世下令处死在伦敦塔。苏格兰和英格兰的这两个玛丽女王常常被人弄混。

　　然而历史与伊丽莎白一世开了个大玩笑。终身未婚的伊丽莎白一世，到最后不得不将王位传给被她处死的玛丽·斯图亚特的儿子、苏格兰的詹姆士六世国王，也是英格兰的詹姆士一世。正是这位苏格兰和英格兰的詹姆士国王，最后将其母亲玛丽女王，迁葬到威斯敏斯特大教堂内，与处死她的伊丽莎白一世女王相对而眠。

　　亨利八世是公认的暴君。他前后有六位妻子，其中第二任妻子安妮和第五任妻子凯瑟琳被他亲手送往伦敦塔的断头台。被他处死的王室成员、贵族、宗教领袖更是不计其数。

　　亨利的第一任妻子是西班牙的凯瑟琳，原本是亨利八世的兄长亚瑟的妻子，亚瑟死后亨利八世娶嫂为妻。他们俩的女儿即女王"血腥玛丽"。亨利八世以凯瑟琳未生儿子为由与之离婚后娶了安妮·博林，即伊丽莎白一世的母亲。后来，亨利八世胡乱地指责安妮通奸并说她是女巫，将她关进伦敦塔，随后将她处决。安妮是第一个在伦敦塔被处死的英国王后。亨利八世因他的第五任王后凯瑟琳·霍华德与另一个男人有私情而同样将她斩首于伦敦塔。

　　亨利八世唯一的儿子爱德华六世没有男性继承人。他本人信仰新教，而他的姐姐玛丽信仰天主教，他不想自己死后王位脱离新教的控制，于是他弃自己同父异母的姐姐玛丽和伊丽莎白，指定表亲简·格蕾继承王位。

　　爱德华死后，简·格蕾登基为女王，但玛丽成功发动政变。只当了九天女王的格蕾被囚禁在伦敦塔，开始时还可以在花园里散步，还有仆人侍候。但在格蕾的父亲发动新教叛乱试图替她夺回王位后，她被判砍头。史家称，格蕾本人并无意于王位，但硬是被她的父母及她丈夫的父母和爱德华六世推了上去，结局却是如此，的确死得最冤。

死得很冤的还有一对小王子，即12岁的爱德华五世和他9岁的弟弟理查德王子。1483年，两位王子在父亲爱德华四世去世后，大王子继位为国王爱德华五世。但不到一年，爱德华五世和弟弟被他们的叔父摄政王格洛斯特公爵关进了伦敦塔，随后格洛斯特公爵登上王位，是为理查德三世。从此，两位王子再无影踪。直到1674年，在伦敦塔改造中发现了两个男孩的遗骸，人们才知道两位王子早已死于非命，但究竟是何人用什么方式杀死他们的，至今是个谜。

从伦敦塔出来，我们坐在旁边的咖啡馆，对着泰晤士河，慢慢饮着美味的咖啡，等待晚些时候乘船夜游泰晤士河。我们订了船上的海鲜大餐，决意将伦敦塔里的血腥故事掷回给残酷的历史，只快乐享受我们世俗的和平与自由。

从伦敦塔走出的"完美王子",究竟是真还是假?

1674 年,在修理伦敦塔的一段楼梯时发现了两具骸骨,被认为是两位王子的。于是骸骨被装在一个瓮里,以王子之礼葬于威斯敏斯特教堂。1933 年,有专家认为,应该对这两具骸骨进行检测以确定他们的身份。可是陶瓮里的骸骨,不但缺失太多,还有动物的骨头,检测自然终止。

推荐:

图书:《时间的女儿》约瑟芬·铁伊,新星出版社,2012

电视剧:*Princes in the Tower*,2005

1483 年 4 月 9 日,英王爱德华四世驾崩,其长子、只有 12 岁的王子继位为爱德华五世,其弟格洛斯特公爵理查德为摄政王。摄政王理查德于同年 6 月 26 日篡位为王,是为理查德三世。爱德华五世只当了 86 天的国王,就被叔叔理查德,连同他唯一的弟弟,也叫理查德,一起囚禁在伦敦塔中。爱德华五世不仅是英国历史上在位时间最短的国王,也是英国历史上唯一没有行过加冕礼的国王。

爱德华王子和理查德王子，即后世所称的"塔中的王子"。被关进伦敦塔之初，人们偶尔还能在花园里见到两位王子的身影。可是，自从理查德三世登基之后，王子从人们的视线里彻底消失了，从此不知所终。从那时到现在的几百年，人们普遍的看法是，理查德三世下令秘密杀死了两位王子，以确保他们不会出来与自己争夺王位。至于王子们的死法，一说是被用枕头或床单闷死，一说是被砌进了墙里。但这两种说法都缺乏实实在在的证据。

除了上述两种说法，还有另一种传说，爱德华五世病死于伦敦塔。曾经为爱德华五世看过病的医生说，小国王身体很虚弱，像一个准备牺牲的祭品，成天不是忏悔就是祷告。因为他相信，他的死期已经来临，只希望自己的弟弟能活下来。

他的弟弟在传说中活了下来。1492年，伦敦塔里的小王子生活在大陆的消息，如惊雷般滚过欧洲。此时，理查德三世与兰开斯特家族的亨利·都铎打仗时被杀。亨利成为英格兰国王亨利七世，开启了都铎王朝时代。如果小王子还活着是真的，那么，亨利七世作为国王的合法性，就会被全世界质疑。

小王子如今叫珀金·沃贝克。珀金的相貌、声音，都像极了爱德华四世。他英俊、威严又彬彬有礼，被称为"完美王子"。爱德华四世的姐姐玛格丽特，在与他秘密见面之后，公开承认他就是自己失散多年的亲侄子、已故国王最小的儿子，并声称支持他夺回属于约克家族的王位。

关于他是如何从伦敦塔逃出来的，沃贝克说，哥哥死后，同情他的守卫用一个死去的小孩将他调了包送出伦敦塔，交给一名忠诚的约克党士兵。这名士兵不敢声张，带着他逃到欧洲，过着隐姓埋名的生活，直到士兵去世。这样的桥段，在中国历史中也似曾相识。

他的王子身份很快为国际社会承认。神圣罗马帝国皇帝马克西米利安一世，邀请他参加了腓特烈三世的葬礼，并尊他为英格兰国王理查德四世。法王查理八世，也以国君之礼接待了他。几大列强纷纷解囊相助，他建立起了自己的军队。1495 年 7 月 3 日，沃贝克率 150 名士兵，乘船经爱尔兰回到英格兰。但是，还没等他登陆，这支小小的军队全被杀死，沃贝克被迫逃到苏格兰。

苏格兰国王詹姆斯四世不但愿助爱德华一臂之力，还将自己的表妹凯瑟琳嫁给了他。随后，詹姆斯四世率兵攻打英格兰，沃贝克同行。他们很快打进英格兰，并灭掉了几个村庄。但英格兰军队的反击也及时而有效。双方僵持之际，并不希望英格兰、苏格兰开战的意大利和西班牙，成立了一个代表团，来游说双方签署和平协议。那正是不列颠岛屿和大陆各国最混乱的时期，合纵连横、朝令夕改、朝秦暮楚、友谊的小船常常是说翻就翻说造就造、造了又翻翻了又造的年代。

詹姆斯四世听从了西班牙和意大利的劝告，为沃贝克准备了一条船一笔钱一支队伍。送走了沃贝克和自己的表妹后，詹姆斯四世转身和英格兰签订了休战协议。沃贝克离开苏格兰后直接驶向康沃尔的白沙湾，与反对亨利七世的康沃尔军联合，攻打苏格兰西南部城市埃克塞特，战败被俘。

起初，亨利七世让他住在自己的宫里，不过派兵严守着他，好吃好喝供着但绝不给他自由。亨利七世的王后，正是理查德王子的姐姐伊丽莎白，这才第一次见到他。她认为这就是自己的弟弟，求亨利七世放过他。

在此期间，沃贝克两次出逃，均告失败。据说，正是在此时，传出沃贝克自己写下忏悔书，承认自己是假冒王子的消息。忏悔书上说，只因长得有几分像爱德华四世，约克党人就让他假扮王子夺回王位。亨利七世顺水推舟，宣布珀金·沃贝克并非理查德王子，他只是一个出生在佛兰德贫民家庭的人。但后世有历史学家认为，沃贝克的忏悔书是在酷刑之后写下的，王子是真，忏悔书是假。

沃贝克被亨利七世抓住后，她的姑姑勃艮第公爵夫人玛格丽特，使出了浑身解数营救他。同样努力要营救他的，还有神圣罗马帝国皇帝马克西米利安。要不是因为国内危机，他甚至为此差点发动一场对英格兰的战争。营救无效，1499 年，沃贝克在伦敦泰伯恩刑场被绞死。

时至今日，英国人还在争论被绞死的沃贝克，是真王子还是假王子。真假双方，都说服不了对方。BBC 还因此制作了纪录片，由此可见英国人有多想解开这团历史的迷雾。但历史之谜，至今仍然是谜。

被视为国宝，乌鸦不死大英帝国不灭

有近千年历史的伦敦塔，是英国最负盛名的旅游景点之一。伦敦塔的传奇故事也很多，其中最特别的是乌鸦的故事。

推荐：

图书：《乌鸦之城：伦敦，伦敦塔与其乌鸦的故事》

博里亚·萨克斯，中信出版社，2016

乌鸦在英国的城市和乡村处处可见，与其他地方不同的是，英国的乌鸦往往长得又大又黑。因为乌鸦喜欢吃腐肉腐草有助于清洁街道，而为英国人所喜。有些村镇，还将乌鸦定为镇鸟或吉祥物。

1665 年的伦敦瘟疫和 1666 年连续四天的伦敦大火，都使得这个城市到处是死人和死亡动物的尸体。以此为食的乌鸦，在伦敦飞来飞去寻找自己的美味，有时甚至遮天蔽日，大白天的伦敦也一片黑暗。这对于清理废墟很不利，更不利于疾病控制。

查理二世时，英国皇家天文台并不在格林威治而在伦敦塔。地理上，伦敦塔所在的地区本就在乌鸦分布区内，加上这里曾是刑场，处死人犯的血腥味，更吸引了大群大群的乌鸦在此聚居。因为这里乌鸦太多，飞行时常挡住了观测天象的望远镜。乌鸦们拉的屎也掉得到处都是，掉在宫廷的窗户上，掉在望远镜的镜头上，有一次竟掉在了查理二世的帽子上。

查理二世恼怒地想灭掉这些乌鸦，却遭到了群臣的一致反对。他们纷纷对国王谏言，说如果乌鸦死了，伦敦塔会垮掉，你也会王冠落地。乌鸦是伦敦塔的保护神，而伦敦塔是英国政权的象征。此时查理二世正忙于与荷兰打仗，加上刚刚过去的瘟疫和大火仍让所有英国人不寒而栗，查理二世打消了灭掉乌鸦的计划，只是将天文台迁到了现在的格林威治，让乌鸦们仍留在伦敦塔胡作非为。

但乌鸦太多终究不是个事儿，鸦屎掉国王帽子上的事情仍在继续。国王决定仍要大规模驱赶乌鸦，不过在伦敦塔里象征性地留下六只乌鸦。既然是作为保护神的替身留下的，国王设立了专门的机构、专门的人员饲养和管理这些与众不同的乌鸦。这便有了世界上最独特的官：乌鸦官。

从此，伦敦塔里永远有八只黑乌鸦，六只是传统要求的，两只是备用的。二战期间的伦敦大轰炸，塔里的乌鸦只剩下了一只。丘吉尔首相下令迅速找到足够多的乌鸦养在塔里。可见，即便是当代如此杰出无畏的政治家也离不开乌鸦，也相信乌鸦是伦敦保护神的传说。

要成为伦敦塔里神一样的乌鸦，十分不易。人们像招募士兵和警察一样，在全英寻找合适的、健康的乌鸦，然后对乌鸦进行训练。同样如同士兵和警察，不合格的被送走，合格的则发给证书。那些不合格被送回去的乌鸦，如同参加选美赛未能夺冠的小姐一样，身份也从此有了几分不同，往往成为当地市镇的宠物。

伦敦塔里的乌鸦，一边的翅膀都被剪掉了羽毛，只剩一只完整的翅膀飞不高也飞不远。作为伦敦塔的吉祥物，乌鸦除了在伦敦塔的绿草地上时时可见，也以冰箱贴、明信片、水杯等形式出现在纪念品商店里。

伦敦塔的乌鸦官，也许是全世界最特殊的职业。虽然薪水并不高，每年才3万多英镑，但提交申请想当乌鸦官的人，据说每年都有不少。要成为一个乌鸦官，基本条件包括：必须在英国军队服役多年，准尉以上军衔，是动物保护主义者。应聘乌鸦官者，在投入简历后，经过严格的考试筛选，然后需经过专门培训，才能上岗。

除了精心饲养乌鸦，负责清理干净乌鸦到处拉的屎，每天陪它们散步遛弯儿，伦敦塔的乌鸦官还要训练它们说简单的英语。经过训练的乌鸦们，一般都会说诸如"早上好""再见"一类的简单英语。据说俄国总统普京一次在参观伦敦塔时，就被乌鸦的语言技能给惊倒了。

伦敦塔的乌鸦过着王公贵族般的生活。它们住在宫殿般的房子里，每天等着仆人送给它们食物。它们的食物包括新鲜水果、奶酪、鸡肉、羊肉、牛肉、煮鸡蛋、各种维他命和辅食，有时还有兔肉和鱼肝油。乌鸦的食谱与作息时间，都有严格的规定。

游客被警告不要给乌鸦喂食，否则可能被狠狠啄伤。

第二站：
伦敦桥造就的伦敦城

　　也许因为伦敦泰晤士河上的桥太多，许多外国人常把伦敦桥（London Bridge）和伦敦塔桥（Tower Bridge）弄混，也分不清滑铁卢大桥（Waterloo Bridge）、黑衣修士桥（Blackfriars Bridge）、亨格福德桥（Hungerford Bridge）和威斯敏斯特桥（Westminster Bridge）。在所有这些桥中，历史最悠久的是伦敦桥，因此有人说，伦敦的历史，就是伦敦桥的历史。然而，它却显得最新、最现代。这是为什么呢？

伦敦桥：世上最大古董拍卖记

　　英国交通为什么靠左行？原来它与被美国人买去的伦敦桥有关。伦敦的历史就是伦敦桥的历史。所以到伦敦旅游，一定要到桥上去走走。眺望泰晤士河两岸的高楼，看看平缓河水中的行船，你会有别一种感受。

推荐：

图书：《伦敦传》彼得·阿克罗伊德，译林出版社，2016

　　　《伦敦桥》詹姆斯·帕特森，辽宁教育出版社，2005

　　有一句话说的是，美国没有历史，所以他们买历史。这话用在伦敦桥的故事上，也许再合适不过了。虽然事情已经过去了多年，但伦敦桥依然是迄今为止史上最大的古董。这个最大的古董被美国人买下运回，照原样重建在亚利桑那的沙漠中，使之成为该州继科罗拉多大峡谷之后，第二个吸引游客的景点。

　　伦敦桥的历史，就是伦敦的历史。伦敦城有多老，伦敦桥就有多老。近 2000 年前，罗马人打到现今叫伦敦的地方，建城的同时修桥筑路，泰晤士河上便有了第一座桥，那时的桥还是木桥。此后，伦敦桥数次被毁，数次重建，数次遗弃，数次修复启用。

亨利二世下令拆掉罗马人修建的木桥，改建成一座大型石拱桥，桥上要有教堂，要有塔楼。由于耗资所巨，亨利二世特地加收了羊毛税和羊皮税。所以历史上，伦敦桥有"建在羊毛之上"的说法。这座大型石拱桥建了整整 33 年，到"无地王约翰"时才建成。桥面有八米宽，由 19 个拱柱支撑，桥的两头有炮楼。

南桥头的炮楼，则因悬挂被处死囚犯的头颅而变得声名狼藉。第一个被挂上去的，就是威廉·华莱士的头。那是 1305 年，由此开启持续了 355 年的传统。另一个著名的被挂上桥头的，是克伦威尔的脑袋。直到 1660 年，这一残忍行径才被法律终止。

都铎王朝时期，又陆续在桥上修了人行道、商店、收费厕所。厕所的排泄物，直接排入泰晤士河中。桥上的建筑物，有的高达七层，遮天蔽日，让桥上变得阴暗无光，桥面狭窄无比。有时，通过这座伦敦桥就要耗去足足一小时。

后来，这种拥堵越来越严重，并引发了一系列社会问题甚至恶性案件。1722 年，伦敦市下令，要求所有进伦敦的车从桥的左边走，所有出伦敦的车从桥的右边行，即都从各自的左边行走。这被认为是英国交通靠左行的源头。

到 18 世纪末，老旧的伦敦桥显然已经不堪重负，成为了伦敦市的负担。于是政府决定重修伦敦桥，这便是"新伦敦桥"。亨利二世下令修建的桥，被称为"旧伦敦桥"。新桥建在距离老桥原址约 50 米处的河面上，由约翰·伦尼设计，他的儿子建设完成。

伦尼是苏格兰著名设计师，设计的桥梁、运河、码头、灯塔，遍及英伦三岛。除了新伦敦桥，他在这个城市的另一杰作是滑铁卢大桥。滑铁卢大桥因那部令人荡气回肠的电影《魂断蓝桥》而闻名世界，有人甚至将伦敦桥和滑铁卢桥混为一谈。

1831 年，新桥建成通行后，老桥被废弃拆毁。由于伦敦交通发展的速度超出了人们的最大预期，新桥每小时通过 8000 名行人 900 辆车，很快又成为伦敦最拥堵的地方。1967 年，由于重压太过频繁，桥身以每八年 2.5 厘米的速度下沉。所以，废弃老桥，建设一座更能承重更加快捷的新桥，势在必行。

按照通常的惯例，有了新的，将旧的拆除或炸毁，能用的原材料尽可能用一点。但是，在如何处置即将废弃的伦敦桥时，一个叫伊凡·路金的伦敦市议员提出一个大胆设想：将伦尼设计的伦敦新桥放到市场上拍卖。有 100 多年历史，算得上古董了，只不过这个古董，世所罕有的大。

当时几乎所有人，或者认为这是一个太过疯狂的想法，或者认为路金玩世不恭、玩笑开得太大。但由于没有更好的方案，伦敦市政府决定按路金的方法一试，开始寻找潜在的买家。

不出所料，到 1968 年 3 月，离拍卖日期还剩五个星期，主拍方虽然收到了许多参与竞拍的询问，但没有一家提出具体可行的方案和真正参加竞拍的申请。那些认为路金疯狂的人，此时越发嘲笑路金。但路金坚信自己的想法不错，他建议到纽约召开一次新闻发布会，来吸引当地的实业家和商人。

　　似乎为了争口气，他愿自费前往，把伦敦桥悠久又曲折的历史，包括克伦威尔和华莱士的头的故事，又再讲了一遍。他的"伦敦桥不只是一座桥，它是英国 2000 年的历史"一句，被美国诸多报纸广泛引用。新闻发布会第二天，美国各大报纸铺天盖地报道英国人出售伦敦桥的消息，虽然其中不乏嘲笑之语，但他的确成功地推销了世上最大的古董——伦敦桥。

　　美国密苏里的石油大王、亚利桑那州的房地产开发商罗伯特·麦卡洛克很快签下协议，以 246 万美元的价格，买下伦敦桥，并将它编号拆下，依序装上船。船队跨越大西洋，经巴拿马运河到加利福尼亚。伦敦的桥，最后走陆路来到亚利桑那州的哈瓦苏湖城。建筑工人再根据编号，一丝不差将几千里之外的伦敦桥，复建在哈瓦苏湖边。

* 现在横跨于伦敦泰晤士河上的伦敦桥

1973 年 3 月 17 日，伊丽莎白女王主持仪式，开通了我们今天看到的伦敦桥。如今横跨在泰晤士河上、每天车来人往的这座伦敦桥，完全建在旧伦敦桥原址上。

附：两个疯子，成就一座欣欣向荣的城市

位于亚利桑那州的哈瓦苏湖城，是一个只有 5.2 万常住人口的小城。二战时，这里只有美国的一个空军基地，除了军营、机场及其他设施，这里并无民居。二战结束后，空军基地被废弃，这一大片土地由联邦政府划拨给了亚利桑那州政府。但是在许多年里，它仍然只有一片荒漠和科罗拉多河上静静的哈瓦苏湖。

州政府希望引入一些实业家，开发这一片土地。但因为这里荒凉、炎热、干燥、远离宜人居住的都市，没有人愿意接盘，除了一个来自密苏里，名叫罗伯特·麦卡洛克的石油大王。1963 年，麦卡洛克拿下了亚利桑那西部 1.6 万英亩的土地开发权，投入资金开始在哈瓦苏湖边修路建房、开河引水。

前来买房置地的人、愿意搬来居住的人，依然寥寥可数。虽然州政府免收了土地转让金之类，但麦卡洛克的资金和营收，压力山大。他想尽一切办法，吸引更多的开发商和更多的老百姓来买他的房子，但效果甚微。

1968 年 3 月，美国报纸铺天盖地对伦敦市政府打算拍卖伦敦桥的报道，引起了他的注意。就在他思考伦敦桥的拍卖，与自己

有什么关系的时候，他的房地产销售公司经理跑来，建议他买下伦敦桥，重新安装在刚刚建得初具规模但还缺乏人气的哈瓦苏湖城外。

就像人们对出售伦敦桥的主意的反应一样，麦卡洛克后来回忆，听到这个想法的一瞬间，他认为自己遇到了世界上最疯狂的人。但仅在几分钟后，他和他的伙伴都为这一想法激动无比。一阵头脑风暴之后，麦卡洛克决定拿下伦敦桥。

他们立即行动起来，做方案、调资金、讨论搬建伦敦桥事宜。此时，离伦敦方面确定的拍卖日期已经很近了。麦卡洛克几乎没有竞争者，他以 246 万美元的价格拍下了伦敦桥。这个价位，远超伦敦方面的预期。毕竟，这是一项前无古人的买卖。虽然在此之前，也有人将在他国购买的城堡，搬回别地重建的先例。

麦卡洛克也觉得自己赢了。因为通过这桩生意，他和伦敦市政府建立了良好的关系。他还拿出一块土地，与伦敦方面合作，建了一个完全英伦风的英国村，里面有购物中心、有博物馆、有各种游乐设施。英国文化委员会将其当作推广英国文化的重要基地，也有不少投入。

而伦敦桥外层的所有石头砖块，都被编码拆下，装船经巴拿马运河到加利福尼亚长滩，再走火车汽车抵达哈瓦苏湖城。然后，再按编码，一丝不差地原样重装。拍下伦敦桥，麦卡洛克花了 246 万美元，将其拆下运回并重新还原，又花去了 700 万美元。为这个伦敦桥，石油大亨共花费了将近 1000 万美元。

　　1971 年秋天，移建的伦敦桥如愿站立在哈瓦苏湖旁。这样的曲折，自然是媒体追逐的焦点。大桥开通当天，全美的媒体都进行了大规模的报道，哈瓦苏湖城居民倾巢出动，周围城市的居民，不少专程来看这座来自远方的桥。哈瓦苏湖城一时间热闹非凡。

　　哈瓦苏湖是科罗拉多河上的一个天然湖泊，从伦敦搬来的这座桥，并非建在河上，而是建在城市与哈瓦苏湖中的一个半岛上。在桥建成后，从布里奇沃特运河引来的水流经桥下，使这个半岛成了真正的小岛。因为湖，因为运河，因为岛和这座著名的桥，哈瓦苏湖城不再不见经传、冷冷清清。

　　它很快成为亚利桑那州第二热门的旅游目的地，仅排在科罗拉多大峡谷之后。游客陡增，来此购房置地的人也陡增。因为一座买来的桥，麦卡洛克终于如愿以偿地开发出了一个崭新的城市。此时，再不会有人认为麦卡洛克的想法是疯狂的了，就像不会有人认为路金出售伦敦桥的主意是疯狂的一样。

如今，每年的哈瓦苏湖城有一个"伦敦桥日"，通过再次讲述这个有趣的故事来纪念城市的诞生。在第十个"伦敦桥日"时，当年提出拍卖伦敦桥的路金，受邀作为嘉宾在纪念会上发表讲话。他的演讲题目是"伦敦桥是如何来到美国的"。而买下伦敦桥的麦卡洛克，也在纪念会上讲了话。

他说，是两个疯子，成就了一座古桥千里搬迁的佳话，也成就了一个如今欣欣向荣的城市。

第三站：
白厅——英国政治漩涡的中心

白厅（White Hall）是连接议会大厦和唐宁街的一条老街，英国的许多政府部门就在这条老街附近，比如国防部、外交部、内政部、海军部，以及著名的首相官邸。因此，人们用白厅作为英国行政部门的代称。

对抗议会　查理一世命丧白厅断头台

1649 年 1 月 30 日，英王理查一世在白厅街上一个临时搭建而成的断头台上送了命。

推荐：

图书：《弑君者》杰弗里·罗伯逊，新星出版社，2009 年

查理一世是苏格兰国王詹姆斯六世的第二个儿子。1603 年，苏格兰的詹姆斯六世又成了英格兰的詹姆斯一世。因此，当查理的哥哥死后，他于 1625 年继承王位，成为了苏格兰、英格兰和爱尔兰的国王。

坚信君权神授的国王查理一世认为应该按照自己的意志控制国家。因此，从当上国王的第一天起，他就和议会严重对立。他的要求议会不批准，议会的决议他不签字。由于拿不到战争拨款，他以强征关税、典当王后的嫁妆、向富人借款来筹措军费。那些不借钱的贵族自然没有好下场，被查理一世投入监狱。这激起了更多的不满，进一步加深了国王与议会的对立。

1640 年，国王和议会终于彻底决裂。议会逮捕了国王的宠

臣，而国王也不甘示弱，让卫队到议院抓捕议员。第一次英国内战就这样爆发了，而内战则以国王化装逃脱而结束。但是第二次内战，查理一世便没有如此幸运了。1648 年，查理一世的国王军被克伦威尔的议会军彻底击败。

被俘虏的国王，先是在怀特岛上的卡里斯布鲁克城堡里被关押了数月，然后被关押在离伦敦不过 30 公里的温莎城堡，最后是伦敦的圣詹姆斯宫。议会成立了一个有 135 位成员的特别法庭，于 1649 年 1 月 24 日开始了对国王为期三天的审判。法庭认为，单是在两次英国内战中就有 30 万英国人丧生，占当时英国总人口的 6%，国王应该被判处死刑。

审判中，查理一世不为自己辩护，因为他从心底里认为这个法庭是非法的，自己是无罪的，没有人能够审判国王。但 1 月 27 日，查理一世被判叛国罪、战争罪、滥用职权罪，59 名特别法庭的成员在查理一世的死刑判决书上签了字。

行刑日期定在四天以后的 1 月 30 日。行刑前一天，查理一世仅存的两个孩子，伊丽莎白和亨利，被允许前去探望他。第二天一早，他知道自己死期已到，向狱方要了两件衬衫，以防自己因为天气寒冷而发抖，被观刑的人群误以为是害怕。

他被从圣詹姆斯宫押出，来到白厅。在白厅的宴会厅前，行刑台早已搭建妥当，他站在台上发表了一段简短的演说，告诉听众自由、解放和政府的关系。当然，他的演说只有靠近行刑台的人才听得见，大群的武装士兵将人群和行刑台隔离开了好远。据说他没有发抖，也没有表现出害怕。

演讲完毕、祷告完毕，时间正好下午两点整。查理一世毫不犹豫地将自己的头伸到断头台前，铡刀干净利落地斩断了他的脖颈。根据事后的检验，这次行刑的刽子手显然经验丰富，手法十分专业。但因为刽子手戴着面具、换了装，人们打听了半天，也没打听出是谁，只知道这次行刑的报酬是 200 英镑。这在当时是一笔不小的钱。

据资料记载，观刑的人群在国王的头落地后，发出了一阵悲叹，随后人们纷纷涌向行刑台，掏出口袋里的手绢去蘸国王的鲜血以作纪念。读书至此，深感惊悚，全然不明白带一方沾满鲜血的手帕回家是一个什么感觉，是要纪念什么。再联想到鲁迅小说中的人血馒头才恍然大悟，原来中外的愚昧并没有不同。

在那个时代，将叛国者的头向公众展示，并大喊大叫"快看啦，这就是叛国者的下场"是常规的做法。但是，查理一世的头颅，只是静静地被展示，没有人去吆喝。国王的头颅在伦敦只展示了一天，第二天有专人奉命将他的头与身体缝合在一起，进行防腐处理后放进棺材。特别委员会拒绝了在威斯敏斯特大教堂举行葬礼的要求，将他的尸体运到温莎城堡，葬在城堡里的圣·乔治教堂。

查理一世死后，英国圣公会和保皇派将他塑造为殉难者，每年的 1 月 30 日都要开展纪念活动。1660 年，在坎特伯雷和约克宗教大会上，他被追封为圣徒。在英国许多地方都有以查理一世的名义修建的教堂。以他的死亡为主题的文学艺术作品也有很多，其中光是油画，据称就有 1700 多幅。

第四站：
历史长眠于此

　　总是看到有人这样说威斯敏斯特大教堂："如果你从靠近国会的侧门进，而且没有心理准备，可能会吓一跳，因为一进去会发现四壁和脚下全是墓碑，近 1000 年来英国历史上许多名人长眠于此。而且据说因为太挤的缘故，后来不得不将人垂直着下葬。"

威斯敏斯特：历史如一团乱麻般纠结

　　建于 960 年的威斯敏斯特大教堂（Westminster Abbey），又称西敏寺，是英国王室的专属教堂，也是大多数英国国王举行加冕礼、王室举行婚礼的地方。不少王室成员和英国圣人伟人，死后，也埋在这里。

　　推荐：威斯敏斯特大教堂地下室的墓碑林，读读上面的文字，会让你对人生和世界有不一样的感受。其中一块无名墓碑，吸引了从政界要人、科学家到普通游客的千千万万的人。去找一找，读一读，会让人醍醐灌顶、茅塞顿开。

　　苏格兰国王詹姆斯五世去世的时候，他唯一有合法继承权的女儿玛丽才出生六天。半年后玛丽正式登基成为苏格兰女王。

　　此时，苏格兰的摄政王是亲英的、同样有王位继承权的约翰·汉密尔顿公爵。正是这个汉密尔顿，在玛丽的加冕礼两个月前，与英王亨利八世签订了《格林威治条约》。条约的核心内容是玛丽长到十岁时，需与英格兰的爱德华王子成亲并移居伦敦，由亨利八世监护长大。条约还规定，除非玛丽和爱德华没能生下合法的王位继承人，否则，两国将实现联合，共拥一个君王。

但玛丽女王的母亲来自法国，是亲法派，在废掉汉密尔顿公爵后成了摄政女王，并单方面废除了亲英派签订的《格林威治条约》。

英王亨利八世视此为奇耻大辱，于是想用武力迫使苏格兰人回到条约中来。1544 年，英军打到了福斯湾，离玛丽当时所在的爱丁堡已经很近很近了。王太后不得不把玛丽送到斯特灵城堡，藏进密室之中。随着苏格兰再次惨败，太后为了女王的安全再将她送到因其摩霍姆修道院。

电视连续剧《风中的女王》，就是从修道院开始的。顺便说一句，剧中扮演玛丽女王的澳籍女演员阿黛莱德，父母都来自苏格兰贵族世家，与玛丽女王有血缘关系。

* 威斯敏斯特大教堂外参观者大排长龙

苏格兰岌岌可危，太后不得不向法国求援，法王亨利二世及时出手。无利不起早，亨利二世的算盘是通过联姻来达到统一法国和苏格兰的目的。因此，法国出兵的条件是弗朗西斯王子与玛丽女王的婚约。所以，当英军撤退、法国舰队回国时，五岁的苏格兰女王小玛丽与之同行。

玛丽在法国宫廷待了整整 13 年。她活泼、漂亮、聪明，还多才多艺。她会六国语言，有一副好歌喉，喜读书，善演奏。加上现在的地位和未来的婚姻，她在法国的日子是快乐的。她有四个来自苏格兰贵族的同龄闺密，有两个同父异母的私生子哥哥，有小她一岁的未婚夫及他的兄长，他们都爱着她，也陪伴着她。

1559 年，法王亨利二世毙命，15 岁的弗朗西斯继位为法国国王，玛丽成了法国王后。而此时的苏格兰，新教势力控制了上议院，摄政的太后唯一可依靠的只有法国军队。为了彻底打败太后，上议院邀请英格兰军队来与之对抗。

1560 年 6 月，玛丽女王的母亲王太后去世，法国与苏格兰的关系面临瓦解。7 月，经过谈判，法苏英三方签署了《爱丁堡条约》，规定法国和英格兰都从苏格兰撤军，但法国承认伊丽莎白一世对英格兰的统治权。此时，17 岁的玛丽仍在法国为她的母亲而悲伤，她拒绝批准《爱丁堡条约》。同年 12 月，玛丽的丈夫、法王弗朗西斯二世因中耳炎感染引发脑脓肿去世。

1561 年 9 月，在离开苏格兰 13 年后，女王终于回到了自己的祖国。也许因为离家太久，她完全不能理解苏格兰复杂的政治和宗教形势，也没有足够强大的亲信，甚至军队都不真正听从她的指挥。此时的苏格兰，天主教与新教斗得难分难舍。

1565 年，玛丽再婚，嫁的是她的表兄亨利·斯图亚特。亨利是玛丽的祖母、英格兰的玛格丽特公主在詹姆斯四世死后，改嫁与第二任丈夫的外孙。这桩婚姻，既令国内的反对派不满，也令英格兰的伊丽莎白女王十分不满，因为这影响到两国王位的继承权顺序。

1566 年 7 月，玛丽生下她和亨利·斯图亚特的儿子、未来的苏格兰詹姆斯六世和英格兰詹姆斯一世。然而，她和亨利却变成了仇人。一方面，她疯狂地爱上了与她此前的男人完全不一样的博思韦尔伯爵，而另一方面亨利在度过一段粗暴放纵的生活后，参与到反对玛丽的阴谋中，且患上了重病。

不久，亨利被炸死。嫌犯的矛头直指博思韦尔伯爵和玛丽。好在没有确切的证据，博思韦尔在被抓后不久就被无罪释放了。玛丽和博思韦尔在爱丁堡的圣十字架宫举行了婚礼，这成了压垮玛丽王位的最后一根稻草。新教贵族们发动叛乱，迫使玛丽宣布退位，将王位传给了只有一岁大的儿子詹姆斯六世。

在被关押了将近一年以后，玛丽成功逃脱并招募了一支规模不大的军队。然而玛丽再次失败，她不得不逃往英格兰投靠她的表姑伊丽莎白一世，开始了她下半生最悲剧的命运，直至被推上断头台。

* 威斯敏斯特大教堂上的人物雕像，栩栩如生

　　伊丽莎白女王刚开始时对这位表侄女还比较温和，软禁她、质询她，却也没有过多为难她。但苏格兰和英格兰都不允许一个曾经的女王在两国大地上自由地生活，因而只能让她在不同的地点辗转监禁 19 年。

　　1570 年，玛丽第一任丈夫弗朗西斯二世的弟弟、法王查理九世出面，劝说伊丽莎白女王放了玛丽并帮她重新获得王位。这自然引起伊丽莎白的警惕，加上她不止一次收到线报，说有人在策划杀死她让玛丽当上英格兰女王。

　　不少历史学家都认为这些报告是玛丽的政敌甚至伊丽莎白本人假造的。但无论如何，这的确给了英格兰女王杀掉前苏格兰女王的理由。玛丽女王被处极刑的过程是残忍和恐怖的，这个故事已经人人皆知，在此不述。她的爱犬被做成木乃伊，后来被大英博物馆收藏。

　　1603 年，伊丽莎白女王去世。由于她未婚无继承人，所以不得不将王位传给玛丽的儿子、苏格兰国王詹姆斯六世，是为英格兰国王詹姆斯一世。

　　1612 年，英王詹姆斯一世将生母玛丽女王的遗体运往伦敦，以太后规格重葬于威斯敏斯特大教堂。

　　玛丽和伊丽莎白这对表亲，一个是虔诚的天主教徒，一个终身信仰新教，生前为苏格兰和英格兰，为她们各自的王位斗了一辈子，死后却在相距不过十米的角落，和平地永久安息。

海格特公墓：传说与众不同

海格特公墓（Highgate Cemetery），位于伦敦北部郊区，共有5.3万个坟墓埋葬了约17万人。卡尔·马克思、著名物理学家迈克尔·法拉第、著名哲学家赫伯特·斯宾塞、小说家乔治·艾略特等许许多多大师名人，都长眠在这里。虽然成为公共墓园是在19世纪，但是早在15世纪，海格特就是许多伦敦人的长眠之地。

16世纪以后，陆续有吸血鬼的故事从海格特墓地传出。这些故事直接影响了被称为"吸血鬼之父"的布拉姆·斯托克。他笔下最著名主角德拉库拉的一个门徒，其最后的栖息地就在海格特公墓里。从那以后，就不断地有人到公墓寻找吸血鬼的踪迹。

但是真正让海格特公墓重新搅动公众神经、成为报纸的头条和街头热议的话题，是在20世纪60年代。1963年的一个夜晚，一对情侣在路过海格特公墓的北大门时，被一个没有脸面只有闪着绿色光芒的眼睛的吸血鬼袭击，俩人都受了伤。一位老妇人报告，某晚在遛狗路过公墓大门时，她的狗狗突然不安地耸动双肩，躲在她的脚边再也不肯前行。这时，她看见一个高高的身影，没有脸，却有一双炯炯有神的眼睛，直瞪着她，吓得她一动也不敢动。不知过了多长时间，这模糊的影子和瞪着她的眼睛突然消失在半空中。

1968年，有两个女孩称在路过海格特公墓时，被吸血鬼袭击。第二年，一个女孩夜晚回家路过墓地旁边的斯温街时，突然被一股巨大的力量摁倒在地。她瞥见一个瘦高的、穿着黑色长袍的人，有一张死白死白的脸。她恐慌之极，深信自己必死无疑。但正在此时，一辆汽车驶来急刹车停在她身边。黑色的人影瞬间消失，女孩被下车帮助她的人扶了起来，并送到警察局报了案。警察发现，她的膝盖、手肘及背部都有擦伤。警察立即搜查了公墓地区，但是什么线索也没有发现。此后，又陆续有类似的报告传出。这些称被吸血鬼袭击的报告各有不同，但对吸血鬼的描述几乎一致：高瘦穿着黑色的长袍，无脸或有一张惨白的脸，能无声地飘移，主要在墓园里行动，有时也会出现在海格特公墓附近的街道小巷中。

有人称，亲眼看到一具棺材自动打开，躺在里面的"人"抖了抖身子站起来。但这个"人"并没有走出棺材，他只是呆立了几分钟后，又躺了回去。后来又有人发现，在海格特公墓的一个角落里，几个坟墓不知何故被打开，埋在里面的不是人而是狐狸。所有这些狐狸的颈部都有相同的伤痕，似乎是血被吸尽而亡。

这样的传言自然在伦敦北部地区尤其是海格特公墓附近地区

引发了恐慌，也成为报纸的头条或整版故事。当时报纸的大标题往往是《吸血鬼在海格特游荡吗？》或者《伦敦的吸血鬼来自何处？去往何处？》，海格特当地的报纸《汉普斯特德报》和《海格特快报》更是连篇累牍地采访受袭者或目击者。

更有自称的吸血鬼专家、致力于神秘现象和超自然现象研究的肖恩·曼彻斯特，不但亲往海格特公墓安营扎寨、捉鬼降鬼，还著文称，公墓里的吸血鬼就是史上著名的"吸血鬼王"。"吸血鬼王"是15世纪罗马尼亚的一个贵族，曾在德拉库拉的家乡修习过黑魔法。他来伦敦游历，却莫名其妙地死在这里并被葬在海格特。而另一个吸血鬼专家大卫·法兰特则声称，这位练过黑魔法的"吸血鬼王"是死后被人带到伦敦葬在海格特墓地的。后来，一些撒旦崇拜者将他激活。所以，要对付这样的"吸血鬼王"必须同样使用黑魔法。

1970年2月，法兰特和肖恩同时接受了独立电视台的采访。采访中，法兰特简述了降魔的大致方法，即找到他的墓地，将他的尸体挖出来，砍下他的头穿刺他的身体，再将穿刺过的头和身体烧掉。这样，他就永无可能再袭击人了。但细节问题，他称涉及黑魔法的秘密，不能对外透露。

关于吸血鬼的传说和神话，几乎存在于所有的千年文化中。如古巴比伦的女吸血鬼莉莉朱，专喝婴儿的血；古印度的韦特和古希腊的恩蒲莎，亦是这些国家著名的吸血鬼。现代吸血鬼则起源于16世纪的罗马尼亚，由爱尔兰作家布拉姆·斯托克将其发扬光大。东欧的传说，往往是说人死后而复生变成具有人形的吸血鬼。他们有超自然能力，如能任意移动，能随意幻化成他们希望的形体：动物、其他人、树木花草，等等。

法兰特在访谈中声称，自己会举行驱魔降魔仪式抓住吸血鬼。他将捉鬼的日子定在 1970 年 3 月 13 日，在英国和北美，这本是一个极其不祥的日子。

独立电视台的节目播出后，伦敦群情汹涌，一些人直指这是巫术，另一些人，尤其是住在海格特公墓附近的居民，胆小的希望尽快抓住吸血鬼，胆大的则跃跃欲试，盼望和法兰特一起捉鬼降鬼。据《伦敦新闻晚报》报道，1970 年 3 月 13 日夜，到海格特公墓捉鬼的就有 100 多人。

围观者从伦敦的四面八方蜂拥而来。此时墓园已关闭，人们砸烂铁门、翻过围墙，强行进入墓园，盘踞在树枝上、坟头前后的草丛里，几乎演变成一场公共事件。好在警察及时赶到，控制了局面。法兰特的捉鬼仪式被迫取消，他只得在一些空穴里放些大蒜、香料、穿刺杆后离去。

但有 100 多年历史的海格特公墓，宁静与肃穆从此不再。一些墓穴和棺材被打开，露出了里面的尸骨。坟头路边，到处是大蒜和十字架、穿刺杆。在法兰特打算演示驱魔的墓坑不远处，警察发现了一具烧焦的无头女尸，他们怀疑这具尸体曾经被用于施行黑魔法。

警察局严密监视了肖恩和法兰特，并在女尸事件不久，发现法兰特在某个夜晚扛着一个十字架和木桩，出现在公墓旁边的一个教堂院子里。法兰特涉嫌女尸事件被捕，但因证据不足当堂释放。几天之后，法兰特于大白天再次回到海格特公墓。

据他后来在书中称，他打开了一个他认为住着吸血鬼的坟墓，并带着十字架和穿刺桩下到墓穴里。但是，由于同伴的劝阻，法兰特并未能对墓中尸体实施穿刺，只放了些大蒜和香料就回到地面，并合上了墓穴。他说，由于施了魔法，即使没有对吸血鬼进行穿刺，它也不会出来袭击人了。

1971 年 6 月 21 日午夜，一场只有几人参加的黑魔法仪式在海格特公墓偷偷举行。在念了一串咒语、招完魂后，所有的烛光一齐熄灭，主祭人法兰特身上发出的一丝绿光。有人打开一个事先选中的坟墓，掘出被认为代表了吸血鬼的一具女尸，将其从心脏部位穿在一根带来的木桩上，然后将这根木桩扔在墓地里一条主干道旁边的草地上。

只是还没有来得及进行下面的念咒语、洒圣水及烧尸仪式，赶来的警察就一拥而上，将参加仪式的人悉数逮捕。法兰特等人因破坏公共纪念地和海格特公墓设施罪而被判监禁，缓期执行。

圣保罗大教堂埋着他的衣冠冢，
是他打赢了第二次布尔战争

圣保罗大教堂（St.Paul's Cathedral）是世界著名的宗教圣地，世界第五大教堂、世界第二大圆顶教堂、英国第一大教堂，始建于604年，遭遇多次毁坏、重建。17世纪末，由英国著名设计大师、建筑家克托弗·雷恩爵士（Sir Christopher Wren）设计以及建筑完成。这是历史上少数的设计、建筑分别仅由一人完成的教堂之一。教堂内存有雷恩的墓碑，其墓志铭写道"If you seek his monument, just look around"（如果你在寻觅他的纪念碑，只需要看看周围）。

1914年初，英国前任战争部长因故辞职，总理阿斯奎斯短时间兼任后，提名赫伯特·基奇纳任此职获得议会通过。基奇纳宣誓就职战争部长的第二天，第一次世界大战打响。这一年，他64岁。

基奇纳在英国是一个传奇人物。在南非、苏丹、埃及、印度，他都担任过英国远征军总司令，并获得了一连串的胜利。比如，他打赢了南非第二次布尔战争。虽然代价极为高昂，几乎拖垮了英国经济，但英国人对这样的胜利依然津津乐道。

所以，当他从苏丹回国时，人们自发地为他举行了一次规模不小的游行，一队男孩唱着"欢迎穆士喀的基奇纳回家"的歌。从南非回到英国，他更是被当作民族英雄来欢迎。威尔士亲王去火车站接他，数支不同的部队穿着各自的军装、列队奏着军乐向他敬礼。爱德华七世抱着病躯，为他在圣詹姆斯宫专设了欢迎晚宴。

"一战"爆发前，英国民众和大多数内阁成员对形势持乐观态度。战争已经打响了，他们还认为不过到年底、最迟1915年上半年，战争就会结束，因此根本没有做好打一场长时间战争的准备，人力、军需都不足。但基奇纳是少数预见到战争至少会持续三年以上的人。

基奇纳的名言是，英国最终会赢得战争，但是在打到最后一个百万兵力时。于是才有了他亲自登上杂志封面，为招募新兵做广告的事情。那期封面被印成征兵海报广为张贴。许多英国的热血青年正是受到海报的激励，涌向征兵办公室，将征兵处挤得水泄不通。

但是，伦敦的政治家们并不待见他，官僚机构之间的派系斗争和扯皮内耗让英国的战争机器运转不畅，基奇纳几乎被赶出战争部。连订购的子弹为什么没能如期运达这样的事情，议会也要召他去质询半天。

1916年6月4日夜，基奇纳带着一帮参谋、翻译、武器专家、私人助理和仆人，从伦敦国王十字车站登上北去苏格兰的列车。第二天，他乘英国皇家海军汉普郡号舰艇，在团结号和胜利号的护卫下，从思卡帕湾起航，前往俄罗斯参加一场加强英俄联盟的秘密谈判。

当晚，汉普郡号遭到鱼雷袭击，十分钟不到沉入大海。船上近 700 人，只有十多人幸存下来。基奇纳不在这十多人之列。不仅如此，许多遇难者的尸体都被冲上奥尼克岛的海滩，但他们之中也没有基奇纳。英国海军数次搜救也没有发现这位"一战"前期最著名元帅的任何线索。他就这样消失得无影无踪。

*冬日里的圣保罗教堂

一个国家的最高军事统帅，在严密的防卫之中，乘坐自己国家先进且装备齐全的军舰，却消失在海上。消息一出震惊国际，英国军人和民众悲恸异常。约克郡的一名农场主从收音机里听到消息后，用枪结束了自己的生命。在法国前线作战的士兵痛哭流涕，称"我们已经输掉了战争"。

英国战争委员会立即成立了调查组，试图弄清汉普郡号沉没的具体原因。十年后，同样的调查又进行了一次。两次调查的结论都是一样的：汉普顿号被德国潜艇的鱼雷击中。除此再无细节。这引发了更多猜疑，阴谋论一时甚嚣尘上：俄国革命者暗杀，英国政治斗争的牺牲品，爱尔兰极端组织所为，等等。

1941 年，美国联邦调查局破获了该国历史上最大的一起间谍案，一次性抓获了 33 名纳粹间谍。这些间谍同属"迪肯间谍网"，头目是一个叫弗里茨·迪肯的人。而这个迪肯，正是导致基奇纳死亡的汉普郡号沉船的元凶。

迪肯是南非布尔人，父亲是一名富裕的农场主和痴迷的巨兽猎人。迪肯 12 岁时就随父亲去捕猎黑豹、大象、野牛等大型动物，13 岁时杀死欲对其母亲施暴的路人。15 岁，他被送往欧洲读书，并加入了英国军队。但是，他加入英军的目的，并不是为英国打仗。

迪肯是怀着对英国人的仇恨回到南非的。他成立了秘密小分队，招募了 20 多名布尔人，专门暗地里搞破坏。那时，他就策划了对英国远征军总司令基奇纳的暗杀。因一名小分队成员的妻子泄露了秘密，迪肯和他的队员一起被捕被审判。事实上，迪肯的一生，多次被英国人、葡萄牙人、美国人关进监狱，但每次他都设法逃了出来，更名换姓之后依然大摇大摆地活动。

迪肯是在纽约成为德国间谍的。他在北美和南美专门从事针对英国货船、运输线的爆炸、毁坏活动。1916 年初，他来到伦敦。在获得英国将和俄国开展秘密谈判的情报后，6 月，他假扮成俄国贵族，到苏格兰欢迎基奇纳。他把基奇纳送上船，目送汉普郡号驶离港口后，他发出信号。

汉普郡号被德国潜艇发射的鱼雷炸沉，迪肯完成了他对英国的最大一次破坏。第二次布尔战争的英雄，多年后就这样折在了一个布尔人手中，无论人们怎么寻找，也从此悄无声息。伦敦圣保罗大教堂的角落，只是他的衣冠冢。

第五站：
伦敦街巷——今世繁华与旧时光里的血腥屠戮

　　每一个城市总拥有一些独特的街巷让人流连忘返，在伦敦也不例外。从罗马时期便开始成型的街道自带历史风味，看似相仿的石头路、老建筑、小店铺和时尚而精致的现代商业繁荣景象融合得恰到好处，不过暗夜里街巷中散发出的历史血腥味依然引诱着人们去探寻过去。

牛津街：繁华的前生是刑场

推荐：逛牛津街的个性小店，一定能淘到价格不高、你又很喜欢的小纪念品或小配饰。

在被称为世界上最繁忙的伦敦牛津街（Oxford Street），有300多家世界知名服装箱包品牌的旗舰店，还不算那些有个性有特色的饰品店、运动用品商店、音像制品店、家具店，以及咖啡屋和茶室。其中，百年老店不少。单是这一条街，据称每年的零售额就超过了10亿英镑。

喧嚣的汽车声，不息的人流，阵阵的咖啡香和茶香，历史早已让这条街变得绅士、时尚、繁荣与和平。但是，在很多个世纪里，这里曾经是一个血腥与死亡之地，也是最能表现人类黑暗与残忍心理的地方。因为在17世纪中叶以前，这里不叫牛津街而叫泰伯恩路（Tyburn Road），因道路尽头的泰伯恩刑场而得名。

如今牛津街的西头，靠近一个大理石拱门的交通岛上，有一块地标，上面写着：泰伯恩刑场（Tyburn）原址。作为伦敦处决犯人最主要的地方，泰伯恩刑场的历史始于 12 世纪末。根据记录，第一次在泰伯恩刑场处死人犯是 1196 年，被处决的是威廉·奥斯伯特，一名伦敦平民领袖。他全身赤裸着，从关押他的监狱一路被马拖行到泰伯恩，在这里被绞死。1571 年，刑场上树起了大型绞架，可以一次绞死多个犯人。一次性绞死犯人最多的行刑发生在 1649 年 6 月 23 日，八辆刑车拉着 23 名男犯人和一名女犯人从纽盖特监狱驶出，在泰伯恩同时绞死。而纽盖特监狱就是专门关押死刑待决人犯的地方。

起初，被处死的犯人都给拉到河边埋了。后来，外科医生以科学的名义，把完整的尸首领走，作解剖用。那时的英国人认为，人如果被开膛破肚肢解了，既不能升天也不能复活，外加许多被当权者处死的人在百姓眼中都是好人和伟人，所以死者的亲朋好友往往会叫上自己的哥们伙计，和外科医生抢尸体。

那时的人还相信，被吊死的人如果躯体是完整的，他的手可以治愈疑难杂症。所以，怀抱孩子的妈妈、身患重症的病人往往会在第一时间拿起被吊死的囚犯的手，抚过孩子的脸颊或者触摸自己的身体。在这种情况下，不但外科医生、死者亲属领不走尸体，就连为了治病的人也会为了那能治病的死人之手争抢起来，流血事件时有发生。由抢尸体引发的斗殴和伤人事故多了，政府不得不改变策略，行刑后由卫队统一运走尸体。完整的，由外科医生领走；不完整的，由亲人朋友领去埋了；无人认领又残缺不全的，则统一葬在乱坟岗子。

英国人以彬彬有礼、温文尔雅著称，连骂人都绕着弯子。然而奇怪的是，他们却特别喜欢看血腥与残忍的场面。每次泰伯恩行刑，都会有大量伦敦市民涌来，少则几千，多则好几万。为了方便看客，刑场周围于是有了临时看台，一层又一层，如同剧院一般。有时看台坍塌，因此而受伤死亡的，最多一次达几百人，比处死的犯人多了几十上百倍。

但是，这并不能阻止人们看他人受死的热情。每当有犯人被处死时，伦敦人像过节一样涌向泰伯恩刑场。学徒们可以正大光明地向师傅或老板请假半天，而老板和师傅一般都会批准。无论是向老板请假，还是约伙伴同行，大家心照不宣地用特定的短语或句子："去泰伯恩兜兜风"或者"去西边逛一圈吧"，意思是去看某人被吊死。绞刑吏叫"泰伯恩的庄园领主"，"泰伯恩的吉格舞曲"则指绞刑本身。

死刑犯坐在无篷的马车上，穿着他们最好的衣服，仿佛漫不经心地来到泰伯恩刑场，有的囚犯还和周围的看客挤眉弄眼，似乎他们不是去赴死，而是去赴宴。人群朝面带笑容的勇敢者发出"又死去一个好汉"的欢呼，女人还向他们抛飞吻。那些表现得虚弱、害怕的人，收到的则是嘘声和讥讽。

那时伦敦的常住人口有100万，是世界上最大和最拥挤的城市。从专门关押死刑犯的纽盖特监狱到泰伯恩刑场，约4.8公里长。因为街道总是挤满了人群，加上当局故意让囚车缓慢行走仿佛游街示众，所以这一段路要走上二个半小时。当局还允许囚车在几个特定的地方略作停留，在其中一个地点，犯人可以喝到满满一杯烈酒。据说是为了让犯人可以在不那么清醒的状态下，走向人生的终点。

到达刑场后，囚犯们站在一个喧嚣的广场正中，面前挤满了人。有钱的人，还可以花钱为自己买一个离行刑台最近的临时座位，无遮挡地看见行刑的全过程，听见囚犯留给人间的最后几句话。

绞刑是英国古代的死刑中最轻的行刑方式。最严重的，如叛国罪，直接五马分尸、死后还要被火烧或者被大卸八块。最后一个在泰伯恩绞架上被吊死的，是响马大盗约翰·奥斯丁。那是1783年11月3日，也是英国绞刑的终点。而最后一次在泰伯恩执行死刑是1820年。自那以后，泰伯恩刑场的历史，得以终结。

有一些人，因为当权者恨之入骨，即使在其他地方被处决或死后已葬，也会被挖出来挂在泰伯恩绞架上示众数日，以儆效尤。其中最著名的，便是让查理一世在白厅上了绞刑架的奥立弗·克伦威尔。克伦威尔的遗体在泰伯恩的绞架上吊了几天后，他的头被割下来，先是钉在伦敦桥的塔楼上，然后被钉在威斯敏斯特宫顶多年。

亨特博物馆里的爱尔兰巨人

伦敦共有 240 多个博物馆，数量之多，在全球各大城市中都数一数二，因此有"博物馆之都"的称号。除了有世界上历史最悠久、规模最大、藏品最巨的大英博物馆，还有许多专业的、趣味独特甚至颇为重口味的博物馆。伦敦皇家外科医学院亨特博物馆（Hunterian Museum）就是其中的一个，这家博物馆来自一个叫约翰·亨特的人。

亨特博物馆在伦敦皇家外科医学院（Royal College of Surgeons）内，对公众开放。季节不同，开放时间不同，去之前可上伦敦皇家医学院的官网查清楚。

约翰·亨特是一位自学成才的杰出的外科医生。并没受过大学教育的他，在自己当医生的哥哥的解剖室里做了 11 年学徒。他后来成为近代病理解剖学的奠基人之一，也是英国王室的御用大夫，还为国王乔治三世做过手术。

亨特居住在莱斯特广场边的公寓里时，有一位身高 2.54 米的爱尔兰邻居，名叫查尔斯·伯恩。在 18 世纪的大不列颠诸岛，伯恩是当之无愧令人稀罕的巨人。伯恩出生在爱尔兰偏远的乡村，据说他的母亲是在一个干草堆顶上受孕生下他的。这也成为他的乡邻们解释他能有这个身高的原因。

刚刚步入青年时代的伯恩决定离开爱尔兰的穷乡僻壤，到英格兰大陆去寻找发财的机会。他渡海到了苏格兰，迅速获得了极大的成功。爱丁堡的夜店男人们，十分乐见这个奇异的大男孩站在灯光下吹风笛的模样。但凡有伯恩出现的地方，人潮拥挤得无立足之地。但伯恩的目的地不是爱丁堡，而是伦敦。所以他一路南下，靠在路边或酒吧吹奏风笛和展示自己与众不同的身高，挣取生活费。他的名声，也随着他的旅程，由北往南，先于他抵达伦敦。等他进入伦敦时，人们渴望见到他的热情已经无法扑灭。

1782 年初，只有 21 岁的伯恩抵达伦敦。伦敦人对他们眼中怪异的人和事从来不缺好奇。据说因为围观他，伦敦一度交通堵塞。伯恩性格温和，长相也令人愉快，他本人和他在海德公园、皮卡迪利广场、查令十字街的表演都受到极大的欢迎。伦敦的报纸连篇累牍地探讨他奇特的身高、精湛的风笛演奏和与世无争的性格，伯恩成了英国最受追捧的巨星。那时人们对他的关注，丝毫不亚于如今人们对贝克汉姆和贝小七、当今美国总统夫人梅兰娜·特朗普和总统女儿伊万卡·特朗普的关注。不久，有人专为他设计了一种舞台表演，被称为"滑稽的爱尔兰人"。表演引起了极大的轰动，一票难求。不但英国人，欧洲大陆其他国家的人们听说后也纷纷专程渡过英吉利海峡，只为来看一看这个他们从来没有见过却又长得帅气还彬彬有礼的巨人及其趣味无穷的表演。

但是，伯恩的身高还在长。1783 年，他的健康状况急剧恶化。所谓"屋漏偏逢连阴雨"，也是在此时，他的房间被盗，他在酒吧里喝酒时钱包也被盗。他辛苦两年赚得的全部收入一夜之间化为乌有，这无疑给了他重重一击。这一击加速了他的死亡。1783 年 6 月，他死在自己位于莱斯特广场附近的居屋中，年仅22 岁。伯恩死前，担心自己的尸体落入他人手中，担心自己被解剖被展览。所以，伯恩留下遗嘱，希望遗体被送回故乡，葬在爱尔兰的海边。因为那时的人们认为，死后被解剖被展览是恶魔才会有的下场，有这种下场的不能升入天堂。但是，人们违背了他的愿望。

亨特以 500 英镑的价格贿赂了伯恩的殡葬师，得到了他的遗体。亨特解剖了伯恩的遗体，整整研究了四年，发表了一系列关于这个巨人的文章。那时，巨人症及其成因、脑垂体分泌紊乱的影响并不为更多的人所知。亨特的研究在欧洲医学界引起极大反响。四年后，研究基本结束，亨特将伯恩的遗骨放在自己的博物馆里，免费对公众展出。亨特的私人博物馆藏品极为丰富，收集了许多不寻常的动植物标本，尤其是人类和动物标本，数量高达1.4 万个，因此而成为欧洲顶尖的解剖学研究基地。

虽然再也见不到活着的"爱尔兰巨人"，人们对伯恩的热情并未因他的死去而消减，专程来博物馆参观伯恩遗骨的人络绎不绝。只是不知那时人们的心情，是否有如今天的人去参观恐龙博物馆一样。如今，在伦敦皇家外科医学院的亨特博物馆里还能见到伯恩的遗骸，以及许多亨特其他幸存的藏品。亨特的行为在当时和后世都引发了极大的关于医学伦理和道德的大争论。一些人认为，因为违背了伯恩的愿望，所以这样的展示不道德，应该被终止。另一些人则争辩道，就当时医学界的情形而言，伯恩的遗体用于研究是极有价值的。否则，人们对这一疾病的认识会晚许多年。也有人认为，200 多年过去了，是时候按伯恩的愿望让他回归故乡的海边了。

2012 年，英国医学期刊网站进行了一次面向大众的问卷调查，调查的内容是："爱尔兰巨人的遗骸，是否应该如他所愿，被葬在海边？"调查的结果是 55.6% 的人认为应该将伯恩的遗骸埋在海边，13% 的人主张博物馆不应再展览他的骨架。争论还在继续，也有不止一个机构向伦敦皇家外科医学院施加压力，要他们顺从民意，不再展览伯恩遗骸，并让他安息在北海海边。但医学院和亨特博物馆不为所动，不改初衷，不讨论不争辩，只是让伯恩的骸骨，继续站在玻璃柜里，站在两具比他矮的骸骨中间。

自从伯恩死后，医学界对他的研究就从未停止。除了亨特，另外一些知名的外科医生和教授也把目光投向了伯恩和巨人症。1909 年，美国著名的神经学家哈维·库欣发现，伯恩的巨人症是脑垂体肿瘤引发的。2011 年，英国和德国的科学家从伯恩的牙齿中提取了 DNA 进行研究。他们发现，伯恩罕见的基因突变是导致他巨人症的根本原因。他们还发现，目前依然住在北爱尔兰的四个家族都有脑垂体分泌失调的家族病史，而伯恩家族正是其中之一。

道蒂街 48 号：好男人坏男人狄更斯

位于伦敦道蒂街 48 号的狄更斯故居博物馆，是这位大文豪唯一保留下来的故居。1836 年，新婚的狄更斯夫妇搬进这里居住。他们十个孩子的前三个，是在这里出生的。也是在这里，狄更斯出版了《匹克威克外传》、完成了《雾都孤儿》及数部戏剧。正是这些小说和戏剧，奠定了他在文学史上的地位。

推荐：

图书：《远大前程》查尔斯·狄更斯

《雾都孤儿》查尔斯·狄更斯

《艰难时世》查尔斯·狄更斯

《双城记》查尔斯·狄更斯

《狄更斯传》彼得·阿克罗伊德，北京师范大学出版社，2015

查尔斯·狄更斯在英国文学史上的地位，早已无可争议。他在推广阅读、救助贫穷、为社会送去温暖方面，的确做出了许多贡献。其中最著名的便是他的系列圣诞故事，将原本只有宗教含义的日子，变成合家团聚、社会慈善、全民欢乐的节日。圣诞节成为如今的模样，狄更斯功不可没。

但是他的爱情生活和家庭生活，他作为一个丈夫、父亲和情人的所为，却饱受争议。即便是他逝世 100 多年后的今天，依然如此。狄更斯一生只结过一次婚，是和他在伦敦《纪事晨报》的同事乔治·贺拉斯的女儿。贺拉斯经常邀请狄更斯到家里做客，还将自己多年好友、狄更斯最崇敬的人沃尔特·司各特介绍给他。

狄更斯的幽默健谈，很快迷住了乔治的三个女儿，尤其是 19 岁的长女凯瑟琳。刚刚结束了一场糟糕恋爱的 22 岁的狄更斯很快将凯瑟琳追到手，他们于 1836 年结婚。新婚为狄更斯带来好运。这一年，他出版了第一部长篇小说《匹克威克外传》，为他成为伟大作家奠定了基础。

婚后不久，凯瑟琳的妹妹玛丽和狄更斯的弟弟都搬来和他们同住。未婚小姨子和年轻夫妇同住一个屋檐下，在当时的英国社会并不常见。狄更斯非常喜欢这个小姨子，总说她有灵气，能激发他的创作灵感。但不久，玛丽因病死在狄更斯怀中。狄更斯后来的许多作品中，都有玛丽的影子。

1842 年，狄更斯和凯瑟琳出发去美国旅行时，凯瑟琳的小妹妹乔治娜搬了进来，替他们料理家务照顾孩子。从美国回来后，狄更斯夫妇的关系开始冷淡，但依然一个接一个地生孩子。他们共生了十个孩子，其中一个女儿罗拉八个月大时早夭。当他们的最后一个儿子出生时，狄更斯对凯瑟琳的怨恨无以复加。

他认为这一切都是凯瑟琳的错，责骂她不是一个好妻子和好的家庭主妇，她的愚蠢会导致他破产。厌倦了家庭生活的狄更斯想重新约会早已嫁作他人妇的初恋女友玛丽亚，但玛丽亚只同意与他见面吃饭，却不想重回他的怀抱。

1857 年，45 岁的狄更斯在为自己的戏剧作品寻找演员时，经朋友推荐，会见了 18 岁的演员埃伦·特纳。埃伦聪明可爱、精力充沛，热爱文学和戏剧，更无比崇拜狄更斯。戏剧还没有排练完毕，狄更斯对埃伦的热情已熊熊燃烧、不可遏制。

与埃伦见面后不久，没有事先通知凯瑟琳，狄更斯就阴沉着脸一言不发地将他们的卧室隔成了两半。深感震惊与屈辱的凯瑟琳以泪洗面连问为什么。狄更斯没有回答，只要求正式分居。直到有一天，狄更斯为埃伦买的手镯错送到凯瑟琳手上，里面还有写满了肉麻文字的卡片，她才知道了事件的真相。

这对夫妻很快正式分居。虽然那时没有网络也没有微信朋友圈，但关于名人狄更斯的流言还是充斥了伦敦文学圈和社交圈，不但有关于他与女演员的，还有他与小姨子乔治娜的。那个时代的英国，表兄妹可以结婚，但姐夫和小姨子睡在一起则是乱伦。

于是狄更斯不得不在伦敦的报纸上，刊发一则正式声明。声明上说双方经过慎重考虑，友好协商，同意分居，希望大家不要胡乱猜测，云云。这种语焉不详的声明，不但没有澄清事实，反而刺激了更多的猜测与谣言。狄更斯又撰写了一篇关于夫妻关系的长文，但没有报纸愿意刊登。

凯瑟琳带着大儿子搬了出去，居住在狄更斯为他们提供的一所公寓内，狄更斯每年为他们支付 600 英镑生活费。这对夫妻至死都没有办理离婚手续，也从此没再见面，只偶尔有事务性的信件往来。除了大儿子，其他孩子都与狄更斯生活在一起，由凯瑟琳的妹妹乔治娜照顾。乔治娜终身未嫁，全身心照顾这个家庭，最后狄更斯死在她的怀里。

埃伦则于1860年离开舞台，金丝雀般被狄更斯养在一栋他匿名购下的宅院里。有时，埃伦和她的妈妈与狄更斯一起，外出旅行。每次旅行，狄更斯都会作出精心的安排，以确保他们的秘密不被发现。一旦狄更斯觉得有曝光的可能，他就立即取消埃伦的行程。

狄更斯和埃伦也没有结婚，她是他永远的秘密情人。他们生过一个儿子，但没能养大。他们的所有通信和文字，都在双方死之前烧掉了。狄更斯死于1870年，葬在威斯敏斯特教堂的诗人角里。凯瑟琳死于1879年，与早夭的女儿一起，葬在海格特公墓。

根据狄更斯的遗嘱，继续每年支付凯瑟琳600英镑，直到她去世；一次性留给埃伦税后1000英镑现金，另外每年从信托基金里支付她一笔钱，确保埃伦不用工作也生活得很好；乔治娜得到税后8000英镑的现金。其余所有财产折现后进入狄更斯信托基金，基金由他最信任的朋友福斯特和乔治娜共同管理。

狄更斯过世六年后，埃伦将自己的年龄从37岁改为23岁，嫁给了表面上比她大两岁、实际上比她年轻12岁的牛津大学毕业生乔治·罗宾逊。罗宾逊对埃伦和狄更斯的关系一无所知，他们办了一个寄宿学校，并生了一男一女两个孩子。

而凯瑟琳与狄更斯少有的几封信件，一直被凯瑟琳珍藏着。

临死前，她要求女儿凯特将信捐给大英博物馆，她说这样，"世界就会知道他至少爱过我。"

附：你知道是谁"发明"了全民共庆的欢乐圣诞节吗？

19世纪中叶以前，圣诞节并不是一个流行的节日，而是一个宗教节日，为庆祝耶稣的诞生。所以那时的圣诞节，教堂唱主角。圣诞节后来演变成以家庭为中心、以庆祝和欢乐为内容的全民节日，查尔斯·狄更斯功不可没。

1843年，狄更斯发表了小说《圣诞颂歌》。小说极富想象力地描绘了圣诞节的各种景象：厅堂里温暖如春，厨房里散发着烤鹅、葡萄干布丁和新鲜面包香味，圣诞树上挂着精美的礼品，人们见面互致问候"圣诞快乐"，全家人一起送礼物给穷人，等等。《圣诞颂歌》大卖，人们按照书中的描写布置圣诞节，许多情节和场景得以在现实生活中再现。维多利亚女王也非常喜欢这本书，并让人复制书中的场景，皇家也开始隆重地庆祝圣诞节。

甚至"圣诞快乐"的祝福语也是因这本书才流行起来的。

《圣诞颂歌》不但是狄更斯创作生涯的重大转折点，更被认为极大地提升了圣诞节在西方社会的地位和价值。因此，狄更斯被称为"发明圣诞节"的人。也是这一年，伦敦开始出现商业性的大规模印制的圣诞卡。在此之前，人们都是手写或自己绘制卡片传递信息，传达问候。

传统圣诞节装饰包括圣诞树、铃、蜡烛、糖果、长袜、花环和天使。最初的圣诞装饰是在每个窗户上装饰花环和窗台上放上点燃的蜡烛。点上蜡烛表明，基督徒相信耶稣基督才是世界的永恒之光。而现在全球市场上的圣诞蜡烛 50% 以上产自中国。

家庭圣诞大餐是圣诞节传统中非常重要的部分，不同国家及地区的圣诞晚餐都极其丰富。比如在意大利西西里，平安夜晚餐有 12 道鱼；在英国及受英国文化影响的国家，传统的圣诞晚宴包括了火鸡、鹅或大型鸟类，有各种肉汁、蔬菜、面包和果汁，有特别的甜点，如圣诞布丁、肉馅饼、水果蛋糕，有各种酒，如白兰地和朗姆酒。北欧国家的圣诞布丁则是一种美味的姜饼。

同样是圣诞老人，在不同的国家却有着不同的起源。现在全世界最为流行的身穿红衣服的圣诞老人，据称源自荷兰。荷兰曾经有一位名叫圣尼古拉斯的红衣大主教，他慷慨大方、乐善好施而且特别疼爱孩子。他总是穿着他的主教服出现在公众面前，打听哪些孩子应该得到礼物、哪些不应该。后来，以圣尼古拉斯的名义赠送礼物给别人，尤其是孩子，变得非常流行。

但是，现代圣诞老人形象的最终版本却是在美国纽约由著名漫画家托马斯·纳斯特完成的。圣尼古拉斯大主教的故事传到美国后，越来越多的人以他的名义赠送礼物给孩子和穷人。从 1863年开始，纳斯特每年都画一张圣诞老人的漫画。最初，圣诞老人穿着主教的长袍，后来才演变成穿着红衣服的普通老人形象。虽然普通，但他代表了快乐、健康、慈祥与希望。

1920 年，英国的报纸刊登了有大幅圣诞老人的可口可乐和香烟广告，将这一形象标准化、固定化。

查令十字街 84 号：爱书人的圣经

故事发生的那栋建筑还在，只是早已不再是书店。墙上挂着一块铭牌，记载了那个无比温馨美好却又多少有几分伤感的故事。

推荐：

图书：《查令十字街 84 号》海莲·汉芙，译林出版社，
　　　2005

电影：《查令十字街 84 号》，1987
　　　主演：安妮·班克罗夫特、安东尼·霍普金斯

和朋友去看了上午场《北京遇上西雅图之不二情书》，半价。片子不好也不坏，故事的最后虽生硬有狗尾续貂之嫌，却也是典型的中国式结局。作为中国观众，当然深深理解中国编剧和中国导演这种追求大团圆的不二情怀。

这部电影其实与北京和西雅图没有半毛钱关系，倒是和一本曾深深打动过我的小书密不可分。这本小书既是电影的重要道具，又是故事发展的主要线索，还如同相声里的逗哏和捧哏一

样，出乐子，出趣味，出情怀。而最后有情人终因这本书有了会合地点，想必离终成眷属也就不远了。

这就是首版于 1970 年的《查令十字街 84 号》。

《查令十字街 84 号》是一位纽约落魄女作家海莲·汉芙与伦敦一家二手书店经理弗兰克之间的故事。两人因书结缘，通信 20 年终生未见面，却相互支持共渡难关又暗生情愫。

海莲是位美国女作家，30 多岁了还未婚，喜爱英国文学，尤其喜欢"英国文学中的英格兰"。她读书嗜书淘书，还特别喜欢淘绝版书二手书。某日，她在一份杂志上看到一则关于伦敦二手书店的广告后，按图索骥写信给位于英国伦敦查令十字街 84 号的马克恩与科恩书店，希望购买些干净的、不超过 5 美元的旧书。海莲很快收到书店经理弗兰克的回信，对方不但找到了她想要的书，还很细心地附上了发票，纸条清楚地注明美元价和英镑价。故事由此开始。

海莲给出的书单偏而绝，严肃古板但同样爱书如命且很专业的弗兰克总能满足她的需要。他们的通信，也从简单的开列书单、邮书寄发票，到在信中拉家常发牢骚，甚至讨论伊丽莎白二世的加冕礼和如何做约克布丁。海莲开始用文字向弗兰克撒娇，一种情愫不知不觉在两人之间暗生。然而，弗兰克一如既往的古板，只兢兢业业地为海莲淘书寄书。后来，通信对象又加上了书店店员和弗兰克的家人，他们如朋友、家人般通过越洋书信传递着温暖，以及另一种爱情。书店为海莲寄去她要买但一时无法付钱的书，弗兰克为她寄去漂亮的桌布。海莲，尽管自己穷困不堪，住在一间白蚁丛生还不供暖的公寓里仍时不时地为他们寄去复活节礼物、生日礼物，寄去女人的长统袜、火腿巧克力、鸡蛋、葡萄干等。那正是战后英国重建最困难的时期，伦敦物资奇缺，海莲寄来的每一样东西都无异于奢侈品。

海莲想去伦敦看这群朋友，书店也有不止一名员工邀请海莲前来旅行，但因经济拮据未能成行。直到1969年的一天，海莲在收到一堆账单的同时，还收到了弗兰克的死讯。1970年，书店关闭。1971年，54岁海莲终于凑齐了路费，买了一张飞往伦敦的机票。等她来到查令十字街84号门前时，书店早已人去楼空，迎接她的唯有随风飘荡的蛛网。

当年书店那栋五层的楼房至今仍然不言不语地站立在伦敦的闹市区看尽熙熙人流，只不过早已不是书店。书店关闭后，先是改成了一家唱片店，后是一家CD店，再后来成为西班牙餐厅，新世纪以后，变成麦当劳餐厅。餐厅外墙上，镶了块铜牌，上面简略提及它是这个真实故事的发生地。对于完全不知道这个故事的人，这块铜牌是毫无意义的。

然而，读过这本书的人有很多很多。很多很多读过这本书的人一旦到伦敦，总会找出时间，去那里看看，虽然只是看看。所以每年，有来自世界各地的爱书者到当年的查令十字街84号，朝圣般瞻仰一番。

我也是因为读了《查令十字街84号》，才和从西班牙来英国看我的朋友相约，专门去了那家麦当劳，然后到对面的咖啡店坐了一下午。那是我和朋友在伦敦的唯一约会。朋友是个典型的理工男，在全球排名前三的制药企业主持某种疾病的某项药物研究，绝无文艺腔阅读的经验。他听我讲了故事后一声不吭，却在隔年我们于别国相见时，将故事几乎一字不拉地重述了出来。我想朋友大约也如千千万万读者一样，被这个故事感动了。

生于1916年的海莲·艾芙，是一个戏剧、小说和散文作者，有时也为杂志撰稿。在1970年《查令十字街84号》出版之前，虽已有几本书面世，但都默默无闻。真正让她名扬四海的，正是这本《查令十字街84号》。

这本书被誉为"爱书人的圣经"，被译成多种文字，一版再版，畅销了很多年。根据这个故事改编的广播剧、舞台剧、电视剧和电影，更是不胜枚举。1987年，《查令十字街84号》被拍成电影。英国影星安东尼·霍普金斯出演男主角弗兰克，女主角海莲则由美国演员安妮·班克罗夫特扮演。霍普金斯于1991年主演《沉默的羔羊》而获得当年度奥斯卡最佳男主角。他后来主演的电影还包括《吸血惊情四百年》《狼人》和《希区柯克》。安妮则因《毕业生》一片拿下奥斯卡最佳女主角。

海莲终身未嫁，活了81岁。除了书，她的挚爱还有香烟和马丁尼酒。她死后，她在曼哈顿的公寓所在的那栋楼更名为"查令十字楼"，并在大门旁边嵌了块铜牌，以纪念她在此居住并写下了广受人们欢迎、温情又浪漫的《查令十字街84号》。终身未嫁的海莲，收获了全世界读者的爱。

艾比路 3 号：一栋不容改变的楼，
一条不容改变的斑马线

伦敦威斯敏斯特市内，有一条艾比路。艾比路 3 号是一栋 19 世纪前期乔治风格的联排别墅，在全世界音乐迷眼里，这就是他们的殿堂。因为从艾比路 3 号的录音室，不知传出了多少殿堂级的音乐作品。而通向艾比路 3 号的那道斑马线，更是披头士迷心中的圣地。

推荐：

图书：《约翰·列侬传》菲利普·诺曼，人民文学出版社，
2012

《披头士》亨特·戴维斯，中信出版社，2015

英国伦敦，有一条全世界最著名的斑马线，是许多到伦敦旅游的人，尤其是那些披头士迷，一定要去走一走，一定要去拍张照片的地方。这处斑马线位于伦敦威斯敏斯特市内，合金欢路和格鲁夫路交叉处。就在它的旁边，艾比路 3 号，有一个殿堂级的录音室——艾比路录音室。

1931 年，英国留声机公司买下了这栋楼，把它改建成录音室。这个录音室逐渐在圈内有了影响，伦敦交响乐团和一些著名指挥家、作曲家都在这里录制他们的作品。不久，留声机公司与哥伦比亚唱片公司合并，组成了全球四大唱片公司之一的百代公司，录音室有了正式的名称，叫百代录音室。

后来，公司将隔壁的房子也买了下来，让音乐家们在录音期间休息、暂住。从 1958 年开始，2 号录音棚渐渐成为摇滚乐和流行音乐的中心，比如克利夫·理查德就在这里录下了他著名的唱片，美国著名男低音歌唱家保罗·罗伯逊大部分全球知名的歌曲也是在这里录制的。

但是，真正让录音室成为流行音乐圣地的，是披头士乐队。1962 年至 1970 年，披头士几乎所有的专辑和单曲都是从艾比路录音室 2 号棚这个流行音乐殿堂中产生。后来，平克·弗洛伊德乐队、冬青乐队和坏手指乐队等那个时代英国响当当的乐队，也在这里录制了他们的大部分作品。

* 艾比路 3 号

披头士以录音室所在地名为题，制作了他们的最后一张专辑《1969：艾比路》，此后，乐队分崩离析。由于这张唱片大卖，艾比路也成为一个为全世界的披头士迷所知的响亮名称。于是，1970 年，录音室又改回原来的名字，仍叫"艾比路录音室"。

披头士乐队还在录音室前面的那条斑马线上，拍摄了这张专辑的封面：几个长发披肩的音乐人，大步流星地走过斑马线。这张封面和专辑一样，成为披头士甚至流行音乐的经典。用跨过斑马线的照片作为唱片或者录音带封面的，除了披头士，还有平克乐队和红辣椒乐队。只不过他们有的赤脚，有的穿着袜子。

从此，录音室所在的艾比路和路口的这条斑马线，被永远改变。它被称作"披头士的斑马线"，成为来自全世界的披头士迷们的圣地，尤其是约翰·列侬被杀以后。许多人来到伦敦，会专门去到艾比路，在那条斑马线上，以当年的披头士成员们一样的姿势，拍照留念。

另一种向他们的音乐偶像献上敬意的方式，就是在录音室前面街边的墙上涂鸦。因为前来涂鸦的人太多，所以每隔三个月，这段墙就会被刷一次，以便后来者有空间可以继续涂鸦。

1980 年代，艾比路录音室开始录制电影音乐，比如《星球大战》系列就是在这里录制的。而另一些电影，如《指环王》系列音乐音效的后期合成也是在这里进行的。现在，这里已经是著名的数字音乐王国。

2009 年，百代公司宣布，计划卖掉这栋著名的艾比路录音室，以解决公司的财务危机。当时，已有房地产开发公司拟出了详尽的接盘方案，打算将其改造成豪华公寓。消息传出，英国和全世界的音乐人及披头士迷们，发起了一场拯救"艾比路音乐室"运动。

这场运动的核心，不但要阻止房地产开发商进入，还希望"艾比路"继续成为世界顶尖的录音室而不是博物馆。英国著名音乐家安德鲁·韦伯出价3000万英镑，希望买下它，未获通过。四天后，百代公司发表官方声明称，公司决定继续拥有艾比路，但希望有投资者来帮助公司复兴录音室。

不久，时任英国文化部长玛格丽特·霍奇宣布，根据英国文化遗产保护机构的建议，考虑到录音室的历史价值以及在英国文化中的重要地位，政府将艾比路录音所在大楼定为二级文物保护建筑。她还强调，在讨论这一议题时，参会者以压倒性多数做出上述决定。这意味着，艾比路录音室所在大楼，无论是用途和

*披头士走过的斑马线成了歌迷的打卡圣

结构，不允许有任何大的改变。如需变化，必须获得相关单位的批准。

同年 12 月，录音室前面那条多次上过专辑封面的斑马线，也被列入二级文物保护名单。由此，艾比路斑马线成了全世界最著名的斑马线。

经此波折，前往艾比路斑马线的游客明显增加，让本来就拥堵的伦敦交通更加拥堵。据称，伦敦交通管理部门正在想办法，看能不能既让披头士迷们满意地拍上照片，还能解决交通不畅的问题。

2011 年，录音室制作了所有在这里录制过作品的艺术家们的签名。谷歌为录音室创建了交互式虚拟旅游应用程序。

当年的披头士乐队成员保罗·麦卡特尼，自然也是那场"拯救艾比路录音室"运动的积极参与者。他说，在那里有着太多太多的回忆。这么多年过去了，那里仍是一个世界一流的录音室。

其实作为旅游者，来到艾比路现场，除了走走那条最著名的斑马线、看看录音楼的外观和墙上的涂鸦，并没有别的可看的。因为大楼是商业机构，不对外开放，偶尔有人混进去，看得到的与披头士相关的，也极其有限。

倒是离艾比路斑马线不远的地铁站入口处，有一个披头士咖啡屋。老板理查德是一个超级披头士迷，咖啡屋开了 20 年，他的艾比路录音室义务导游也当了 20 年。理查德的这家咖啡屋除了卖饮料，还卖与披头士相关的各种纪念品，包括那些经典的歌曲集。

　　我想，披头士的年代，是一个狂飙突进、比任何青春都混乱、激情、叛逆、渴望自由与多元的年代。披头士与他们那条斑马线，正是那个年代典型的符号。

辑 二

伦敦周边：穿越时光的现实与传奇

既然来到了伦敦，一定不能错过热闹都市附近的安静小镇。伦敦的火车站有往返于这些小镇的火车，每天车次很多。建议买 open return 的火车票，凭此票可在票面日期内任意时刻往返，便于灵活调节游览时间。每个小镇安排一天的时间游览是足够的，当然如能在小镇住上一晚也是一个不错的选择。

第一站：
温莎城堡——江山与美人

　　温莎城堡（Windsor Castle），位于英国英格兰东南部区域伯克郡温莎 - 梅登黑德皇家自治市镇温莎，距伦敦近郊约 40 公里，目前是英国王室温莎王朝的家族城堡，也是现今世界上有人居住的城堡中最大的一个，同时也是英国至今保存最好、最完整的一组花岗石建筑群。在经历了几百年的风霜之后，城堡依旧如此气势雄伟、挺拔壮观。

城堡中的传闻：英国绅士、骑士与吊袜带

推荐：

《爱德华三世》莎士比亚

从伦敦的查令十字车站或帕丁顿车站乘车，半个小时左右，就到了温莎小镇。这里除了有浓缩了英国历史的温莎城堡，隔着泰晤士河，还有同样在全世界闻名的伊顿公学。

1066 年，有微弱英王室血统的诺曼底公爵威廉，又叫"征服者威廉"，挥师渡过英吉利海峡，参与王位争夺战。几场战役之后，威廉在威斯敏斯特教堂加冕为王，是为诺曼底王朝的威廉一世。

为了加强防御巩固自己的政权，威廉一世在伦敦周围每隔 32 公里就建起一座能互相呼应的城堡，共九座。温莎城堡就是这些城堡中，规模最大的一座。乔治五世时，城堡里单是仆人，就有 660 名。

从亨利一世开始，城堡成为英国王室重要的行宫。我们游览城堡时，代表女王驾到的旗帜并未飘扬在城堡上空，说明那天女

王不在城堡。据说，一年之中至少有三分之一的时间，伊丽莎白女王待在这座她最钟爱的城堡里。

我们计划在城堡里悠悠闲闲地玩上一整天，晚上就住在镇上那家著名的客栈里，第二天再过河去伊顿。因此，排队进入城堡后，手握导游图，我们在这座巨大的城堡里慢慢地走，细细地看，感受空气中漂浮着的英国历史和王家气息。

我们走过上区、中区和下区，走过 1170 年重建的圆塔和建于 1227 年的晚钟塔，走过传说中亚瑟王和他的骑士们开会的大圆桌。圆塔的四周种植着漂亮的玫瑰，一副壮美安宁景象。可是在 1660 年以前，圆塔是被当作监狱使用的。

依次看过城堡的寝宫、宴会厅、舞厅、图书馆、珠宝展，看过玛丽王后的玩偶屋和专门留宿外国重要客人的国务大楼，看过厚重而年代不同的大石门和回廊，如同看尽大英帝国千年的辉煌与落寞、千年的王朝更替与传说。

豪华的圣乔治教堂的皇家墓地里，埋葬了十位国王和无数王室成员。其中最让人感叹的是爱德华三世和乔治三世，虽然同样葬于此的亨利八世和爱德华八世也是故事多多，但爱德华三世和乔治三世在历史上留下了特殊的印迹。

关于至今仍是英国至高荣誉和最悠久历史的嘉德骑士勋章的来历，有两种传说。一种传说是，爱德华三世在 1347 年加莱的一个舞会上，邀请索尔兹伯里伯爵夫人跳舞，舞蹈时伯爵夫人的吊袜带掉了下来，旁边的人们纷纷嘲笑面带不屑。爱德华三世认为嘲笑一个陷入窘迫之中的人，既不绅士也不骑士。

于是他弯腰将伯爵夫人的吊袜带捡了起来，系在自己腿上。此前，他本想效仿亚瑟王成立一个圆桌骑士团，受这一事件的影响，他将骑士团的名字定为嘉德骑士团。嘉德在英文中，是吊袜带的意思。

另一个传说则是，理查一世国王在12世纪的十字军东征时，让他的骑士们在大腿上系了一根蓝色的吊袜带，以作区别。最后，骑士们赢得了那场战斗。14世纪，国王爱德华三世受这个传说的启发，设立了嘉德骑士勋章。

爱德华三世规定，活着的勋章佩戴者，包括国王在内不能超过25人。一个骑士死了，才能有新的骑士补进来。推荐和挑选新晋骑士，有十分严格的标准和程序。

历史上，授勋仪式一直在温莎城堡的圣乔治教堂举行。所有被授勋的嘉德骑士，在教堂里都有一席之地。他们的小旗和头盔挂在教堂里的座位上，座椅的背后是铜边镶着瓷片的牌子，上面有该名骑士的姓名、头衔、职位、格言等。

当有新的成员被授予骑士称号时，已经是骑士团成员的人们穿着特制的长袍，佩上绶带和徽章，和他们的妻子一起前来参加授勋仪式。每年6月的嘉德日，骑士们也会戴着他们的嘉德徽章在温莎城堡聚会，有时还会在温莎小镇上静静地走一圈。

在维多利亚女王之前，乔治三世是寿命最长和在位时间最长的英国国王。他活了81岁，统治英国的时间为59年，被认为是英国历史上最正直、最受人民爱戴的国王。在他的统治下，英国的农业革命有了长足的发展，工业和科技也比其欧洲同伴先进了许多。有历史学家甚至认为，英国的君主制得以幸存下来，与乔治三世有很大的关系。

乔治三世是在祖父死后匆忙登基的，同样匆忙的还有他的婚姻。乔治三世与王后夏洛特在婚礼上才第一次相见，国王和王后的加冕礼及他们的婚礼，在同一天举行。与当时整个欧洲王室流行的情形不同，乔治三世没有情妇，也没有私生子。国王夫妇生养了 15 个孩子，有快乐而稳定的婚姻生活，这在英国历代国王中并不多见。

然而乔治三世的晚年十分不幸。他得了一种怪病，两眼充血红得吓人，两脚浮肿不能走动，皮肤长满了各种斑块，奇痒难耐，被他抓挠得流满血水黄水。后来，他失明失聪完全丧失了行动能力，并彻底疯掉了。人们只好把他关在城堡里的一间小屋子里。有一次，他居然对着屋角的一块石头自说自话，长达 58 小时。

那时全英国的医生都不知道国王得了什么怪病，对此束手无策。直到 20 世纪 30 年代，人们才知道，国王得的是罕见的卟啉病，那是一种让人的神经系统中毒紊乱的疾病。

流连了一整天，直到城堡快要关门的时候，我们才穿过亨利八世大门，来到了保留着 17 世纪鹅卵石小街的温莎老城。温莎老城里的夏洛特王后街只有 150 米长，是英国最短的街，而豌豆荚街的历史则比城堡还古老，在撒克逊时代就有了。

走进我们从网上预订的宾馆，惊喜扑面而来。客栈原来在一个如城堡般的建筑里，舒适又富有历史感。我们房间的窗户下面，正是缓缓流过的泰晤士河。

玩偶屋：冷血王太后的温情与童心

推荐：

电影：《国王的演讲》，2011

　　　　导演：汤姆·霍珀

　　　　主演：科林·费斯、杰弗里·拉什

　　　　《失落的王子》，2003

　　　　导演：斯蒂芬·波利亚科夫

　　　　主演：丹尼尔·威廉姆斯、马修·詹姆斯·托马斯

　　世界上最萌的小王子、英王室第三顺位继承人、凯特王妃和威廉王子的爱情结晶乔治王子，自降生以来便不可避免地活在媒体的放大镜之下，包括他每年生日所收的礼物，也要一一公开报道，毫无隐私可言。

　　小王子才过了他人生第四个生日，已经惹出不少风波。据说，因为他每年收到的生日礼物实在太丰富，竟招致众多眼红的英国媒体纷纷吐槽。

　　尤其是乔治王子两周岁生日收到的一件价值 1.8 万英镑的

礼物——一辆被命名为"牧羊人小屋"的房车，里面装有可燃烧木的火炉，有橡木地板和沙发床，周围还铺满鲜花和绿茵。这座"便携式宫殿"备受非议，尖酸刻薄的媒体甚至将小王子这座花费比普通农民一年收入还多的游戏屋比喻为"不劳而获特权的无耻象征"。

可怜年幼的乔治小王子，其实连收不收礼都受人摆布，却无辜地成为舆论指责的对象。不过，假如乔治小王子到温莎古堡，参观他太祖母（伊丽莎白女王的祖母）玛丽王后的私人订制玩偶屋，保准淡定不了，他的游戏屋与玛丽王后的玩偶屋相比，那简直就是弱得不要不要的。

数年前的英伦之旅，我只花了一个下午的时间匆匆游览了温莎古堡。记得当时经过玛丽王后的玩偶屋时，整个人简直像被魔法棒点中了一般，好长一会没有办法指挥双脚往前行。

这座高约 1.5 米的玩偶屋其实就是英国王室宫殿的微缩模型，在这方小小的天地里，分布着宴会厅、会客厅、卧房、书房、酒窖、花园等王室成员日常起居的每个场所。透过玻璃橱窗，可以看到餐台上镀金的烛台、雕饰繁复的钢琴脚架、暖炉上方精美的挂画、公主闺房低垂的帐幔、梳妆台前玳瑁色的梳子……在暖融融的灯光映射下，无不散发着尊贵和奢华气息。

我最喜欢的是餐桌上那些拇指般大小的餐具、摆设有章有法的刀叉、擦拭得锃亮的小银盘，还有小餐车里的精美餐点、虚位以待的精美餐椅，让人疑心自己突然来到小人国，国王的盛宴就要开席。

当然，玩偶屋并非只供玩赏的摆设，要真有小人国的小人莅临，还真能在里面自如生活，因为玩偶屋内的电力设施和排水系统一应齐全，微型电梯可上下运行，还有冷热水通过管道流入厨房水槽。屋外观景花园中，还停着一辆微型割草机，可随时开启工作。

再说说玩偶屋内的小摆设，也都称得上稀有。保险库中存放一个重 680 克的王冠复制品，微缩雪茄和香烟由登喜路公司定制，走廊的一架落地摆钟由珠宝商卡地亚量身定做。车库里停放着六辆老式汽车，包括劳斯莱斯银灵轿车、戴姆勒超豪华轿车等。酒窖中存放着可饮用的微型陈年佳酿，有 200 瓶 1875 年产拉菲城堡葡萄酒和 60 瓶凯歌香槟。

图书馆采用胡桃木板材，内中珍藏着当年文学巨擘如奥尔德斯·赫胥黎、约翰·巴肯等的著作缩印本。所有著作都是牛皮精装手写版，最著名当属阿瑟·柯南道尔的《华生学推理》。此外，这里还存有诺贝尔文学奖获得者拉迪亚德·吉卜林送出的 4×3 厘米的手写诗集，内附他亲手绘制的插图，并且从未出版。

玩偶屋的主人玛丽王后，英王乔治五世的妻子，曾经的日不落帝国的女主人，素以痴迷收藏手工精品而闻名。一次世界大战结束后，国王乔治五世将玩偶屋作为礼物送给在战争中立功的玛丽王后，当年有 250 名能工巧匠、60 名装潢师、700 名艺术家和 600 名作家参与制作。

玛丽王后是著名的珠宝女王，对琥珀、祖母绿与钻石的喜好达到恋物癖的程度。那些爱混社交圈的贵妇们对玛丽王后既爱又怕，她们甚至得在她登门造访之前先悄悄藏起家传珍品，因为凡入玛丽王后法眼的珠宝，过不了多久必定成为她的囊中物，连小偷的赃物也来之不拒。

英女王伊丽莎白二世曾经说过："我拥有的珠宝，只有祖母玛丽皇后的一半不到。"已故王妃戴安娜生前喜欢佩戴的一条祖母绿项链曾令她惊艳社交圈，这条项链就来自玛丽王后。

有人形容说，玛丽王后手中闪耀的珠宝，可以照亮半个地球。还有人将玛丽王后形容为一棵会走路的华丽的圣诞树，因为她身上总是挂满珠宝，为此她不得不自创用亚麻布加固衣服的方法，来承受珠宝的重量。

在她的丈夫乔治五世登基加冕大礼上，玛丽王后身上所戴的各色钻石和宝石有近一万颗，单单那顶王冠就镶有 2200 颗钻石，其中包括世界上最大的钻石——重达 530 克拉的库利南一号。

不过，玩偶屋的主人玛丽王后显然不仅仅是一位珠宝控或是拜金的女人。她性格坚强独立，是上个世纪英国王室的掌权人。当年的维多利亚女王在欧洲众多待嫁的公主中选中了她，将她许配给王储艾伯特王子，哪曾想到王子婚前突患肺炎去世，婚礼遂变成葬礼。

玛丽后来以寡嫂身份嫁给权叔乔治王子，并从王妃成为了王后。她的一生，见证了六任英国君主的王位交替。除了祖婆婆维多利亚女王、公公爱德华七世国王、丈夫乔治五世国王外，她还养育了两位国王，分别是大儿子爱德华七世国王（爱美人不爱江山的温莎公爵）、二儿子乔治六世国王（电影《国王的演讲》讲话结巴的那位），还有孙女伊丽莎白二世女王。

因为大儿子爱德华七世爱上不该爱的人——两度离婚的美国人辛普森夫人，玛丽王后亲自颁下放逐长子的诏书，并以一贯的坚毅支持口吃的次子乔治六世登上王位，拯救了处于风雨飘摇之中的英国君主制。

后世史学家记载，玛丽王后天生性格严肃古板，她曾教导孙女伊丽莎白二世如何在公共场合不苟言笑。长子温莎公爵眼中的母亲玛丽"冷淡""高傲"，终生被驱逐的他形容"母亲的血液像冰块一样的冷"。

可叹的是，连她曾经最亲近的人也没有发现，其实玩偶屋的主人玛丽王后还有童心未泯和温情脉脉的一面。

温莎公爵夫人：她至死也没获得"殿下"的称呼

推荐：

电影：《温莎之恋》，1978

　　导演：瓦里斯·侯赛因

　　主演：爱德华·福克斯、Cynthia Harris

　　这个并不漂亮的中年女人沃丽斯·辛普森，究竟有什么本事，让身边美女如云、如花蝴蝶乱飞的爱德华王子在明知她有混乱的男女关系的情况下，也宁可舍弃江山，非她不娶？

　　后世有研究资料称，温莎公爵因幼年的经历，性格软弱。在两性关系上，他是一个受虐狂。而沃丽斯性格强悍、控制欲强，是一个施虐狂。公爵曾对朋友说，在遇到沃丽斯之前，他从来没有被真正满足过。有人分析，这也是他的王子时代，情人如过江之鲫的原因。同样，这也是她和他能真正走到一起，并相伴终身的原因。

　　沃丽斯，即后来的温沙公爵夫人，出生于美国一个殷实的商人家庭。她的父亲因结核病死后，母亲再婚嫁了巴尔的摩民主党党魁的儿子，沃丽斯进入当地最昂贵的女子中学。据她的中学同学回忆，沃丽斯虽然说不上漂亮，但她意志坚定、快乐向上，穿着打扮无可挑剔，是学校的明星，身边总围绕着追蜂逐蝶荷尔蒙过剩的男孩子们。

那时美国公众对英国王室的故事特别感兴趣。沃丽斯和当时许许多多美国年轻女孩一样，着迷于长着一头金发、帅气而文雅的英国王位继承人爱德华王子。就像现在的中学生房间里贴满了足球明星和电影明星的照片一样，沃丽斯房间的墙上挂满了爱德华王子的各种照片。

沃丽斯18岁那年，遇到了美国海军航空部队年轻的军官温·斯宾塞并结了婚。1922年，斯宾塞被调往菲律宾，然后是中国。沃丽斯在华盛顿和一位阿根廷外交官风流一段时间之后，踏上了去远东的旅途。她经菲律宾、香港、上海最终抵达北京。远东风情让她着迷，尤其是娇滴滴特别会发嗲的东方妓女。未经证实的资料表明，作为一个女人，她在香港和上海最喜欢去的地方，竟然是妓院！

沃丽斯在北京待了足足一年，和意大利公使成了如胶似漆的情人。据说沃丽斯怀上了公使的孩子却又不得不将孩子打掉，她因此而丧失了生育能力。1925年，斯宾塞在中国的任期届满，她和丈夫一起回到美国。随后，两人分居，1927年正式离婚。

第一次婚姻尚未完结，沃丽斯开始了她第二段婚姻旅程。对象是同样正在离婚的欧内斯特·辛普森，有一半英国血统，在成为成功的船运商人之前，做过英国王室冷溪卫队的军官。两人于

1928 年在伦敦登记结婚。

此时的爱德华王子，常随乔治五世出席一些官方活动。年轻帅气的外表，"一战"的经历，王位继承人和未婚王子的身份，使他成为最受欢迎的王室明星、欧洲众多王室联姻的对象。但尝尽女人风情的王子，仍然顽固地拒绝婚姻。

温莎公爵是一个相当重口味的人。他数不清的情人中，大多数是妓女，其余则是有夫之妇。1917 年，他爱上了一个叫玛格丽特的巴黎妓女，并给她写了许多大胆色情的信件。这些情书，成了他们关系破裂后，玛格丽特要挟爱德华王子的武器。国王对这个大胆鲁莽、好色、不知检点的长子十分失望，极不希望由爱德华继承王位。但王位继承法不是国王所能更改的，他常常因此而忧心忡忡。国王曾说："在我死后，这孩子不出 12 个月，必毁了他自己。"事实果然如此。

沃丽斯的闺蜜西尔玛，是爱德华王子当时的众多情妇之一。在 1933 年的一次晚宴上，西尔玛将沃丽斯介绍给了王子。关于沃丽斯见到自己崇拜了 20 多年的偶像时的表情如何，以及王子对这个并不漂亮的灰女人的第一印象怎样，没有文字记载，但天雷地火般的故事，就这样发生了。世界上最花心的男人，从此被牢牢地拴在沃丽斯身边。

后来的事，地球人都知道。国王乔治五世驾崩，王子继位，称爱德华八世。新国王欲娶沃丽斯几乎引发了英国宪政危机，当了不到一年国王不得不宣布退位，变身为"温莎公爵"，他的弟弟登基为王，即乔治六世。

1937 年，沃丽斯与第二任丈夫的离婚裁定生效两月后，她与温莎公爵在法国结婚，成为温莎公爵夫人。婚礼规模很小，除了沃丽斯的少数亲戚、男女双方的少数密友，英国王室无人参加。婚后两人定居法国。

温莎公爵与王室和英国政府的退位协议条款包括，除非担任公职，公爵不能享有政府的津贴；沃丽斯不得拥有王室的任何头衔，不得被称为"殿下"。但同年晚些时候，公爵夫妇访问德国，希特勒在他位于奥地利的山间别墅款待他们时，包括元首在内的所有人，都尊称沃丽斯为"殿下"。

英美情报机构的资料显示，希特勒的确有扶持温莎公爵重登王位的具体计划，并不止一次称"沃丽斯是一个好王后"。公爵夫妇有明显的亲纳粹倾向，也是事实。里宾特洛甫任驻英大使时，就常常和沃丽斯幽会。英国的一些战争计划，也正是沃丽斯泄露给了德国人。公爵在美国广播公司的专访中、在多次官方场合，也不吝赞扬希特勒。所有这一切，让英国王室和政府既尴尬又紧张。于是，丘吉尔干脆让公爵到巴哈马当总督，让他们远离纷争的欧洲。

二战结束前，占领德国的英军中有一支小分队，专门从德国各种档案馆以及希特勒、戈林和里宾特洛甫的私人图书馆中，将温莎公爵夫妇与纳粹高官的信件偷出。当然，一并偷出的，还有第三帝国许多其他资料。据称，上述信件中的大多数收藏于英国皇家档案馆。

温莎公爵夫妇极不情愿地在"英国三流殖民地"巴哈马待了

近五年。直到 1945 年 3 月，他们离开巴哈马回到法国，并在那里度过了生命中剩余的大部分时光。巴黎市政府为他们提供了一套租金低廉到可以忽略不计的房屋，并免除了他们的全部所得税和消费税。

不过，他们与英国王室仍未完全和解。虽然在玛丽王太后生前，温莎公爵不定期去探望她并借此与自己的兄弟姐妹短暂相聚，但沃丽斯从未受到过玛丽王太后和乔治六世夫妇的正式接待。

1952 年，温莎公爵独自一人出席了他弟弟乔治六世的葬礼。一年后，他又回到伦敦出席老太后的葬礼。但是他没有出席伊丽莎白二世女王的加冕礼。他在巴黎的公寓里，从头到尾观看了这一当时全世界关注的典礼。人们无法猜测，他看完加冕礼后关上电视机那一瞬间的心情。

1971 年，温莎公爵因喉癌接受了放射性治疗。次年 5 月 28 日，距他 78 岁生日不足一个月，公爵于巴黎逝世。他的灵柩被运回英国，葬于温莎城堡。女王伊丽莎白二世率领王室全体成员，出席了他的葬礼。

温莎公爵离世后，公爵夫人过着一种近乎隐居的生活，公众很少再见到她。在生命结束前五年，她已完全丧失了语言和行动能力。她在 90 岁时过世，遗体同样被运回英国，与她的丈夫合葬在温莎城堡的皇家墓地。她的墓碑上刻着"沃丽斯·温莎公爵夫人"，仍然没有"殿下"一词。

第二站：
休恩登庄园——从恐怖古堡到二战秘密基地

搜索休恩登庄园（Hughenden Manor），跳出来的第一个关键词就是"闹鬼"——英国政治家和作家本杰明·迪斯雷利站在楼梯满面笑容地看着过往游客。不过被人笑着看的游客大概还是瘆得慌。而另一个并不知名的关键词则和二战有关——"山边"，这一秘密地图绘制组在二战时肩负着根据航拍照片绘制标注出德军弹药库、铁路、水坝等目标的精细地图，提供给皇家空军的使命。

如今的休恩登庄园，一条小河潺潺流过教堂外的绿草地，牛群怡然自得，到了傍晚，连停车场也被它们占据，一派岁月静好的模样。

首相庄园：原来是英国著名鬼屋

要到休恩登庄园（Hughenden Manor），可在查令十字站（Charing Cross）乘车到海威科姆镇（High Wycombe）。

推荐： 休恩登庄园的花园非常值得一游。

1862 年成立于伦敦的幽灵俱乐部，是一个专门调查、研究鬼魂和超自然现象的组织。该俱乐部的一名成员于 1970 年代初到休恩登庄园待了几天后，写出了详细的报告，描述了她在庄园所见所感的一切。加上以前的目击者的说辞，人们坚信，迪斯雷利并未真离去。

休恩登庄园在伦敦西北 47 公里处的海威科姆镇边，是一栋红砖建筑。庄园及附近的土地，原为王室所有。1539 年，国王将其作为礼物，赐给了罗伯特·多默爵士。几经辗转之后，本杰明·迪斯雷利的父亲长期租下了它。1848 年，迪斯雷利成为英国保守党领袖。他被告知，作为一个大党的掌门人，他需要有一份过得去的物产。

迪斯雷利找人借了 2.5 万英镑，买下了这个他已住了多年的庄园，重新装修并建了几个正经花园，庄园由此成为伦敦附近有名的政治人物聚会场所。除了是保守党党魁，还担任过财政大臣的迪斯雷利，两度出任英国首相。虽然他的第一次任期十分短暂，且那时他已经 70 岁了。

他最为人称道的事迹是以迅雷不及掩耳之势、抢下了埃及总督在苏伊士运河公司的股票，加上从另一些散户手中收购来的股票，英国一举拿下苏伊士运河的控制权。当时，他一边阻止埃及人与法国人接触，一边让莱昂内尔·罗斯柴尔德而不是英格兰银行为他筹得资金。在法国人还糊里糊涂之时，迪斯雷利签下了协议。

那时通过苏伊士运河的船只，80% 是英国公司的。在达成交易的第二天，首相给女王写了张便条："阁下，现在这条运河是你的了。"有人评价，这是迪斯雷利政治生涯中最鼓舞人心的一笔。从第二年开始，保证苏伊士运河的安全，以确保英国到印度的海路畅通无阻，成了英国最重要的外交事务之一。

任首相期间，迪斯雷利还发动了第二次阿富汗战争，逼退俄国人对奥斯曼土耳其的进攻，并得到了巴尔干半岛的控制权，这使他的声望达到顶峰。但南非战争的失利，导致了他的倒台。他还有两件载入英国史册的事件，一是开启了英语在国际上使用，二是让"大英帝国"成为官方称谓。

迪斯雷利是维多利亚女王的蓝颜知己，深知女王的心结。多年以来，女王因为没有一个至高无上、能代表英国成功扩张、取得辽阔版图的帝国称号而耿耿于怀。她的初恋情人亚历山大二世，是俄国沙皇；她的女儿维多利亚长公主，一旦其夫继位为普鲁士皇帝，也会拥有皇后的称号。但是在英国国内，她是不可能享有女皇称号的。

迪斯雷利于是向议会提出建议，授予女王"印度女皇"的称号，以后的官方文书，在提到英国时称"大英帝国"。这一前所未有的提议，在议会内激起了浪潮般的反对之声。迪斯雷利以他雄辩的演讲才能平息了争议，女王如愿成为"印度女皇"。从此以后，维多利亚女王的所有官方签名，均是"大英帝国和印度帝国，女王和女皇"。

1878 年，迪斯雷利访问柏林，在议会用英语发表演讲，引起了一阵骚动。那时欧洲的官方用语是法语，会说会听英语的不多。迪斯雷利演讲之后，欧洲的外交官之间开始更多地使用英语。因此，迪斯雷利被认为是英语国际化的开始。虽然直到 1920 年国际联盟成立时，英语才正式被指定为官方语言。

维多利亚女王对迪斯雷利的评价是智慧、诗意、有骑士精神。第一次从首相位置下来后，女王专为他创造了一个爵位——比肯斯菲尔德伯爵，但他拒绝接受。后来女王两次欲授他爵位，最后一次是公爵，他除了拒绝，还是拒绝。

迪斯雷利还是一个不错的小说家。卸任首相后回到休恩登庄园，他除了侍弄他的花花草草，就是捡起当首相之前未完成的小说继续写作。这些小说的销路，据说都不错。当他的生命快走到尽头的时候，他的朋友和政敌都来到庄园。但是，他坚决反对女王来探望他。

1881 年 4 月 5 日，当女王的最后一封信件抵达时，他的双眼已不能视物了。这是一张女王签名的明信片，上面写道："请别离去。没有你，我们许多事情都做不了。"半个月后，他没有听从女王的命令，逝去。迪斯雷利不希望有许多人来吊唁、参加葬礼，只愿意安安静静地葬在妻子身边。

迪斯雷利娶了好友的未亡人，此时已先他而去，葬在庄园旁边教堂的院子里。但是，他的遗愿未被遵从，人们络绎不绝地来到庄园。4 月 26 日，女王参加了他的葬礼，悲伤地低头哭泣了好一阵子，并亲自送他到墓地，细细地查看了墓地的每一个细节。她在庄园里待了足足四天，并为他立了一尊纪念碑。

政府为他塑的雕像则立在威斯敏斯特教堂前面。和迪斯雷利葬在一起的，除了他的妻子，还有他的红颜知己萨拉·威廉斯。萨拉是一个富有的遗孀，与迪斯雷利长期通信抒发各自的政治及文学主张。1865 年，萨拉去世时将大量财产赠给了迪斯雷利。他用这笔钱偿还了购买庄园的全部借款。

他死后不久，关于迪斯雷利幽灵在庄园里游荡的故事就传了出来。据说，他拒绝离开庄园，是因为女王对他说过"请别离去"，所以他不是在花园散步，就是站在楼梯口。据称，一楼的楼梯口是他最喜欢的地方。那里挂着许多藏画，其中一幅是维多利亚女王送给他的。

另一些时候，人们说他总是站在你身后，你一转身，就会看见影子一般的他。有时，这影子会跟随你走一段，有时则迅速消失。

二战小插曲，酒窖大秘密

推荐：

图书：《毁灭：二战中德军和盟军的战略大轰炸》罗尔夫 – 迪特·米勒，中国市场出版社，2010

休恩登庄园曾是英国保守党党魁、三届财政大臣、两任英国首相本杰明·迪斯雷利的家。迪斯雷利无子，死后财产由侄子继承。他的侄子死后，庄园辗转归于英国信托基金会。

接手庄园之后，基金会管理人员很快发现了藏在庄园酒窖和地下室的秘密。他们多次向议会提出申请，开放酒窖和地下室供游人参观，但多年未获批准。直到 2005 年，英国和其他盟国一样，有一系列庆祝二战胜利及诺曼底登陆的纪念活动，议会才批准了基金会的申请，庄园这才得以向世界讲述了另一个二战故事。

二战期间，德国空军一直想炸毁一个代号为"山边"(Hillside) 的英国建筑，因为他们知道这栋建筑的所有活动都是只针对德国人的。但因为不知道"山边"究竟藏在英国的什么地方，所以专门针对它的轰炸一直未能实施。实际上，休恩登庄园，便是代号为"山边"的地方。

不知何故，英国人从 1930 年开始，就不再制作用于军事的德国地图了。那时，英国关于德国的地图全是供游客用的旅游地图，标注的是城市、公路、铁路、旅游景点。战争开始，尤其是盟军确定了对德国的战略轰炸行动，旨在炸毁德国大量的基础设施之后，绘制详尽的用于军事目的的德国地图变得迫在眉睫。

英国空军迅速在全英范围内招募了 100 多名当时国内顶尖的测量师、设计师和制图师，将他们安置在距英国轰炸机指挥中心不远处的休恩登庄园的地下室和酒窖里。但地理信息的来源十分有限，除了通过在德国的情报人员，英国人只得派出大量的侦察机和小分队，利用各种方法获得信息。

* 不列颠空战纪念雕塑

那时，不列颠空战尚未结束，英国正在经历最艰难的时刻。希特勒坚信英国皇家空军很快会被摧毁得七七八八，丘吉尔将不得不坐到谈判桌上来和他签订和平协议。然而，他大错而特错。此时，仍有约 3000 名平均年龄只有 20 岁的年轻飞行员轮番参与对抗德国空军的战斗中，他们悄悄窜到德军后方，从空中拍下照片。

这些勇敢的侦察员们飞行了几千架次，拍摄了 3600 万张照片。胶卷被送到休恩登庄园，交给 100 名英国顶级制图师和测量师。在这里，制图师们日夜工作，制作了上千幅军用地图，专供飞行员们使用。每天，一个乡间邮差打扮的人骑着绿色自行车来将地图取走，送到七英里外的英国空军轰炸机指挥中心。

休恩登庄园的地理位置本身比较隐秘，周围无任何军事警示标志，庄园四周既无铁丝网也无卫兵站岗，一切是那么平常。无论是当地居民还是德国间谍，谁都没有发现这个前首相的庄园竟然是对于战争如此重要的一个机构的所在地。所以整个战争期间，英国满目疮痍，休恩登庄园却安然无恙。

直到二战结束 60 年后，经议会批准，英国国防部才解密了那一段既短小却重要的插曲。当年的制图师们才能向世人讲出他们的故事。庄园的酒窖和地下室里才有了一个小小的博物馆，专门展出那一特殊时期里制图师们的工作和生活的情况，及他们制作的地图。

旨在暗杀希特勒的"福斯利行动"，虽因希特勒离开了鹰巢而取消，但"山边"为这次行动绘制的地图——希特勒的堡垒及周边地形地貌，精确得毫厘不差。轰炸鹰巢的"福斯利行动"取消五天后，希特勒在柏林地堡内自杀身亡。

第三站：
二战飞行记录

英国皇家空军 (Royal Air Force，简称 RAF) 是世界上历史最悠久的空军，负责英国防空和其他国际防务义务的武装机构。英国皇家空军起源于 1911 年，成立于 1918 年 4 月 1 日，由英国皇家飞行部队和英国皇家海军航空部队混合而成。1920 年，林肯郡的克兰威尔建立了皇家空军军官学校。1922 年，皇家空军参谋学校在罕布郡的安德福成立。

第二次世界大战期间，英空军进行了大量作战活动。敦刻尔克撤退、不列颠之战中以及后期对德国战略轰炸中，英空军发挥巨大作用。二战结束时，英空军发展到 108 万人，487 个中队，拥有飞机 9200 架。

这位飞机设计师，为什么要到处募捐？

英国皇家空军博物馆（Royal Air Force Museum）有两个馆址，一个在伦敦近郊以前的亨顿机场，另一个在什罗普郡的科斯福德。

官网：www.rafmuseum.org.uk

推荐：

电影：《轰炸鲁尔水坝记》，1955
　　　导演：米歇尔·安德尔森
　　　主演：迈克尔·雷德格瑞夫、罗伯特·肖、理查德·索普

曾经是飞机设计师的巴恩斯·沃利斯，1930 年设计出了当时世界上最大的飞艇。他的故事，在英国皇家空军博物馆里有一席之地。

二战乌云越来越厚重之时，沃利斯不光开始设计飞机，也开始设计武器。战争开始不久，他向英国战争部提交了一份题为《攻击轴心国的重要方法》的报告，明确提出了战略轰炸的概念，并明确指出应立即着手设计生产大型炸弹，最好是 10 吨级

的，同时要生产与之相配的大型轰炸机。

在此之前，英国战争部就判断出鲁尔地区是德国最重要的军事工业生产基地，并开始考虑一旦战争爆发，如何对这一地区的军工生产，尤其是对默纳、埃德和索尔培三个大水坝，实施战略性打击。这三个大水库不但灌溉着许多农田，还为当地军民提供饮用水和水力发电。

经过论证，英国军方认为，只有使用特殊的大型炸弹并对三个大水库实施反复、连续的轰炸，才可能有效。但直到二战爆发，英国人既没有德国的军事地图，也没有大型炸弹和可以装载这些炸弹的大型轰炸机。沃利斯关于 10 吨级炸弹的设想被军方拒绝，不过军方同意他进行 6 吨级炸弹的试验。

1942 年初，沃利斯开始试验"跳跃式炸弹"，又叫"圆桶炸弹"。这种炸弹高 1.6 米、直径 1.3 米，因其外观如一个巨大的圆桶并且能够在水面上跳跃以避开防雷网而得名。它的另一个特点是能装下三吨炸药，可以在十米深的水中爆炸。它的问世，加速了盟军对德国的战略轰炸。而它的首秀，便是针对上述鲁尔工业区。

"跳跃式炸弹"直到 1943 年 4 月 29 日才完成了最后一次测试。5 月 13 日，第一批炸弹就被装上了飞机。5 月 15 日到 16 日，炸弹的发明者、设计师与有关测试工程师一起，向轰炸机指挥中心的有关官员、飞行中队的机组成员们详细介绍了相关技术参数和操作要点。

1943 年 5 月 16 日晚，英军开展了代号为"严惩行动"的针对德国鲁尔地区的战略大轰炸，轰炸的重点便是三个大水坝。为了这次轰炸，英国空军抽调精英，组成了第 617 特别飞行中队。年仅 24 岁的空军中校盖伊·吉布森被任命为这支特殊部队的指挥官。中队的徽章是由国王乔治六世亲自授予的，上面的文字是"在我身后是滔天洪水"，可见当时行动的重要性和英军对轰炸成功的信心。

5 月 17 日凌晨，在夜幕的掩护下，英国皇家空军第 617 特别飞行中队的数十架兰开斯特轰炸机，对德国鲁尔地区实施了三轮低空轰炸。"严惩行动"大获成功，第 617 中队一战成名，成为英国空军的王牌飞行中队。两座水力发电站、125 家军工厂被毁；三个大坝有两个被炸开，一个被炸坏。

默纳大坝被炸开了一个 76 米宽、89 米深的大口子，水库泄出 3.3 亿吨水。约十米高的水流以每小时 50 公里的速度淹没了鲁尔西部的广大地区，冲毁了 25 条公路、铁路和桥梁，毁掉了无数的矿井和村镇。这一地区的军工生产，直到 9 月才慢慢恢复，但再也没能回到轰炸前的水平。粮食和肉类制品的生产则延宕了更长时间。

"圆桶炸弹"之后，沃利斯又创造了 6 吨级的"高脚杯炸弹"和 10 吨级的"大满贯巨型炸弹"。英国军方一反之前不赞成的态度，还将这类炸弹的设计和生产列为最重要的军事投入，加班加点生产、测试。它们被称为"核武器出现之前，规模最大的杀伤性武器"。

到 1945 年德军投降之前，英国共生产了 850 枚"高脚杯炸弹"并使用了大半，专门用于轰炸德国 V-2 火箭发射场、高射炮和坦克总装工厂、潜艇基地以及提尔皮茨号战列舰。"大满贯炸弹"推出时，战争已近尾声，所以真正投入使用的很少。战后，这两种"地震级别"的炸弹，除留了两枚，其余的全部被销毁。如今，这两枚"高脚杯炸弹"和"大满贯炸弹"，就静静地站立在位于伦敦近郊的皇家空军博物馆里，供人遥想它们的威力。沃利斯因为发明了这些提早结束二战的武器，于 1945 年成为英国皇家学会成员，1968 年被授予骑士称号，后又被封为爵士。

因为自己发明的炸弹导致了鲁尔地区数千人死亡，英国皇家空军特别飞行中队因轰炸行动而死亡和受伤的飞行员也不在少数，沃利斯将英国皇家专门委员会颁发的 1 万英镑奖金悉数捐给了教会医学院。除此之外，沃利斯还发起成立了一个基金会，四处募捐，用于帮助伤亡飞行员的孩子们。

天鹅酒吧：不老小镇的英雄

从伦敦的利物浦车站（Liverpoor）出发，每天有多班火车经过或终点站到达拉文纳姆（Lavenham），两地相距不过20来公里。这个常住人口只有1500人的小镇，也许是英国最小的小镇，但它曾经辉煌的历史，却不是等闲小镇比得上的。

推荐：天鹅酒吧（Swan Bar），有一面二战飞行员签名墙。

拉文纳姆，这个以15世纪的教堂、砖木结构的房舍和同样古老的鹅卵石环形小街而著名的小镇，位于英格兰东部的诺福克郡。拉文纳姆因羊毛贸易而繁荣起来。那时这里有英国最好的漂染和纺织技术，出产的蓝色绒面呢大宗出口，极为抢手，因而拉文纳姆也成为英国最富足的小镇。在那个年代，大不列颠最富裕的家族中有20个住在这里。

小镇富裕得像一个国家，可以养起自己的军队。亨利七世于1487年访问拉文纳姆时，甚至因为当时的土豪们太过奢华、太过炫富而惩罚了他们。

如今我们在古老的小镇上徜徉，时时可以看到和想象中的中世纪至工业革命以前拉文纳姆的繁荣与热闹。这里有建于 1525 年的教堂，教堂规模之宏大、内部装饰之精致华丽，它赖以立足的小镇完全不能与之匹配。教堂塔楼有 43 米高，是英国最高的乡村教堂。在镇中心集市广场边上，有建于 1464 年的羊毛交易所和建于 1529 年的羊毛公会会馆。

但是到了 16 世纪，拉文纳姆的羊毛产业受到来自科尔切斯特荷兰移民的极大挑战。荷兰人生产的面料和衣服更便宜、也更时尚。与此同时，欧洲大陆的纺织业也已崛起，英国工厂大规模地从欧洲进口原材料，这给了拉文纳姆致命一击。1600 年，拉文纳姆已不再是羊毛贸易的中心。这一戏剧性的变化，是镇上许多中世纪和都铎时期的建筑从此未得再修缮而不得不保持原貌的主要原因。那些富裕家族的后代，此时已无财力再将他们的房屋改造或装饰得更时尚更现代。

现在，这个小镇有 300 多所古老的房屋。这些建筑因为时光的关系，有的房梁都已经斜了扭了，房屋也因此扭曲了。虽为古建筑保护出了难题，却为小镇添上了别样风情。

二战期间，拉文纳姆及周边地区是美国空军几个轰炸机大队的驻地。小镇方圆六公里范围内，有多个美军机场和医院。登上教堂塔楼还可看到当年的控制塔。

镇上有个天鹅酒吧，那是战时英美空军飞行员战斗之余最喜欢流连的地方。酒吧里有一面墙，被称为"飞行员之墙"，上面满是当年的飞行员们的签名，据说有 1000 多个。有些签名是战时就有的，有些则是飞行员们旧地重游时签上去的。比如其中的

93 个签名，就是二战胜利 60 周年时，他们回到拉文纳姆在酒吧
重聚时写下的签名。

为纪念二战胜利 70 周年，有机构发起了收集二战中驻扎在
英格兰东部的美军飞行员故事的活动。这时他们想起了酒吧里的
签名墙。他们相信，每一个签名后面都有一个不同的故事。而墙
上的签名，有的已经褪色，有的已经相当模糊了。他们也想借此
机会，将那些褪色和模糊的签名重新修复一番。活动消息通过媒
体发布出去后，反响之强烈超出主办者们的预期。不少还健在的
飞行员，都相约着来了个旧地重游。那些不能前来的，则通过电
子邮件和社交媒体重新发来了签名并写下了他们的故事。有的飞
行员已经故去，是他们的子女或孙辈来到拉文纳姆为过去的胜利
献上一份敬意。约翰·豪就是其中一员，他代表他父亲来参加胜
利纪念，当然他在酒吧里发现了父亲当年的签名。

大约是拉文纳姆未经修缮与装饰的古老与美丽，穿越时光并
不需要特别布景，所以这里还成了许多大导演钟情的外景地。斯
坦利·库布里克、皮埃尔·帕索里尼等就选择在拉文纳姆拍摄了
他们的不止一部电影。后来，风靡全球的"哈里波特系列"中的
《哈里波特与死亡圣器》和《哈里波特与密室》，也有不少镜头是
在拉文纳姆拍摄的。电影中，拉文纳姆是哈利·波特父母的家。

第四站：
真正的英伦生活在乡村

"英国人喜欢生活在乡村，英国的灵魂在乡村。"恬静安逸、自给自足。也许只有真的住在英国的乡下，才会知道诗人们吟咏的田园风光美成什么模样，才会真正明白，为什么乡村生活会成为英国人终生的向往。

道恩村：人们违背达尔文的遗愿，
将他和牛顿葬在一起

达尔文故居博物馆（Down House）从 4 月初至 10 末每天对公众开放，11 月至 3 月底只在周末开放。从布罗姆利火车南站（Bromley South Railway Station）乘 146 路公交车，终点站就在道恩村旁。从奥平顿火车站（Orpinton Railway Station）乘 8 路公交车，告诉司机在道恩老宅下即可。

道恩村离伦敦市区不过 23 公里，村外 500 米的路边，有一栋三层楼的房子，这便是著名的达尔文故居——道恩老宅。1842 年达尔文买下这栋房子后一直居住在这里，直到 1882 年逝世于此。1996 年，英国遗产委员会买下达尔文故居，将其修缮后作为博物馆对外开放。

我们游览道恩村是在一个夏日的午后。小村很安静很清爽，通往道恩老宅的路两边有翠绿的青草和盛开的鲜花，虽是盛夏，却并不炎热。达尔文的故居，是典型的英格兰乡村老宅风格，因为维修保养得好，这座老宅比其他乡间老宅要新很多。

达尔文的十个孩子中，有八个是在这里出生的。《物种起源》《人类的起源和性选择》《人类和动物情感的表达》等影响世界的著作，都是在这里完成的。老宅里达尔文的书房、实验室、起居室和孩子们的活动室，都保留着当年的模样。一些动植物标本仍然摆在书桌上、柜子里。

从 1846 年开始，达尔文逐渐租下或买下房子周围的一大片土地，不但扩建了道恩老宅以满足一个大家庭的需要，还建起了自己的温室进行植物种植和嫁接实验。在室外的园子里，他还种了许多从美洲和南太平洋地区带回来的树木、花草，养了许多鸟虫。他天天观察它们、研究它们。

尽管在生命中的最后 21 年，达尔文深受疾病折磨，但他依然坚持不懈研究与写作。有许多时候，他只能躺在房间里满是实验设备的病床上，在儿子和助手们的帮助下，观察或进行各种实验，口授他的著作。

1882 年 4 月 19 日，达尔文因为心脏疾病在道恩老宅里过世。他在这个世界上的最后一句话是对妻子爱玛说的："至少我现在一点也不害怕死亡了。你一定要记住，对我而言，你是一个多么好的妻子。告诉孩子们，他们永远是我的心肝宝贝。"

达尔文爱孩子，在家族里和朋友圈中是出了名的。他和妻子爱玛是近亲结婚，爱玛的父亲是他的亲舅舅。达尔文的父亲和母亲，也是表兄妹，只不过是第二代血亲。作为进化论之父，达尔文深怕这种近亲婚姻带给孩子们遗传性疾病。所以，无论谁生一点小病，达尔文都非常紧张。

达尔文共有兄弟姐妹六人，都健康活到了成年且结婚生子。寿命最短的，也有 50 多岁。但达尔文自己的家庭，却没有如此幸运。他的十个孩子，有两个死于婴幼儿期，一个只活到了十岁，未成年死亡率高达 30%。长大的七个孩子中，一个女儿终身未嫁，另有三个结婚多年却终身不育，又是一个 30%。

在近亲结婚十分普遍、婴幼儿死亡率居高不下的那个年代，达尔文家的案例一直是遗传学家们研究的对象。直到达尔文死后多年，依然如此。芝加哥大学遗传学研究中心认为，达尔文家孩子 30% 的死亡率和 30% 的不育率，就是近亲结婚惹的祸。

但也有连续跟踪了达尔文家族六代成员的遗传学研究表示，情况也许没有认为的那么严重。这六代家庭成员中，近亲结婚的不少，罹患遗传性疾病的比率并不算高。就算达尔文自己，孩子 70% 活到成年且长寿，在那个年代也不算低了。

* 位于自然史博物馆内的达尔文雕像

达尔文自己活了 73 岁，他的七个孩子大多活了七八十岁。五个男孩子，全都毕业于剑桥大学，其中乔治、贺拉斯和弗朗西斯分别是天文学家、植物学家、工程师，是英国皇家协会成员，都被授予爵位。伦纳德是经济学家和政治家，威廉成为银行家。他的孙辈中，不少在科学界和艺术界都赫赫有名。

生命的传承和变异、基因的意识与记忆，也许还有太多我们
不知道的秘密，达尔文家族的故事不知是不是一个好的案例。我
们离开达尔文故居，踏上达尔文的"沙之乐"小径。这是达尔文
搬到道恩老宅后，自己在树木中辟出来的一条砾石小路，他在给
朋友的信中将这条小路称为"沙之乐"。

达尔文的遗愿是葬在道恩村的圣玛丽教堂院子里，但是在
他的朋友们的要求下，公众和议会一致认为他应该被葬在威斯敏
斯特教堂。最后，由英国皇家协会主席威廉主持了达尔文的葬
礼。在数千人参加的葬礼后，达尔文和牛顿、赫歇尔做了永久的
邻居。

伍尔索普村：关于牛顿被苹果砸中的真相

去格兰瑟姆镇（Grantham），可从伦敦乘往爱丁堡方向的火车。但要从格兰瑟姆镇去到牛顿的故乡伍尔索普村（Woolsthorpe），公共交通并不方便。可以来一场乡村徒步，或者租一辆自行车，沿途风景绝对值得你以这种方式一游。

推荐：安琪儿与皇家宾馆（Angel and Royal），现存英国最老的宾馆，开业至今有 800 多年的历史，接待过多位国王和首相。虽然古老，但房间很舒适，餐厅也不错。

清晨在啾啾的鸟叫声中醒来，起身站到窗前，面对树木葱郁的庭院深吸几口新鲜空气，想着有 800 多年历史的宾馆，果然名不虚传。格兰瑟姆镇上的安琪儿与皇家宾馆，被认为是世界上最古老的酒店，1203 年开业至今，未曾间断。从 1213 年约翰王驻跸于此，酒店接待过的正经国王就足有十位，王室成员和达官贵人，更是数也数不清。

格兰瑟姆镇不但有 800 年的宾馆，还有两所著名的中学，至今男女分校，在全英中学排名里十分靠前，这就是撒切尔夫人上过的格兰瑟姆女子中学和牛顿上过的国王中学。

撒切尔夫人 1925 年出生在格兰瑟姆。她父亲阿尔弗雷德在镇上有两家食品杂货店，她就在大的那家杂货店楼上出生、长大。小学毕业后，她获得了格兰瑟姆女子中学的奖学金。中学毕业后她申请入读牛津大学萨默维尔学院，开始没被录取，后来因另一学生没有入学，她才替补了上去。

牛顿入读的国王中学，历史远比撒切尔夫人的女子中学悠久。国王中学创建于 1329 年，从 1528 年起校址就未曾改变过。1528 年捐建校园的理查德·福克斯也是格兰瑟姆人，曾做过英王亨利七世的侍从长。也是这位福克斯，创办了牛津大学基督学院。

牛顿并不是格兰瑟姆人，他的出生地在离格兰瑟姆不远的伍尔索普村。当然，不远是现代人的概念，我们一脚油门，就从格兰瑟姆到了伍尔索普。在牛顿的年代，从他的家到他的学校，骑马坐车都有相当的距离，以致他不得不借宿在镇上一个药剂师家里。

和辈辈代代的中学生一样，牛顿也有破坏公物的习惯，他在学校的墙上刻过他的名字。刻有他名字的那块木板，现在保存在格兰瑟姆博物馆里，复制品则陈列在学校展览室里。

从格兰瑟姆到伍尔索普村，车少人少，山谷丘陵，小溪河流，起伏蜿蜒间，尽得英国乡村风光的精华。不过如果不是自驾族、徒步族和自行车族，靠搭乘公共交通游览这一带，总还是几分不便。

1642 年 12 月 25 日，对后世产生顶级影响的人物之一的牛顿，就出生在眼前这个不小的伍尔索普庄园里。这是一个典型的 17 世纪农家宅院，有庭院，有老墙圈起来的菜园和花园，由此可见牛顿家当年还算殷实。

只是在牛顿出生前三个月，他的父亲就去世了。牛顿三岁时，他的母亲再嫁并搬去和第二任丈夫居住，留下牛顿在这里跟着外祖父母，直到他去格兰瑟姆上国王中学。中学毕业前，他的母亲再次守寡，无钱支付他的学费，想让他回家务农，但牛顿痛恨务农。国王中学的校长劝说牛顿母亲让他回到学校，完成了学业。

中学毕业后，牛顿进入剑桥大学三一学院。牛顿先是一边念书一边当仆人挣得学费，后来拿到全额奖学金，才能专注于学业，并在剑桥大学获得学士和硕士学位，然后留校任教和做研究多年。

在他获得学士学位的第二年，因大瘟疫学校暂时关闭，他不得不回到伍尔索普庄园。在逃瘟疫待在庄园的一年半时间里，他进行了许多著名的实验，这些实验对他后来发展微积分理论、光学理论和重力定律，至关重要。

*牛顿故居

牛顿卧室的旁边，就是一间小小的实验室。里面的陈列自然都是复制品，如反射望远镜。家具也都不是牛顿当年用过的，而是收集他那个时代风格的家具用品摆上去的。墙上挂着的，也都是牛顿时期或以后的艺术家们为他画的肖像画。

牛顿发明万有引力定律的灵感，就来自伍尔索普庄园里的那棵全世界最知名的苹果树。但牛顿坐在苹果树下冥思苦想，被树上掉下的苹果砸中，灵感迸发于是有了万有引力定律，并不是事实的真相。

事实的真相是，万有引力定律并不是砸出来的，而是看出来的。牛顿经常站在卧室的窗前望向外面的苹果树，看见苹果从树上垂直掉下，引发了他的思考及演算，于是才有了万有引力定律。

牛顿那棵著名的苹果树，在1820年的一场暴风雨中折断。这棵在那时就有400年树龄的苹果树却并没有死亡。从折断的树干长出的新枝，竟十分茂盛。不但如此，剪下新枝种到别的地方也都活得蓬蓬勃勃。所以，在剑桥大学三一学院、剑桥大学植物园，以及我国的天津大学、上海植物园，都有牛顿苹果树的后代。

从牛顿博物馆出来，四周见不到一个游客，也没有一个村民。原本想在小村子喝杯咖啡四处走走，找人聊聊天，体验一下英国小山村的风情。但这里没有商店，家家户户都关着门，街道上也空荡荡的。于是，我们静静地走向停车场，决定回到格兰瑟姆镇上那家有800年历史的酒店餐馆，那里定有美味等着我们。

克里登：天才导演的怪诞人生

推荐： 里恩导演作品《女大不中留》（1954）、《桂河大桥》（1957）、《阿拉伯的劳伦斯》（1962）、《日瓦戈医生》（1965）、《印度之行》（1984）

也许你不记得大卫·里恩，但说起电影《桂河大桥》《阿拉伯的劳伦斯》《日瓦戈医生》《孤星血泪》《雾都孤儿》和《印度之行》等一批世界电影史上重量级作品，大约没有人不知道。大卫·里恩就是这些电影的导演。

从伦敦查理十字站乘快车，不过 20 分钟，就来到里恩的故乡、伦敦郊区的克里登。这个古老的小镇，有诞生于 1803 年的世界上第一条公共铁路。南头 46 号，是现存英国最古老的商店。从 16 世纪起，这座老房子里的店铺，就在肉店、食品店、杂货铺之间转换。现在，它是一家音乐商店。而镇上漂亮凝重的古建筑，更是比比皆是。

除了里恩，在这里出生和居住过的名人多不胜数，加上从镇上的表演艺术学校走出去的，英国太多太多名人巨星与克里登有数不清的关系。柯南·道尔、D.H. 劳伦斯在克里登居住了很长时间，法国作家埃米尔·佐拉曾长期包住在女王酒店里。克里登的火车站、市镇厅、公园和街道，是福尔摩斯推理故事中常出现的场景。《花仙子的故事》系列图书的作者西塞莉·巴克尔，也出生在这里。镇上还有她的纪念碑，纪念碑上的花仙子栩栩如生。

里恩小时候顽皮异常、不喜读书、成绩稀烂，但十岁时叔叔送给他的一个箱式相机成为他后来辉煌生涯最早的启蒙。在那个时代，一般是 16 岁或者更年长些，才能得到类似的礼物。15 岁时，他辍学进入父亲的财务公司当学徒。

里恩对财务公司的工作同样没有兴趣，于是在父亲带着另一个女人抛弃家庭私奔后，他听从姨妈的建议，到伦敦当时的高蒙电影公司当了另一种学徒，从茶水工到场记员，再升职为导演的第三助理。1930 年，他成为电影剪辑师和新闻纪录片导演。

作为电影史上的一个异数，里恩近 60 年的胶片生涯，一共只执导了 16 部故事片，却获得 56 项奥斯卡奖提名，获奖数目则是 27 项。他本人有七次被提名，拿下最佳导演奖的是两部，《桂河大桥》和《阿拉伯的劳伦斯》。1990 年他获得美国电影学院终身成就奖，是三个获得此殊荣的非美国籍导演之一。同时，他的 16 部电影中，大部分的票房成绩都非常好，有好几部都成为年度冠亚军，引起影评人和观众的热烈争论，一波又一波。

因此，大卫·里恩被称为电影史上的泰斗级大师，斯蒂芬·斯皮尔伯格和马丁·斯科塞斯是他的史诗片的狂热崇拜者，称受他的影响颇巨。然而，一般人不知道的是，这位泰斗级大师的私生活，比电影圈里所有人都更复杂，比他自己的电影更精彩。

里恩从不掩饰自己对女人的无穷热爱和无比厌倦。他一生结过六次婚，只有一个儿子两个孙子，且与儿孙的关系十分隔阂。除了这些妻子们，他数得过来的正式情人据说有几百人，而绯闻女友则没有人能数得清。据说他在电影拍摄现场，每次都有而且必须有漂亮女孩坐在他身边，而且哪怕是同一部电影，每次都是不同的"恩女郎"在现场。

他的爱情很激烈，分手也十分决绝。据说无论是妻子还是女友，分手之后再试图找他，只能是自取其辱。对此，他没有任何歉疚。里恩的第一任妻子是他的表妹，俩人算是青梅竹马。他们的婚姻持续了九年，有一个儿子，是里恩唯一的孩子。她说，与他相爱，等于自找了个杀手。她说她自己都不知道是怎样从炼狱般的婚姻中幸存下来的。

他的第二任妻子说，当里恩离开你时，你就从他的生命中被擦掉了，他什么也不会给你留下。他们结婚之前，里恩警告过她，与他一起生活有多么困难。他的另一位妻子安·托德说，世界上有一种人完全不适合过婚姻生活，里恩显然就是这种人。

这些话，都是在婚姻之后，里恩前妻们的痛悟。但婚姻之前，无论里恩的表现多么怪异、要求多么苛刻、警告多么刺耳，她们仍如飞蛾扑火般义无反顾。里恩的最后一段婚姻只维持了四个月，因为婚礼四个月后，他因癌症去世。

辑 三

牛津和剑桥：双子星座的荣耀

牛津（Oxford）距离伦敦不过 80 公里，乘汽车和火车都很方便。但是从牛津火车站到市中心还要再转车，所以不如乘公交车直达城中心和牛津大学。伦敦市中心的维多利亚车站，每 20 分钟开出一班终点站为牛津的汽车。

剑桥（Cambridge）位于伦敦以北约 96 公里处，是英国剑桥郡首府，剑桥大学所在地。剑桥没有机场，一般旅客都是乘机抵达伦敦后再转车前往剑桥。伦敦国王十字站到剑桥的班车，每半小时一班。

推荐：

图书：《牛津历史和文化》彼得·扎格尔，中信出版社，2005

《剑桥历史和文化》彼得·扎格尔，中信出版社，2005

第一站：
牛津城里的"静止"时光

英国有一句民谚："穿过牛津城，犹如进入历史。"牛津城市内有圣迈克尔教堂的萨克森人塔楼、诺曼人碉堡和城墙遗址……古朴素雅的建筑分属于不同历史年代的不同建筑流派，处处给人以历史的纵深感。

大学之中的城市与城市之中的大学

徜徉在牛津城的大街小巷，你就漫步在牛津大学诸家学院的门前院外了。

同样是世界著名的大学城，同样有着悠久的历史，同样被美丽的河流环绕（牛津的是泰晤士河和查韦尔河，剑桥的则是我们早就从徐志摩笔下得知的康河），牛津和剑桥在相同之中似乎又有着一些迥然不同。对于一个观光者，牛津的景点不如剑桥来得集中。牛津被称作"大学中有城市"，剑桥则被称作"城市中有大学"。在剑桥，大学区和

* 鸟瞰牛津

居民区还基本上是楚河汉界，从地图上一眼就能看明白。而在牛津，大学的几十个学院散布在城市的各个角落，它们和城市完全融合在一起，难分彼此。倘徉在牛津的街头巷尾，你就漫步在有着 900 多年历史的牛津大学各家学院的门前院外了。

12 世纪之前，英国是没有大学的，那时英国人须去法国和意大利接受高等教育。1167 年，英王和法王爆发了一场剧烈的争吵，其结果之一是英王禁止本国青年去法国读书，法王也赶走了在法国的英国学者，于是这才有了牛津大学。

随着牛津大学规模的扩大，师生们的喧闹不羁情欲泛滥甚至难免小偷小摸，让牛津城的市民们愤怒不已。当地居民拒绝租房子给师生们住，甚至誓言要把他们赶出牛津。1209 年，这一对抗终于演变成了一场流血冲突。于是牛津的师生们越住越远，最远的到了剑桥，这才有了剑桥大学。

有人说，牛津还不如北京的一个海淀区大，也远不如海淀区现代，这话完全正确。现代与时尚绝不是牛津的标签。只有十多万常住人口的牛津，其最高的建筑是城中心只有 20 多米高的卡尔法克斯钟塔。牛津的街道，异常狭窄，窄得你会觉得公共汽车和骑自行车的你常是擦肩而过。但牛津却有数不清的宽广无比的大草坪和自然公园。据说，也曾有人提议拓宽牛津的马路和街道，牛津郡委员会经过讨论后一致认为，宁可街道狭窄也不愿损坏草坪和树木。英国的风光全世界驰名，而牛津风景之美妙在全英都排得上号。所以，典雅的牛津，并不是一副冷漠拒人于千里之外的面孔；古老的牛津，也并没有呈现出一丝一毫的老朽式微。我想，这满眼的绿色功不可没。当从伦敦开来的汽车驶离高速公路进入牛津以后，你会奇怪，在离庞杂、巨兽般的伦敦不过一个半小时车程的地方，竟然有这样一块宁静而温馨的土地。因为牛津是如此著名，所以它的宁静和温馨益发显得可贵。

*牛津的叹息桥

牛津的历史，远不只是牛津大学的历史。早在公元六世纪，曾征服英国部分地区的撒克逊（Saxon）人就征服了这片土地，在大力发展商业贸易的同时，也把牛津拓展成了一个城市。牛津城的早期，也是以商业和贸易著名的。牛津还曾是西撒克斯（Wessex，中世纪早期英格兰七国时代之一的国家）的首都。1066年，法国诺曼底公爵——征服者威廉（William the Conqueror）在黑斯廷斯打败了英王哈罗德二世自立为王，称威廉一世后，大规模引进封建主义和诺曼人习俗。这是英格兰最后一次被外族征服，因此这一年被看作是英国历史上最著名和最重要的一年。第二年，这个把前英王杀死在战场上的征服者，偏爱上了泰晤士河边的这个城市，在此建立了一个大城堡作为他的行宫。血腥的战乱结束之后，1096年，就已有人在牛津讲学，牛津城从此也走向了另一条宗教、教育、文化繁荣发展之路。

爱丽丝、魔戒和霍比特人

推荐：

图书：《魔戒锻造者：托尔金传》迈克尔·怀特，黑龙江教育
　　　出版社，2017

电影：《魔戒》三部曲

　　　《霍比特人》三部曲

　　牛津除了是大学之城，还是文学之城。《爱丽丝漫游奇境记》的作者刘易斯·卡洛尔（原名查尔斯·道奇森），长期在牛津大学基督学院任教，并将牛津及其周边许多河湾庄园小桥写进了这部全世界儿童都无比喜爱的童话之中。

　　在牛津居住过并在这里写下不朽名作或市场热销的书籍的作家，不下十个八个。被称为政治惊悚小说、间谍小说大师的两位殿堂级人物弗·福赛斯和肯·福莱特，牛津就是他们喜欢的家。我虽不是追星一族，但也曾经无数次设想在牛津的布莱克威尔书店、牛津的某个教堂或某个咖啡店巧遇他们的情景。他们的小说，陪伴我走过了多少旅途，度过了多少个不眠之夜。至今，凡

他们的书，我是必买必读。

被称为"现代奇幻小说之父"的约翰·托尔金，出生在南非，1911 年进入牛津大学埃克塞特学院。两次大战前后，他在牛津度过了人生中最重要的时光，并写下了畅销全球达半个多世纪的《魔戒》和《霍比特人》。牛津当地的文化机构还经常专门组织"托尔金之旅"，免费带你参观托尔金就读的牛津大学埃克塞特学院、他在牛津的几处故居、他一待就是一整天的咖啡馆角落。

托尔金在牛津的几处故居，大多都还住着人，所以不能辟为故居博物馆。但除了墙上的铭牌讲述托尔金的创作故事，还有当年他作为书屋的地下室，以及与孩子

*市中心霍利韦尔街 99 号，相传托尔金在此写下《魔戒》

们热烈讨论故事情节的起居室，都被房主人慷慨地提供给游客参观。

托尔金之所以被称为"现代奇幻小说之父"，是因为继他之后，奇幻文学从登不得大雅之堂的偏门小类，成为一个浩浩荡荡的大门类。而包括 J.K. 罗琳、斯蒂芬·金和写《冰与火之歌》的乔治·马丁等在内的一大票响当当作家，都声称他们深受托尔

金的影响，自己与托尔金比起来弱爆了。

托尔金出生于南非的布隆方丹，父亲是英国一家银行派驻在那里的经理。三岁那年，他随母亲和弟弟回英国度假期间，父亲病死在南非。没了收入来源的母亲，只好带着两个儿子投靠家住伯明翰的外祖父。

由于母亲加入了天主教会，与忠诚的浸信会教徒的外祖父闹翻，没了经济资助，母子三人过了几年十分贫困的日子。没钱上学，母亲只得在家教育两个孩子，包括拉丁语。

托尔金的语言天赋，在幼时即已表现出来。四岁时，他已能够流利地读和写。母亲允许他读书，他说他不喜欢《金银岛》，刘易斯的《爱丽丝漫游奇境记》虽然有趣，却也让人厌烦。他喜欢的是安德鲁·朗格的精灵故事和乔治·麦克唐纳的奇幻作品。

托尔金 12 岁那年，母亲死于糖尿病。去世前，母亲将托尔金兄弟托付给她的朋友、神父弗朗西斯·摩根。她希望摩根神父能将他们培养成虔诚的天主教徒。托尔金认为，是摩根神父，教会了他仁慈与宽恕。

出生于上流社会的摩根神父，履行了他对托尔金母亲的承诺，让托尔金和弟弟都受到了良好的教育。托尔金入读爱德华国王学校时，不但获得了奖学金，还被选拔加入了乔治五世加冕礼的礼仪队伍的训练。加冕礼时，托尔金被安排守在白金汉宫门口。

托尔金 16 岁时，遇到了长他三岁的伊迪丝·布拉特。那时，托尔金读寄宿学校，他们便经常相约在伯明翰的茶室见面，尤其是那些带阳台可以从上面看到人行道的茶室。

这对年轻人常常坐在茶室的阳台上，一边聊天一边将茶室的糖块往行人的帽子上扔。当糖罐里的糖块扔完后，他们又移到下一张桌子。在类似的游戏中，他们发现自己恋爱了。

他们的恋情被托尔金的监护人摩根神父发现。摩根神父将伊迪丝看作托尔金考试失误的原因，禁止他在 21 岁之前，与伊迪丝有任何来往。摩根神父威胁托尔金说，如果不斩断与伊迪丝的往来，他就得不到上大学的费用。托尔金毫无反抗地服从了，在接下来的三年里，真的不再与伊迪丝相见，也不写信。

但是，他在自己 21 岁生日的夜晚，给伊迪丝寄去了一封情书。在信中，他说自己在这三年从未停止过爱她，并要求她嫁给他。他得到的回信是，她已经有未婚夫了，而且婚期已定。他再写信，约两人见面。

托尔金乘火车来到伊迪丝所待的小镇，俩人在站台见面后，沿着小路向田野走去。那天晚些时候，伊迪丝答应了托尔金的求婚。她写了封信给未婚夫，并退回了他的订婚戒指。之后，托尔金和伊迪丝走入婚姻的殿堂，并相携走完了之后的岁月。

1911 年，托尔金考上了牛津大学埃克塞特学院。正是在这里，他精通了拉丁文和希腊文，还有多种欧洲古代与现代语言，开始研究多国史诗和传说。他和几个好友成立了一个文学茶会，定期聚会交流文学评论和实验性诗歌。

"一战"正烈的 1916 年，托尔金被征召加入英国军队，开往法国前线，驻扎在加莱。可是不久，他患了"战壕热"又被送回英国，养伤养了几年。他所在的营在战争中全军覆没，而他大学期间的好友、和他一起成立文学茶会的朋友们，全都死在了战场上。只有他，活着回来，虽然带着病躯。

战后托尔金先在利兹大学任教，随后受聘于母校牛津大学，在彭布罗克学院担任教授。1945 年，他转到牛津大学最古老的默顿学院，并于 1959 年从那里退休。

托尔金曾是英语世界必备工具书《牛津英语词典》最年轻的撰写者，他独立写作的关于英语词汇和语源学的书多年里都是英国中学和大学的经典教材。在成为畅销书作家之前，他以学者身份，出版了多本书，包括文学评论集。

但是，带给他最大财富和全球声誉的，还是他的奇幻小说。托尔金的奇幻小说创作始于 1920 年代，但初期的许多作品在他生前都没有出版。出版的作品中，也不是部部热销，比如《精灵宝钻》，销售不温不火，评论毁誉参半。

* "老鹰与小孩"酒馆是托尔金和"迹象派"聚会的地方，也是现今世界魔戒迷必到之处

　　《霍比特人》是托尔金为自己的孩子写的，伦敦的出版商偶然看到书稿后，也将其当作儿童读物，于 1936 年出版。但是，这本书受孩子们欢迎的程度，是出版商和托尔金都始料未及的。更让他们始料未及的是，一年之后，成人读者也如同儿童一样，无比喜欢它。

　　出版商希望托尔金写一部《霍比特人》的续集，而托尔金深藏已久的创作欲也被《霍比特人》巨大的成功激发了出来。于是将近 20 年后，有了他最著名的史诗级作品《魔戒》。

　　《魔戒》三部曲于 1954 年与 1955 年相继出版，掀起了一波又一波狂潮。在电视尚不普及更没有互联网的时代，疯狂的粉丝们只能用信件和电话轰炸托尔金。信件多得托尔金无法亲自回复，只好雇了几个人代他回复。

　　托尔金家周边，几乎 24 小时有人拿着相机守候。英国时间凌晨，托尔金常常被来自美国、加拿大和澳大利亚的电话吵醒，问他安格玛巫王究竟有没有死、阿拉贡是不是真的该娶阿尔温……不胜其烦的托尔金只好悄悄搬离牛津，住到伯恩茅斯海边一所无人知晓的房子，谢绝任何来访者，电话也不敢上黄页。

　　《霍比特人》出版至今，刚好 80 年；《魔戒》也有 60 年了。在《泰晤士报》二战以后最伟大的 50 名作家排名中，托尔金位在第六。在多国的读者调查中，《魔戒》不约而同地被选为"读者最喜爱的书"。

　　托尔金人生最后的日子是在牛津度过，死后与妻子伊迪丝葬于牛津的公墓。

"最后的探险家"与贝都因人

牛津有五大博物馆，全都免费对公众开放，值得一访。牛津博物馆（Museum of Oxford）讲述牛津城的历史，是地方博物馆。另外四大博物馆全都隶属于牛津大学，在各自领域内都是领先的研究型博物馆。它们分别是：阿什莫林艺术和考古博物馆（The Ashmolean Museum of Art & Archaeology），科学史博物馆（Museum of the History of Science），自然史博物馆（Museum of Natural History）和皮特里弗斯博物馆（Pitt Rivers Museum）。

五大博物馆开放时间各有不同，去之前可通过官网查询清楚。

推荐：

图书：《伟大的探险家》罗宾·汉伯里·特里森，商务印书馆，2015

建于 1884 年的皮特里弗斯博物馆，是一个考古和人类学博物馆，它的入口在自然史博物馆内，规模虽然不大，藏品却丰富而有趣，来自世界各地分属不同历史时期。看皮特里弗斯博物馆，感觉在读另类的人类简史。50多万件藏品中，大量来自早期的探险者和人类学研究的先驱。

被称为"最后的探险家"的威尔弗雷德·塞西格，就把自己拍摄的3.8万张非洲沙漠和贝都因风物的负片，以及多本关于阿拉伯沙漠及其游牧部落的书，捐赠给了母校牛津大学皮特里弗斯博物馆。这些书和照片，成为研究正在消失的贝都因文化的重要资料。

出生在埃塞俄比亚的塞西格，父亲在英国的那个殖民地任总领事和总督整十年，祖父则当过印度总督。塞西格在埃塞俄比亚长到十岁，直到第一次世界大战结束后才回到英国。他的父亲，本来已经接到了到美国担任大使的任命，全家也已收拾好行装，准备乘船前往新大陆。然而，父亲猝死，塞西格和家人一起只得留在英格兰。

塞西格的命运出现转折，是他从牛津大学毕业后不久。他父亲的老友哈里·塞拉西成为埃塞俄比亚皇帝，特邀他回到他的出生地，去参加加冕典礼。塞西格是唯一获得邀请的个人，而且还是一个刚刚大学毕业的年轻人。加冕礼完毕后，听说了塞西格的志向，埃塞俄比亚皇帝赞助了他的第一次真正探险：进入达纳基尔沙漠。

达纳基尔沙漠被称为地球上"最残酷的地方"，这里不但有极端的天气，有强烈的地震和频繁的火山活动，还到处是有毒气体。沙漠里的部落也以嗜杀暴虐著称。这片沙漠，曾是西方探险家的禁区，那时还不曾有西方人活着走出过达纳基尔。但是塞西格不但活着走了出来，还带回了许多宝贵资料。

随后，塞西格受英国皇家地理协会的邀请，担任阿瓦许河探险队的队长，去寻找传说中的黄金。黄金虽然没有找到，探险队却弄清了阿瓦许河之秘，纠正了以前关于这条河流方向上的错误。人类最早的智人化石，便是在阿瓦许河谷出土的。

二战爆发后，他应征加入英国陆军后转入情报机构，帮助一些非洲国家的抵抗组织，与德国和意大利军队作战，并在一次战役中活捉了2500名意大利士兵。稍后，他以英军特别行动队员的身份参加了北非战役。

战争结束后，从1945年到1950年，塞西格两度穿越被称为"空白之地"的阿拉伯南部沙漠，再次改写世界探险史。因为那时，阿拉伯南部沙漠的绝大部分地区，尚无欧洲人踏足。对塞西格而言，地理上的探险还不是最艰险的，他还得躲避沙漠部落的追杀。其中一次，他真的被当地土著抓住，全靠朋友的多方求情周旋，甚至支付大笔赎金许多武器，他才有机会将旅程继续下去。

20世纪中期以前，贝都因人的社会被称为"没有时光的世界"。因为他们的生活形态在几千年里没有大的变化：以家庭或家族为单位永远在沙漠里流浪，山羊和单峰骆驼是最主要的财富，靠运送货物和人群通过沙漠获得收入，向穿越沙漠的非贝都因驼队收税，用火刑来测谎，等等。

贝都因人的谚语是："我反对我的兄弟，我和我的兄弟一起反对我们的表兄弟，我和我的兄弟及我们的表兄弟一起，反对陌生人。"从这个洋葱圈似的社会关系结构图可以看出，一个外来的陌生人，那时是多么难得走进贝都因人的社会，更不用说与他们生活在一起。但是，塞西格改变了这种状况。他在沙漠中和贝都因人共同生活了多年，和不少贝都因人成为生死相交的朋友。贝都因人夸他"忠诚、慷慨、无所畏惧"，贝都因以外的世界称他是"最后的探险家"。

塞西格的时代，已经有了很好的探险设施和技术，也有机构愿意赞助他穿越沙漠的旅行。但是，塞西格一生都坚持使用最原始的、和当地人完全一样的方式穿越沙漠，骑骆驼、雇贝都因向导。一次，在进入沙漠以后，驼队中的大多数人都不愿意走下去，只有四个人答应陪他走完全程，但这四人分属不同的部落。塞西格后来在书中说，好在剩下来的旅途，四个贝都因人相安无事，没有惯常的打斗争抢。

"你的面包你的盐我曾吃过，你的美酒你的水我也饮过；你的死亡我陪你度过，而你的生活也一如我。"塞西格很喜欢诺贝尔文学奖得主吉卜林的这首诗，也许，这就是活了93岁的"最后的探险家"塞西格，与贝都因人一起生活的真实写照。

世纪美人与游荡的孔雀

推荐： 牛津城外的鲑鱼客栈是个极美的地方，值得你待上半天。到鲑鱼客栈最好的方式，是骑自行车。

有朋友要去英国旅游，牛津和剑桥当然是必往之地。朋友问我在牛津可有特别推荐，我答："鲑鱼客栈。"

鲑鱼客栈不在牛津城内，而在牛津城外约十公里处泰晤士河边的戈斯托。泰晤士河在戈斯托处转了个弯，然后流向牛津城。正是这个弯，在这里形成了一个半岛。河边的鲑鱼客栈与半岛隔河相望，由一座建于 17 世纪的木桥相连。

在这个四季风景皆秀美的河两岸，却有一个充满爱情与阴谋的凄美传说。据说，罗莎蒙德·克利福德是 12 世纪英国最漂亮的女人，因此叫"美人罗莎蒙德"，又叫"世界玫瑰"。直到 16 世纪，还有英国的园艺家以罗莎蒙德的名字命名新培育出来的玫瑰。

罗莎蒙德的父亲是位男爵，在苏格兰和威尔士交界处有几座城堡，还有很多庄园。亨利二世一次在平息威尔士叛乱的途中，曾入住罗莎蒙德家的克利福德城堡。正是在那里，他见到了还不满 17 岁的罗莎蒙德。被她的美貌俘获，他对她一见钟情。

美丽的罗莎蒙德害羞、安静，与王后埃莉诺刚好相反。埃莉诺比亨利二世整整大了十岁，强势、野心勃勃，还脾气暴躁。罗莎蒙德是不是爱国王不知道，但总之她跟着国王走了。

亨利二世是一个风流无比的国王，一生情妇无数，从贵族小姐到贩夫走卒之妻之女再到娼妓，从来不问出身只要自己喜欢。但罗莎蒙德是他最宠爱的女人。据说有了这个美人之后，他在外面的风流韵事少了许多。

初期亨利二世把罗莎蒙德安置在何处，史书和传说上都无记载。但按王后埃莉诺的脾气，国王不可能把罗莎蒙德带进王宫。而罗莎蒙德最后几年的居住地，就在牛津城外，戈斯托鲑鱼客栈对面半岛上的一座庄园里。

戈斯托在英文里的意思是"上帝的居所"。12 世纪初，一个女隐士在这里建了一座女修道院。那时这里人烟稀少，有时还能听到狼叫。罗莎蒙德的庄园是国王专为她修的，极其隐秘却又离伍德斯托克的皇家别院不远。从王后身边来到美人身边，国王极其方便。庄园周围的树林灌木丛一片一片，小溪沼泽连连，外人根本看不见树木深处的庄园。进出的小路只有一条，由暗设的银线作标记。国王还在河边和半岛上设了几个警卫点，派了他最信任的武士汤姆斯爵士负责。其中一个警卫点就在如今的鲑鱼客栈。

可是当亨利二世和儿子出征法国时，埃莉诺王后设计杀死了汤姆斯爵士并从他那里偷走了庄园路线图。她循银线找到了美人罗蒙莎德并给了她两个选择：要么用匕首自尽，要么喝下装在圣餐杯里的毒药。罗莎蒙德选择了后者。她死的时候，还不到 30 岁。后世有关她的诗歌、小说、戏剧，很多很多。

国王从法国战场回到英国时，美人已香消玉殒。伤心加愤怒的国王拿王后却也无可奈何，想要离婚无奈教会不同意。

罗蒙莎德死后先是被葬在修道院，她的父亲和亨利国王都是修道院的赞助者。亨利二世下令在修道院旁又建了个教堂，然后将美人的棺木移到教堂圣坛前。亨利国王还让人在棺材里面和周围放了许多香料，并下令必须四季有鲜花，烛光永不息。美人罗莎蒙德即使在死后，仍能发出香味，依然被鲜花环绕。

生前并不快乐的罗莎蒙德，死后也并未得到安宁。国王死后，新任地区主教在访问他的教区时，来到罗莎蒙德栖身的教堂。他看到圣坛前的灵柩上摆满了鲜花，面前有燃烧的蜡烛。当得知躺在里面的是罗莎蒙德时，他立即下令将棺材移往旁边的修道院墓地，和死去的修女们葬在一起。他说，她不过是国王的情妇，如同妓女一般，不配摆在教堂的圣坛前。

但是修女们却没有完全遵从他的指示。她们将罗莎蒙德的棺材抬出去又抬了进来，还请人给她重新立了碑。牛津人民也偏爱这个漂亮了多少个世纪的女人，喜欢讲述她的故事。

修道院和教堂在战争、宗教冲突和岁月流逝中，变成女子学校、私人领地、牲口仓库，最后变成废墟。曾经鲜花和香氛环绕的美人墓，自然也不再见踪影。

但是罗莎蒙德的传说却留了下来。留下来的，还有至今仍时时可见到的野孔雀和永不停歇的流水声。有时候，这些野孔雀甚至踱过木桥，来到鲑鱼客栈，不惧游人，一起戏耍。有人说，那是罗莎蒙德的魂。没了亨利国王没了埃莉诺王后，她自由了，可以到她生前近在咫尺却从未到过的河边散散步了。据说伍德斯托克的野孔雀，从罗莎蒙德时代就有了，是这一带唯一没有消失并时常可见的野生动物。当地传说，罗莎蒙德刚死的那些年，晚上时常可以听到野孔雀的哀嚎。直到现在，还能听见它们似悲似喜的叫声。

1538年，亨利八世的宫廷医生乔治·欧文博士买下了修道院一带的土地，然后将一个当年的警卫室废墟清理出来，建成了鲑鱼客栈。地处著名的大学城，虽然经历了政治斗争、学生骚乱、村民械斗，鲑鱼客栈却幸存了下来。由于其独具特色的石头墙、暗蓝灰色屋顶的石头院子和总是燃烧着的古色古香的壁炉，加上周围美丽的风景和有据可查的历史传说，鲑鱼客栈成了牛津最有名的客栈。

无论晴天阴天，无论春夏秋冬，坐在鲑鱼客栈前、面朝河边的桌旁，听着流水声，看着古老的木桥和桥对面葱郁的树林草场，碰上野孔雀走过来，再想想罗莎蒙德的故事，岁月很静，心也很静。

英国人在食物方面一向名声不佳，但这里的烤鲑鱼十分美味。

第二站：
布莱尼姆宫——丘吉尔的二战"回忆录"

布莱尼姆宫（Blenheim Palace），是英国园林的经典之作，位于伍德斯托克，由约翰·范布勒建造。它将田园景色、园林和庭院融为一体，显示出卓越超群的风范。1987年，这座宫殿被列为世界文化遗产。

丘吉尔庄园：家族的兴衰

　　布莱尼姆宫，因是英国首相丘吉尔的出生地，故又名丘吉尔庄园。从牛津城高街（High Street）上的车站乘坐公交车，不过半小时，就可抵达庄园。布莱尼姆宫是英国唯一非王室居所、却可以被称作宫殿的建筑，它还是英国最大的宫殿之一。丘吉尔死后，也葬在布莱尼姆宫附近圣马丁教堂的家族墓地里。

　　推荐： 布莱尼姆宫的图书馆值得多待一阵。

　　1874 年的一天，伦道夫·丘吉尔勋爵携妻詹妮·杰罗姆回家参加一个晚宴。伦道夫是第八代马尔堡公爵的第三子，按英国继承法，无权继承爵位和财产。晚宴期间，詹妮突感不适，于是在家族最荣耀的宫殿中产下了温斯顿·丘吉尔。这个在布莱尼姆宫出生的早产儿，后来成为英国首相，对英国和世界的历史产生了重大影响。

　　1703 年，伦道夫的祖先约翰·丘吉尔率领的军队，在布莱尼姆战役中大败法国军队，成为英格兰的民族英雄。为了嘉奖他，安妮女王除了将他从伯爵升为公爵，是为第一代马尔堡公爵，还决定将一块王家猎场赐给他，修一座配得上他居住的宫殿。女王还明令，战场上赢了法国人，宫殿也要修得比法国人的好。

那时，丘吉尔夫妇极得王室信任。丘吉尔曾任安妮女王的父亲詹姆斯二世的侍从长，并进入了枢密院。丘吉尔夫人与安妮公主是闺密，安妮登基为女王后又担任她的侍从长。无论在政治生活还是在个人生活上，丘吉尔夫人都对她影响颇大。因此，建布莱尼姆宫，女王自掏腰包捐了一部分钱，其余的由议会批准从国库拨款。

*布莱尼姆宫

有 200 多个房间的布莱尼姆宫，仿凡尔赛宫又结合了意大利建筑风格，真是比欧洲最古老最漂亮的皇家宫殿也毫不逊色。宫殿加上它周围的园林、草地、湖泊、河流还有胜利纪念柱，占地面积 7500 亩。开工时，单是工匠人数就有 1500 多。

不但布莱尼姆宫，连同周边的园林和附属建筑，在英国都是数一数二的，常因其经典成为建筑系学生的活教材。我不懂建筑，只愿意徜徉在历史和与历史相关的人的故事之中。足有 55 米长的图书馆是我在宫内待得最久的地方。这里，写尽了丘吉尔家族 300 年的辉煌，及辉煌后面的无奈与衰败。

议会虽然批准了拨款，但因并无预算，导致后来在拨款问题上扯皮不断。一开始，除了女王的钱，马尔堡公爵自掏腰包 6 万英镑，议会还拨了一部分。但工期一拖再拖，开销越来越大，一共花费 22 万英镑，欠了工人 4.5 万英镑，宫殿还未完工。此时，布莱尼姆宫的建设也成了反对派扳倒丘吉尔的一个政治利器，安妮女王也保不了他，不得不将他再次发配到欧洲大陆。直到 1714 年女王死后，丘吉尔夫妇才回到英国。

虽贵为公爵，但丘吉尔家族并不富裕。面对这个史上最宏伟和美丽的烂尾楼工程，最后，丘吉尔不得不自己东拼西凑筹钱来完成布莱尼姆宫。可是，他并未活着看到宫殿建成。此后历代马尔堡公爵，无论经济上还是政治上都没能超越他们祖先，除了并未继承公爵头衔的首相温斯顿·丘吉尔。为了维系布莱尼姆宫，历代公爵甚至不得不变卖家产。首当其冲的便是宫内那著名书房里的藏书、藏画和珠宝，几乎被变卖殆尽。

从布莱尼姆宫出来，走过范布勒桥，再踏上蜿蜒在英国极致园林景色中起伏的小道，我们来到"胜利女神柱"面前。柱上有第一世马尔堡公爵横刀跃马的雕像。

丘吉尔的父亲伦道夫·丘吉尔勋爵，曾任英国财政大臣和印度事务部大臣，任上发动了第三次英缅战争，使缅甸终成英国殖民地，成功打通马来半岛通路。但丘吉尔的这位政治家父亲，最后却因梅毒引发的神经错乱而亡。

丘吉尔的母亲詹妮·杰罗姆是美国人，她的父亲是被称为"华尔街之王"的美国著名金融家伦纳德·杰罗姆。杰罗姆是18世纪初来到新大陆的法国移民的后代，在几家铁路公司都有股份，也是《纽约时报》的股东，还是纽约最早的音乐学院和剧院的发起人。位于纽约麦迪逊大道和第26大街拐角处曾有一座不小的杰罗姆大厦，1967年被拆毁。

詹妮被认为是那个时代最漂亮的美国女人。她与伦道夫于1874年在英国驻巴黎的大使馆结婚。据称，在婚姻持续期间，詹妮有无数情人，其中最著名的两个是英王爱德华七世和铁血宰相俾斯麦之子、时任普鲁士外交部长的赫伯特·俾斯麦。詹妮漂亮、聪明、机智、幽默，在当时的英国政治圈和上流社会有较大的影响力。王后亚历山德拉特别喜欢有她陪伴，尽管那时人人都知道，詹妮和王后的丈夫爱德华七世有一腿。

1895年伦道夫以45岁年纪去世。詹妮于1900年嫁给第二任丈夫乔治·康沃利斯－韦斯特，一个几乎与她的长子温斯顿·丘吉尔同龄的苏格兰卫队上校。

12年后的1912年，这对夫妻分居，两年后离婚。1918年，詹妮与蒙塔古·波舍结婚。她的第三任丈夫比丘吉尔还小三岁。

詹妮死于 1921 年 6 月，死后与她的第一任丈夫伦道夫·丘吉尔葬在一起。

　　根据首相遗嘱，死后与父母葬在一起。因此，1965 年 1 月 30 日，在伦敦圣保罗大教堂举行了当时世界上规模最大的国葬仪式后，丘吉尔首相的灵柩由专列送到离布雷顿最近的火车站。在

* 与威斯敏斯特大教堂相望的丘吉尔雕像

那里，举行了一个由教区牧师主持的、小型的、只有家庭成员和密友参加的葬礼，前首相被安放在了圣马丁教堂的家族墓地里。

　　丘吉尔首相活下来的子女有一男三女。其中儿子伦道夫从牛津大学基督学院毕业后，成了一名记者，后来进入政界，但

不算成功。伦道夫曾是舰队街稿费最高的专栏作家，并与罗伯特·肯尼迪签下了为已故美国总统约翰·肯尼迪写作传记的合同。然而，他才刚刚开始阅读肯尼迪的档案，就与他的委托人罗伯特·肯尼迪同时于 1968 年 6 月 6 日去世。肯尼迪死于暗杀，享年 43 岁；伦道夫死于心脏病发作，享年 57 岁。

附：英国成为日不落帝国，丘吉尔的这位先祖功不可没

1700 年，没有子嗣的西班牙国王卡洛斯二世故去。论起来，法国的安茹公爵、巴伐利亚的斐迪南亲王、奥地利的卡尔大公，以及神圣罗马帝国皇帝利奥波德一世，都声称应该成为卡洛斯二世的继任者。斐迪南亲王和卡尔大公，分别是利奥波德一世的外孙和次子。而安茹公爵，是法王路易十四的孙子。

情况本就够复杂，偏偏据称卡洛斯二世有遗嘱，遗嘱主张将他的土地赠给法国的安茹公爵。法王高兴了，但神圣罗马帝国不干了。卡洛斯二世是哈布斯堡家族的人，以前的外交政策一直是亲同为哈布斯堡家族的神圣罗马帝国。这样的遗嘱，立即被利奥波德一世宣布为伪造不可信。

何况在此之前，法国在欧洲大陆扩张，早就引起了诸多不满，神圣罗马帝国已与英国、荷兰结成同盟，坚决打压法国。卡洛斯二世一死，三国再次结盟，与西班牙和法国开打，于是有了长达 13 年的西班牙王位继承战。神圣罗马帝国与英国、荷兰在海牙开会，商议各自出多少军队、由谁来统兵打仗。

英国派出的代表是马尔堡伯爵约翰·丘吉尔，即英国首相温斯顿·丘吉尔的直系祖先。生于 1650 年的约翰·丘吉尔，一生经历了五任英国君主，扶持一位国王登上王位，为两位国王平定叛乱，让一位平庸女王治下的英国登上列强的舞台。

他平息了查理二世的私生子蒙默斯公爵的叛乱，为詹姆斯二世稳坐王位立下汗马功劳。在宗教之争中，他站在议会一边，放弃了自己亲手扶持登上王位的詹姆斯二世，转而支持国王的女婿、信奉新教的奥兰治亲王威廉，助他登上王位成为威廉三世。

而他最辉煌的篇章，便是作为英军和联军的统帅，在西班牙王位继承战中连续作战，像梦幻而不是事实般几乎攻无不克，创造了战争史上的奇迹。其中最著名的当是布莱尼姆之战、拉米伊之战和莫拉克之战。除了攻城掠地，如拉米伊之战，联军总伤亡不过 3000 人，而法军单是死亡人数就足有两万，还不算无数伤者。

英国成了西班牙王位继承战的最大赢家，不但获得了法国和西班牙的许多海外殖民地，还得到了在战略上极其重要的直布罗陀海峡，从此走向世界强国之路。而西班牙由此衰落下去，法国则不再称霸欧洲。这一切，约翰·丘吉尔居功至伟。

此时的英国女王是安妮，而丘吉尔的夫人萨拉是安妮公主时期的闺密加侍从长。闺密的老公能为自己赢得如此惊天的胜利，加上他能说会道还长得很帅，喜不自胜的女王立马封丘吉尔为第一代马尔堡公爵，还将以前国王们舍不得授予的最高荣誉，如嘉德骑士勋章，悉数授予他。

布莱尼姆战役得胜归来的丘吉尔，被当作英国的民族英雄。女王将位于牛津伍德斯托克皇家猎场的几千英亩地赐给他，再赠他数十万英镑现金，命他建一座比凡尔赛宫还豪华的宫殿。女王说，这样才配得上不断打败法国人的史上最伟大英国将军的身份。宫殿的名字也是女王赐予的，就以那场大胜仗所在地命名。

丘吉尔在战场上打，托尼党和辉格党在议会里打，最后辉格党占了上风。政治上平庸并无多少主见的安妮女王渐渐远离了包括丘吉尔在内的所有托尼党人。加上法国军队调整后，也打了几场胜仗。战事不能为政治带来筹码，托尼党也开始责难丘吉尔。

1712 年，英国终于干出了让法国人拍手称快的事情：撤掉了丘吉尔英军统帅和荷兰代总司令的职务，并开始准备和谈。卸甲归来的丘吉尔发现在伦敦等待他的再也没有鲜花掌声，有的只是指控。他被指控从面包商和武器供应商处收受了 6.3 万英镑的贿赂，另外还贪污了 28 万军费。

虽然最后因证据不足指控没能成立，但安妮女王还是下令撤去了丘吉尔军事和外交上的所有职务，并将他放逐到欧洲大陆。1714 年，安妮女王去世，信奉新教的汉诺威选帝侯乔治成为国王，即乔治一世，英国进入汉诺威王朝时代。乔治与丘吉尔是多年老友。

因此，乔治一世登基后做的第一件事，便是将丘吉尔从欧洲大陆召回，将他原来的所有职务还给了他。丘吉尔为乔治一世做的最后一件大事情，就是镇压了詹姆斯二世党人的起义，确保了新国王的统治。

从 1716 年开始，连续的中风打垮了丘吉尔。1722 年 6 月，刚刚过完 72 岁生日的丘吉尔与世长辞。起初，他被葬在威斯敏斯大教堂亨利七世身边。1744 年夫人萨拉死后，他被移葬到布莱尼姆宫不远处圣马丁教堂的家族墓地，夫妻合葬在一起。1965 年，又一个丘吉尔，英国战时首相，也葬了进去。

一直到他死，安妮女王亲自下令修建、一定要比凡尔赛宫还宏伟漂亮的布莱尼姆宫，还没有建成。这是英国非王室建筑，却唯一被称为宫殿的地方。

第三站：
剑桥——康河倩影

除了牛津，英国另外一座有名的大学城必然是剑桥（Cambridge）了。剑桥，顾名思义，就是"剑河之桥"的意思。这里确有一条剑河（也称"康河"），在市内兜了一个弧形大圈向东北流去。早在 2000 年前，罗马人就曾在这个距伦敦约 90 公里的地方安营扎寨、屯兵驻军。虽然如此，在漫长的岁月里，剑桥只是个乡间集镇而已。直到剑桥大学成立后，这个城镇的名字才渐为人所知。剑桥大学有名的学院有圣三一学院、国王学院、皇后学院、圣约翰学院等。康河泛舟更是在剑桥不能错过的一项体验。

死去多年，是母校剑桥大学接纳了他

成立于 1596 年的剑桥大学苏塞克斯学院（Sidney Sussex College, University of Cambridge），离剑桥著名的景点康河、叹息桥、国王学院都很近，步行就能轻松到达。1616 年，英国著名的护国公克伦威尔在此念书。在死去 300 年后，他的头颅回到母校安葬。

推荐：

图书:《英国资产阶级革命领袖：克伦威尔》董小川，吉林人民出版社，2011

生前改变了一个国家的政体、处死了一个国王，身后又被另一个国王掘尸、割头、枭首示众，最后，头颅被当古董般买来卖去到处展览，这样一个人在世界历史上大约也找不出来第二人了。这个生前死后有如此奇特经历的人，就是奥利弗·克伦威尔。

* 奥利弗·克伦威尔雕像

克伦威尔处死了国王查理一世之后，又打败了试图复辟的查理二世，将他赶到法国，并平息了议会派内部的各种争斗。改英国的君主制为共和制之后，他以护国公的身份成为英国实际的统治者。虽没称王，但一切规格礼制均是国王的作派。

1658 年，年仅 59 岁的克伦威尔因患败血症在伦敦去世。他的尸体在经过防腐处理后，葬在了威斯敏斯特大教堂内，葬礼十分隆重，如同皇家作派。护国公之位由他的儿子理查德·克伦威尔继任。但理查德软弱无能，很快被拉了下来并被赶出英国，查理二世回国复辟，不列颠再次成为君主制国家。

1649 年 1 月 30 日，查理一世被在白厅前面砍头。12 年后的 1661 年 1 月 30 日，查理二世下令将克伦威尔及另外两人的尸体掘出，吊在伦敦泰伯恩行刑场的绞刑架上。吊了几天后，克伦威尔的头被割了下来，先是放在伦敦桥的塔楼顶上展览了一段时间，然后钉在威斯敏斯特宫顶的一根旗杆上。

这位英国著名的护国公，就在那根旗杆上风吹雨打、一动不动地遥望伦敦几十年，直到 17 世纪末。一天夜晚，伦敦来了一场暴风雨，将旗杆刮断。克伦威尔的头，连同半截旗杆和那颗再也取不掉的钉子，被刮到了地上。

第二天，一名叫约翰·摩尔的卫兵路过，看到了这颗头颅。他将它捡起来，藏在自己的斗篷下带回家，放在家里的烟囱里。克伦威尔在威斯敏斯特宫顶的人头丢失，在当时也算一件大事情。警察四处寻找，还在全城张贴了布告，但没能找到。

摩尔看到布告后，害怕秘密被泄露，将头颅悄悄给了自己的老熟人、国王街上的药剂师沃纳。克伦威尔的头颅后来被带到瑞士，卖给了古董收藏家克劳迪亚斯。克劳迪亚斯又将其带回了伦敦，放在自己的私人博物馆展出。那是 1710 年。

克劳迪亚斯是一个世界级的藏家，他的博物馆也是全球数一数二的私人博物馆。克伦威尔的头颅在博物馆展出的消息，在英国和世界收藏界引起了轰动，不但有藏家从世界各地专门赶来，一些旅游者也来凑热闹。

展出一段时间后，克劳迪亚斯以 63 英镑约合现在 5000 英镑的价格，将克伦威尔的头颅卖给了一个喜剧演员拉塞尔。自称与克伦威尔家有亲戚关系的拉塞尔，常常将头颅挂在市场上，让人免费观看，只为听他滔滔不绝地讲述克伦威尔的故事。然后，他以 100 英镑的价格将头颅卖了出去。

到 18 世纪末，克伦威尔的头颅已卖到 230 英镑，约合当下的 7400 英镑。一些公共博物馆也来租借头颅去展览，公开展出的门票价格略等于现在的 5 英镑。

1841 年，克伦威尔的头颅被约书亚·威尔金森买下，从此为他的家族所有，直到 1960 年。威尔金森有一个怪癖，喜欢带着这个阴森森的头颅去与朋友见面，非常乐于向朋友展示他的这个最重口味的藏品。一位叫玛丽亚的女士，在赴了威尔金森的早餐会后，写信给朋友说，她见到了真的而不是照片或石头的克伦威尔的头。

一个令人恐怖、恶心的头颅，却被英国人当作珍宝般，在个人藏家和博物馆之间买来卖去，屡次展出。英国人也愿意掏钱买门票，去观看这颗名噪一时丑陋不堪的头颅，听藏家或专门的讲解员讲述克伦威尔头颅的前世今生。男人和女人们，还可以在餐桌上边吃饭边观看这样一个头颅，无论在那时还是现在，都让人感到有几分匪夷所思。

1960 年，克伦威尔的头颅拥有者贺拉斯·威尔金森联系了剑桥大学，称希望将头颅捐给该大学，并由剑桥出面，为克伦威尔举行一个正式的葬礼。克伦威尔曾在剑桥大学西德尼·苏塞克斯学院就读一年，后因父丧辍学回家，时间虽短，却是正儿八经的剑桥学生。

剑桥大学接受了威尔金森的捐赠。1960 年 3 月 25 日，在死去 300 年后，克伦威尔回到他曾经的校园。只有几个人参加的简短仪式之后，这颗历经风雨的头颅被装在一个橡木盒子里，葬在了大学教堂门厅下面的某个地方。这一消息，直到两年以后，才由校方向外界发布。

但校方没有公布具体位置，只刻了块匾，上面写着：英格兰、苏格兰和爱尔兰联邦的护国公、本大学 1616～1617 年学生奥利弗·克伦威尔，葬在下面附近的某个地方。

而那块曾经放在威斯敏斯特教堂内、克伦威尔墓前的镀金牌匾，在苏富比拍卖行拍出了 1.2 万英镑的价格。

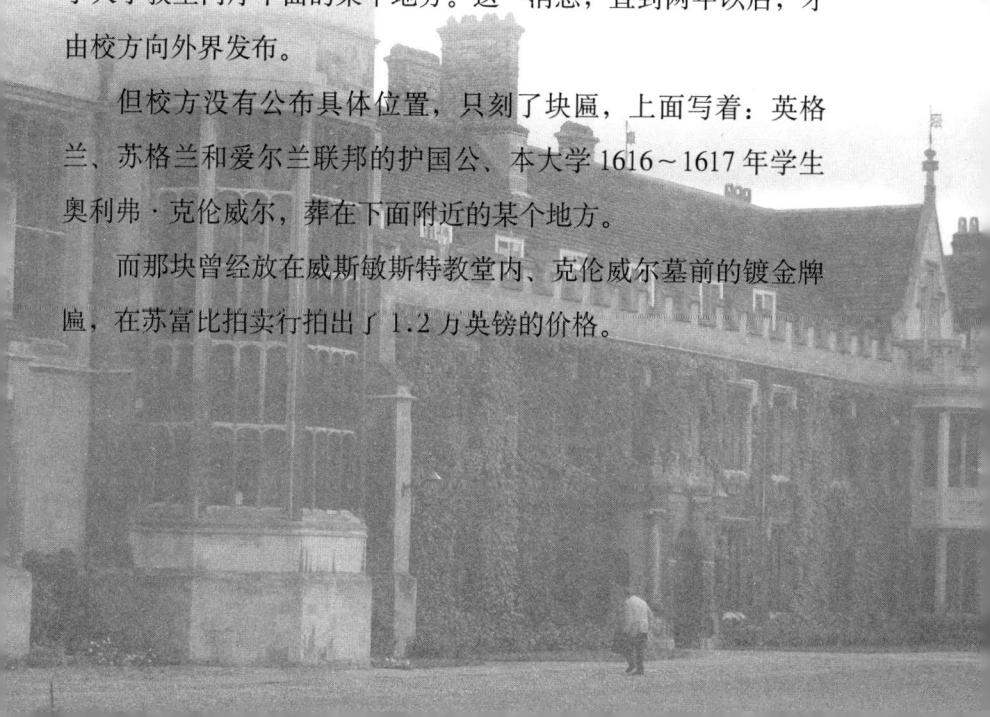

剑桥彼得伯勒大教堂：埋葬着女王、
王后和史上第一位女大使

剑桥彼得伯勒大教堂（Peterborough Cathedral），是12世纪英国重要的大教堂。教堂中殿的天花板，喷绘于13世纪上半叶，是目前英国仅存的保存完好的原始木制天花板之一。这里曾经是一位女王、一位王后的葬身之地，而且她们俩人的掘墓人，都是同一人。但玛丽女王后来被移到了威斯敏斯特大教堂，只剩下凯瑟琳王后孤独地长眠在这里。

推荐：

电影：《亨利八世的六个妻子》，1972

　　导演：瓦里斯·侯赛因

　　主演：Keith Michell、夏洛特·兰普林

阿拉贡的凯瑟琳，从马德里出发远嫁英格兰国王亨利七世的长子、威尔士亲王亚瑟的时候，陪嫁中有一大群黑人奴仆。这些奴仆中还有一些经过训练的舞者和乐师，其中一个既是号手又是鼓手的男孩叫约翰·布兰克，在亨利七世的宫廷中大受欢迎。每

有宫廷聚会，必有布兰克的演奏。有时在王室请柬中，甚至会特别注明：布兰克的表演，一定会让尊贵的您十分愉悦。

后来亨利七世为布兰克赎了身。自由后的布兰克成了英国著名的黑人音乐家，伦敦社交界的宠儿。而凯瑟琳的这批非洲仆人，是史上有记录以来第一批到达英格兰的黑人。那时，除了走南闯北的商人和外交使者，英国贵妇和普通大众极少见到黑人，更不用说拥有这一大批完全不同肤色的异国人为侍者仆人，加上他们带来的音乐和舞蹈。

在岛国人眼里，这是罕见的权力和财富的象征，西班牙人凯瑟琳，带给英国人的第一印象极好。

但是，凯瑟琳却是一个苦命的人。亚瑟王子很爱她，像珍惜她的财富一样珍惜她的美貌和才华。然而婚后不过半年，亚瑟和凯瑟琳都染上了时疫。凯瑟琳康复了，亚瑟却没了，王妃成为寡妇。

当时欧洲各国之间的关系，总是随时翻船又立刻结盟。王子公主们的婚姻、他们各自封地的大小、婚姻的嫁妆和王位继承顺序，都是国际关系中讨价还价的筹码。凯瑟琳的嫁妆中，有20万金币还没有支付。如果凯瑟琳被送回西班牙，亨利七世不但得不到未支付部分，还将退回已到手部分。而西班牙，也会因此有别的损失。所以双方国王，都不想凯瑟琳回去。

恰好此时，亨利七世的王后伊丽莎白也因病去世，所以国王想干脆自己收了儿子的未亡人凯瑟琳，但遇到凯瑟琳父亲的强烈反对。最后，双方同意让凯瑟琳改嫁亨利七世的第二个儿子、比凯瑟琳小六岁的约克公爵亨利，即后来的国王亨利八世。

凯瑟琳强烈反对这一政治婚姻，不同意改嫁。由于此时西班牙和英格兰的关系已然恶化，加上她父王另外 20 万金币的嫁妆迟迟未支付，亨利七世便虐待凯瑟琳，不但将她赶出皇宫让她住在一栋普通的别墅里，还不给她安排仆人。凯瑟琳须自己支付所有生活费用，还得自己动手做家务。

于是，她父亲安排她担任西班牙驻伦敦的大使，领一份薪水有几名仆人。这使她成为欧洲历史上第一位女大使。也许觉得不嫁亨利没有更好的出路，也许认为回西班牙也不是一件容易的事情，在当了几年大使后，凯瑟琳还是同意改嫁二王子亨利。

寡妇再嫁，必须有教宗特许，必须取消上一段婚姻。虽然凯瑟琳声称她和亚瑟王子有夫妻之名无夫妻之实，因为他们还未来得及圆房，因而无需教宗特许。但为免后患，凯瑟琳的母亲伊莎贝拉一世还是请求教宗颁发了许可，凯瑟琳和亨利才先订了婚。

亨利七世逝世后，凯瑟琳的丈夫继位为亨利八世。国王的继位与结婚，在同一天宣布。随后，国王和王后的加冕礼，也在同一天举行。凯瑟琳和亨利八世共同生活了 24 年，期间亨利八世也曾十分敬重这位比自己年长的王后、曾经的嫂子。亨利八世每次出门征战，便让凯瑟琳做摄政王。

1513 年，亨利八世率军征讨法国、凯瑟琳为摄政女王期间，苏格兰人来犯。凯瑟琳任命将军召集军队，调配粮草，忙于应战。此时的她已怀孕数月，但仍穿上全副铠甲向出征的军队发表演说，还将出征将士送出伦敦百余公里。

据称她的演说斗志昂扬，极具鼓舞力。此战英格兰大捷，苏格兰国王詹姆斯五世死在战场上。凯瑟琳向亨利八世送去一片詹姆斯五世带血的战袍。亨利八世将它挂在自己的旗杆上，任其呼啦啦地飘。

凯瑟琳为亨利八世生下六个孩子，但成活的只有玛丽公主一人。一方面，亨利八世需要男性继承人，并坚信因为娶了哥哥的妻子而被诅咒。另一方面，此时的他迷上了凯瑟琳的侍从长安妮·博林。博林比亨利八世小 11 岁，与国王暗通款曲一段时间后，有了身孕。而凯瑟琳，已没有了生育能力。

亨利八世急于取消与凯瑟琳的婚姻以将博林娶进宫，但凯瑟琳、西班牙王室和罗马教宗三方都坚决反对。为达目的，国王将凯瑟琳赶出王宫，将女儿玛丽公主关进伦敦塔，与博林秘密结婚，并宣布英格兰脱离罗马教廷。

第二次被赶出王宫的凯瑟琳以威尔士亲王遗孀的身份，住在金博尔顿城堡里。国王不让她见女儿玛丽，也不准写信。偶有访客，谈话也不能提及公主。国王开出的条件是，只要她们母女正式宣布承认博林为王后，就让她们见面，还可住在一起，但凯瑟琳和玛丽都拒绝了。

1533 年，亨利八世和凯瑟琳的婚姻才正式解除。但是凯瑟琳直到死，仍然声称自己是亨利八世唯一合法的妻子、唯一合法的王后，她的仆人们依然称呼她"王后"。但是亨利八世在提及她时，只叫她"威尔士王妃"。

凯瑟琳于 1536 年 1 月 7 日死于金博尔顿城堡，以威尔士王妃而不是王后的身份，葬在剑桥的彼得伯勒大教堂。亨利没有出席葬礼，也不允许凯瑟琳的女儿玛丽出席。那天，安妮·博林流产了一个男孩。而博林的最后结局是被国王送上断头台。

1553 年 10 月，又是一番激烈的宫斗之后，凯瑟琳的女儿玛丽加冕为女王，成为英国史上第一位合法的女王。20 世纪，国王乔治五世的王后，也叫玛丽，修缮了凯瑟琳王后的坟墓，修建了小小的栅栏，并制作了"英格兰的凯瑟琳王后"金色字牌。

如今，剑桥郡彼得伯勒教堂，每年都纪念这位嫁了两次被两次赶出王宫的苦命女人。人们在她的墓前献花、颂诗、点燃蜡烛。死去 500 年，英国人民还在怀念她。

* 剑桥彼得伯勒大教堂

辑 四

苏格兰：自由的风骨与不羁的山水

苏格兰王国（苏格兰盖尔语：Alba，低地苏格兰语：Scotland，843年~1707年）位于大不列颠岛北部，英格兰之北，以格子花纹、风笛音乐、畜牧业与威士忌工业而闻名。这里有苍茫美丽的高地风光和独特的民族风情，有身着最酷的裙装的男人吹着高亢悠远风笛，还有无数的城堡和宫殿。

第一站：
爱丁堡——苏格兰的心脏

爱丁堡（Edinburgh）是英国著名的文化古城、苏格兰首府，也是伦敦以外英国最大的金融中心。爱丁堡有着悠久的历史，爱丁堡城堡、荷里路德宫、圣吉尔斯大教堂等名胜都位于此地。爱丁堡的旧城和新城一起被联合国教科文组织列为世界遗产。2004 年爱丁堡成为世界第一座文学之城。

爱丁堡初印象：混合着诗意与血腥

爱丁堡城堡（Edinburgh Castle）建在一座死火山的山顶上，三面均为峭壁，只有一条通路，易守难攻。

下午 5 点 38 分火车驶进爱丁堡站，出站即叫了一辆出租车直奔在网上预订好的枫叶旅馆。爱丁堡果然如传说中漂亮。起伏的山城远近间错落杂陈着城堡、尖塔与现代建筑，树荫丛中的老桥连接着老城与新城，间隔出山与城的各种层次，情调一下子就出来了。城里到处是古堡和教堂，风格上虽与北欧国家较为接近，但似乎不那么厚重。

放下行李，背上相机，手持地图，开始了我的爱丁堡之旅。从东边的滑铁卢大街（Waterloo Place）走上西边的王子大街。王子大街尽头的南侧，是有 287 个台阶的爱丁堡塔，它是爱丁堡城市的标志之一。另一标志则是爱丁堡城堡。爱丁堡城堡在麦尔人街尽头一个长长斜坡之上，坡底则是晚于爱丁堡城堡后来成为王室行宫的荷里路德宫（Palace of Holyrood House），是当年詹姆斯四世为迎娶英格兰王妃而建。

城堡是 7 世纪时苏格兰国王埃德温为军事防御而建，11 世纪时马尔科姆国王又在城堡中修建了用于居住的宫殿，从此它开始成为皇家重要住所和国家行政中心。1093 年玛格丽特女王即逝世于此宫。16 世纪初叶，荷里路德宫落成，王室搬往那里居住，不过爱丁堡城堡作为苏格兰国家和民族最重要的象征之一的地位无可取代。站在城堡眺望整个爱丁堡城，天特别蓝，云特别白，空气无比透亮。

到爱丁堡，同样不可不看瓦尔特·司各特纪念雕像（Sir Walter Scott Monument）。诗人、小说家司各特（Walter Scott，1771~1832）生于爱丁堡，一生创作了七部长篇叙事诗和 27 部长篇历史小说，以及许多中短篇小说和历史著作。他的诗作成就虽不及拜伦，但其历史小说开创了欧洲历史小说的先河。他是爱丁堡的骄傲，所以几乎所有的旅游书都推荐了这一景点。雕像褐色与黑色杂陈，斑斑驳驳，显得十分古旧。据说这种古旧斑驳，一是它毕竟有 160 多年了，另外也是因为建造纪念碑的材料是一种沙石，极易风化，100 多年来不得不多次修补，因而这种古旧斑驳也是多次修补后的效果之一。雕像中的司各特手捧一本书睿智平静地笑着，衣带飘扬，栩栩如生。他的头顶，一只白鸽骄傲地挺立着，目光却看向与司各特所视完全不同的远方。司各特的头顶大约是鸽子们更爱站立远眺的地方，白色的鸽子粪随着那经年累月的站立流淌下来，滴在司各特的脸上、衣衫上甚至书上，使司各特塑像有了另一种生动。

联合国教科文组织于 2004 年授予爱丁堡"文学之城"（City

of Literature）称号。全球获此殊荣的城市共五个，除了爱丁堡，其他四个分别是墨尔本（2008 年）、爱荷华（2008 年）、都柏林（2010 年）和雷克雅未克（2011 年）。

但是，这个美丽诗意的文学之城，也还有阴森血腥的一面。

城堡山背面的谷底，高大的树木环绕着老城区的 Gross Market。这是一个小小的古老的广场，地上全是几百年以前的石头铺成的路。石头与石头之间的缝已经很宽了，变成了石头与泥杂陈的街道。爱丁堡和英国的许多城市一样，新城与老城区别明显，老城受到的破坏不大、满是历史与沧桑，而新城往往在另一边拔地而起，时尚新潮、喧嚣沸腾。广场中间有一个石头堆砌的行刑台，绞刑架都还在。从 1661 年到 1688 年短短的 27 年间，在这里绞死了近 300 人，从贵族到平民、从议员到军人，他们全因宣传宗教改革而被处死。我鼓起勇气到台上去走了两圈，想找一些当年改革者的斑斑血迹，却什么也没有发现。300 多年的风吹雨打，当年的牺牲肉眼已不再看得见，只泯没于历史的进程中和浩瀚的资料里。连木制的行刑柱也已变得不再像木头，而像钙化了的动物的骨头，白中泛着淡淡的青色，森森地。

因卡尔顿山上有仿古希腊巴特农神庙石柱，爱丁堡又因此被称为“北海边上的雅典”。1573 年，一位贵妇人在这里被活活烧死，因为人们认为她是女巫。而她的丈夫就在不远处的监狱窗户里目睹了这一惨剧。

爱丁堡的现实是美丽的，历史上的爱丁堡却处处血雨腥风。

"命运之石"：苏格兰和英格兰为它争破头

到了爱丁堡城堡，不能不看"命运之石"（Stone of Destiny），因为它与以色列人的祖先雅各相关，所以又被称为"雅各的石头"。

推荐： 苏格兰国菜"哈吉斯"（Haggis），就是把羊心、羊肝、羊肺等各种羊杂碎，加上调味料和蔬菜，装进羊肚里，煮熟之后切开，再浇上酱汁，配土豆泥和胡萝卜等食用。味道不错，但偏咸，所以最好配一杯红葡萄酒。

尝试当地食品，也是旅游的重要内容。

传说雅各用计骗得了本应属于兄长以扫的祝福，为了躲避以扫的追杀，雅各遵母命远走美索不达米亚的哈兰，那是他父母的家。途中太阳下山天将黑尽，雅各在路边随便找了一块石头枕着睡觉。梦中，他见一个站在云梯上头顶着天的人对他说："我是耶和华，我要将你所躺之地赐给你和你的后代，并让你的后人繁衍如尘沙般多不胜数。我会祝福所有祝福你的人，诅咒所有诅咒你的人。"雅各石头的故事在《圣经》上有记载，但这块本应属于以色列国的石头如何远离美索不达米亚成了苏格兰王权的象征却不得而知。

另一种传说，"命运之石"是凯尔特神话中四大宝贝之一，最早也是爱尔兰岛的统治者与其他神族作战的战利品，历代爱尔兰国王都站在石头上称王，所以又叫"加冕石"。加冕石后来又在苏格兰扮演了同样的角色。1292 年，约翰·巴利奥尔成为最后一个站在石头上登基的苏格兰王。

围绕这块神圣的石头，苏格兰和英格兰之间展开了长期的占有与反占有的斗争。1296 年，英格兰的爱德华一世成功占领苏格兰并抢走了石头，将其放在威斯敏斯特大教堂里国王加冕时坐的椅子下面。自己国家和民族象征的石头被宿敌英格兰人夺走，苏格兰人将此视为奇耻大辱。苏格兰人为要回这块原本属于他们的石头，英格兰人为了拥有这块他们抢来的石头，双方进行了不懈的斗争。其间，英格兰曾经不止一次同意归还石头，但伦敦人民坚决反对。1328 年那次，由于大规模的人群聚集在威斯敏斯特教堂前阻止石头被运走，还差点酿成血案。

1950 年圣诞节，四位苏格兰的热血青年将这块石头从威斯敏斯特大教堂偷了出来。石头失踪震惊了全英国。警察严密布控，封锁各大路口，甚至悬赏 10 万英镑给提供石头准确位置的民众。伦敦市民说，多少年都没有看到过街头站着这么多警察。

英国警方判断石头会被偷偷运回苏格兰，因而封锁了苏格兰和英格兰的边境。这是 400 年里，英格兰和苏格兰之间第一次出现封锁边境的事件，不为政治纠纷、不为战争、不为走私、也不为瘟疫，而只为一块石头。

事实上，此时，这块被全国通缉的石头静静地躺在肯特郡的一片荒野之中。离它藏身处不远，是四名苏格兰青年学生的野营帐篷。两天以后，四名学生中叫伊恩·汉密尔顿的那位开来一辆厢式小货车，躲过警察的搜索和封锁，将石头运到了格拉斯哥大学。

这位汉密尔顿，据称是苏格兰国王詹姆士六世的第27代孙。石头于几月后在苏格兰北端一个小镇的教堂里被找到，之后于1951年4月11日安然无恙地被运回威斯敏斯特大教堂它原来"居住"的地方：爱德华一世的椅子底下。读到这里，我想起了《红楼梦》里那块无才可去补苍天、枉入红尘若许年的顽石。

这块不列颠顽石在苏格兰人和英格兰人眼中却无比神圣，就连窃取石头的四名学生也只是被教训了一顿之后就无罪释放。警方称石头未被损坏，学生的恶作剧只是恶作剧而已。学生偷石头的剧情就此告一段落，但石头的故事并没有完结。

苏格兰人又是写信又是请愿，要求伊丽莎白女王归还此石头。开明的女王最终同意了苏格兰人的请求。1996年，为了平息苏格兰人日益增长的不满情绪，时任首相梅杰宣布将已经存放在威斯敏斯特大教堂内爱德华一世椅子下的那块著名石头归还给苏格兰人，由他们自行保管。但是，每当大不列颠的新国王或女王登基，石头仍将运回放在威斯敏斯特教堂国王登基的座椅下，加冕礼结束后再还回去。

那一年的11月15日，从伦敦出发到爱丁堡，英格兰人和苏格兰人心中都无比神圣的石头盛装打扮，以路虎车运载、卫队护送，仪仗周全地被运往爱丁堡城堡。在苏格兰和英格兰交界处，还举行了隆重的石头归还仪式，英国内政部长和苏格兰议会的高官是交接仪式的主角，安德鲁王子作为女王的代表出席了仪式。现在，这块"命运之石"就存放在爱丁堡城堡里。

然而，摆在我面前的这块石头却如此平凡，平凡得与它的身世地位严重不相匹配。它长 26 英寸、宽 16 英寸、高 11 英寸，重不过 336 磅，有时光留下的斑点，与街头路边普通石头无异。石上的铁环，是爱德华一世命人浇铸进去的，便于搬运。石头的表面还有不甚清晰的十字架。历史上，关于这块石头材质的记载，有说是红色的砂石，有说是黑色的玄武石。

所以，自 1951 年以后，一直有一种谣传说，真正的"雅各之石"已被苏格兰人掉包藏在一个极为隐蔽的地方。英格兰警察找回来的不过是一块仿冒的石头，所以现在看到的石头和史书记载的颜色与质地都不符。

大象咖啡馆的魔幻世界

大象咖啡馆（The Elephant House）坐落在著名的马歇尔大街（Marshall Street），于1995年营业。咖啡馆红色的招牌很是显眼，一眼就能瞧见。因J.K.罗琳在此创作出了早期的《哈利·波特》而声名大振，咖啡馆的菜单上还有她当年写作的照片。不仅如此，咖啡馆的卫生间更是暗藏玄机，墙面上写满了世界各地哈迷的留言，还有一些小说中特有的段子。

大象是这家咖啡厅的主题，随处可见大象的影子。咖啡厅前厅与后厅之间的走廊是保护大象的宣传区，贴满了人们为了金钱利益残忍杀害大象的剪报和图片以及顾客们的随手涂鸦。此外，咖啡厅中还收藏着超过600件大小不同、形态各异的大象纪念品。

位于伦敦市中心的国王十字火车站是欧洲最古老的火车站之一。从我们下榻的酒店步行十来分钟，便可到达。全世界的哈利·波特迷们一定都知道，这里有一个9又3/4站台。在11岁那年，哈利·波特穿过这个神秘的站台，搭乘通往魔法学校的霍格沃茨特快列车，开始了他的魔法生涯。

我们不是J.K.罗琳女士笔下的人物，当然穿越不了9又

3/4 站台，而位于国王十字火车站北面的这个神秘站台，也并没有开往魔法学校的列车，它仅仅是一个供哈迷们搞怪拍照的地方。我们坐上的这趟列车，往北驶向约克和苏格兰。巧的是，前方目的地爱丁堡就是这位风靡全世界的小魔法师哈利·波特的"诞生地"。

时间回到 20 多年前。当年的罗琳女士还是一名单身妈妈，刚刚和当记者的葡萄牙丈夫离婚，投靠了在爱丁堡居住的姐姐，靠领取政府救济金生活。穷困的她却也得到了向往已久的自由，可以选择做自己喜欢的事。爱丁堡的冬天异常寒冷，罗琳喜欢推着婴儿车到大象咖啡馆边取暖边写作。

一杯热咖啡与一台旧打字机相伴，在无数个阴冷的午后，罗琳倚在咖啡馆窗前构想她的哈利·波特和魔法世界。冷雾中的苏格兰清晨，带着一丝阴郁，在看不见的空气里，魔法师骑着扫帚在塔顶盘旋，黑袍在风中飒飒作响……

位于爱丁堡市中心的这家咖啡馆仍在营业，每天被慕名而来的全世界哈迷踏破门槛。罗琳在这里完成了哈利系列的首部《哈利·波特和魔法石》。她笔下的魔幻世界，那种阴森和神秘气氛，与爱丁堡这座老城的气质十分相似。还未成名的罗琳，少不了经常徘徊于爱丁堡老城的各个角落，四处寻找创作灵感。

乘坐火车进入爱丁堡是最佳方式，因为爱丁堡的中心车站本身就是一座维多利亚时期的精美建筑。出了车站，走了十几分钟的陡坡路，来到了车站的正上方，这里是连接爱丁堡老城和新城的北桥，一边走在桥上，一边可欣赏到这座被列入世界文化遗产的城市最美的风景。

　　远处的卡尔顿山和耸立于死火山岩顶之上的古堡，近处街道两旁尽是维多利亚建筑群和街心的尖顶教堂，连入住的酒店也在一座城堡风格的建筑物内。真让人疑心走进中世纪的欧洲，王子和公主就幸福地生活在眼前的古堡里。

　　黄昏的爱丁堡城堡冷风吹袭，游客稀少，多了几分阴森森的感觉。差点忘记，爱丁堡还是欧洲著名的鬼城。浓雾笼罩的街景，还有遍布全城的鬼怪传说，使得爱丁堡的"鬼文化"越发的煞有其事，入夜之后这里还有特色的"寻鬼之旅"，作为吸引游客的一大噱头。

* 雾霭中的爱丁堡透着一丝神秘感和"鬼气"

　　爱丁堡的鬼怪故事，与这座城市千百年来的黑死病和历史冤案有关。在黑暗的中世纪，爱丁堡经历过恐怖的宗教改革。而欧洲黑死病肆虐时期，爱丁堡又是受灾最严重的地区之一，在这座城市死去的冤魂不计其数。

　　城中的玛丽金街，在 1645 年瘟疫蔓延到爱丁堡时被彻底封锁。传说有些染了瘟疫的家庭直接被砖头封门，这些人被活活饿死。在 17 世纪到 18 世纪黑死病肆虐欧洲时，爱丁堡死了很多人。为了控制病情，当局把病人全部集中在旧城区，不给他们食物和水，令其自生自灭。从此，这里"冤魂不散"，后来有不少人宣称在此看见过"幽灵"。

这也就不难理解，J.K. 罗琳笔下的魔法世界为何有那么多鬼怪故事了。据说，罗琳喜欢去墓园寻找灵感。爱丁堡的格雷夫莱墓园，有一块刻着托马斯·里德尔字样的墓碑，主人生前是一位默默无闻的绅士，如今却每天都能迎来一大群拍照的哈迷。原来，罗琳笔下伏地魔名字源自这块墓碑。不知道老先生泉下有知，有何感想？

成名后的罗琳与一名医生再婚，他们居住在爱丁堡富人区的大房子里。后来，罗琳又在泰河沿岸买了一座 19 世纪风格的古宅。罗琳也很少再去咖啡馆写作，她喜欢租住在奢华的宾馆里，在宾馆里写作。

爱丁堡的五星级酒店巴尔莫勒尔酒店（Balmoral Hotel）因她成名。这家老牌酒店位于王子街上，那日我们在街上逛累了，还曾进去在大堂沙发上休息了好一会。罗琳在这家酒店的 552 房间完成哈利·波特系列的最后一本《哈利·波特与死亡圣器》。房间里留着她的涂鸦，她在一个用大理石雕刻的希腊神赫耳墨斯头像底座写着："2007 年 1 月 11 日，J.K. 罗琳在这间房间（552）完成《哈利·波特与死亡圣器》"。

这个房间被命名为 J.K. 罗琳套房，平时没有对外开放。不过可以预约入住，每晚 1415 英镑（折合人民币约 13000 元）。

这两个男人生前互托身后事，
死后相隔百米仍像在对话

欧洲的很多城市，街头雕像大多是英雄和战马，而徜徉在爱丁堡这座"世界文学之都"，看得最多的却是手捧书卷、衣袂翩翩的文人雅士塑像。

18 世纪苏格兰启蒙运动中的知识分子，就像现在的文艺青年一样，喜欢在有"北方的雅典"之称的爱丁堡扎堆活动，用现在时髦的说法叫思维碰撞。这批中世纪的欧洲"愤青"里出了不少名人，至今他们的名字仍在人类发展史上熠熠生辉，其中包括著名经济学家亚当·斯密、哲学家大卫·休谟。

爱丁堡老城的皇家英里路，道路这头是爱丁堡城堡，另一头是圣十字架宫。路口边上的一座青铜雕像，是身披古罗马式斗篷的大卫·休谟。他赤脚坐在石阶上，右手持着一卷书，两眼略微低垂，仿佛还在沉思。

距休谟不到百米处，是亚当·斯密的雕

* 休谟雕像

像。他站立在高高的台基上，左腿前倾，目光远眺，身后是一架巨大的铁犁。这对生前互托身后事的挚友，去世后永久地留在他们曾结伴同行的皇家英里路上，似乎还在饶有兴致地进行他俩之间未完的对话。

很多人知道尼采，却不知道大卫·休谟。在哲学史上休谟的名气的确不如尼采，但其实两人勇气相当，而且休谟的理论建树远胜于尼采，尼采在前者的基础上告诉人们"上帝死了"。其实前者才是后者"闯祸"的始作俑者，可是当时的人们只跟尼采过不去，最终逼疯了他，也因此让尼采名声远扬。其实，据说写作《人性论》的艰辛过程，也差点让年轻的休谟精神错乱。

生于爱丁堡的休谟是一名不折不扣的天才，他12岁上大学，18岁决定"抛弃其他所有的快乐和事务"，投入思想与科学领域，26岁写成《人性论》。这本匿名出版的小册子，被后世学者评价为哲学历史最重要的著作，但当时媒体的反应却是"一片死寂"。

不单如此，由于休谟宗教怀疑论者身份的传言，他先后申请爱丁堡大学和格拉斯哥大学教授一职都被拒。这对于家境贫困的他，打击不小。后来休谟被爱丁堡大学聘为图书馆长，虽然薪酬微薄，却为他写作后来引起轰动的《大不列颠史》提供了便利。休谟也因此书名利双收，不仅以历史学家的身份蜚声文坛，而且获得可观版税，成为英国首位靠写作致富的文人。

而亚当·斯密的成就一点也不逊色于大卫·休谟，他破译市场"看不见的手"（invisible hand），即供求规律，被认为像牛顿的万有引力一样重要，后世将他尊称为现代经济学之父。他著作的《国富论》出版于 1776 年，书中提出的自由竞争、反对政府干预经济的思想燃爆了整个欧洲。这一年，资本主义世界还有一件大事，美国通过了《独立宣言》。

时隔 100 多年后，中国近代著名翻译家严复将《国富论》翻译为中文译本《原富》。50 万字的译作，稿费白银 2000 两，约合今天人民币 40 万元，相当于千字 800 元，着实可观。另外还抽两成版费，期限 20 年。虽然拿了天价稿费，严复却说"有钱译，无钱亦译"，只因此书意义重大。

终生未婚的两位思想家，他们深厚的友谊持续 40 年，他们从年轻时就相互欣赏、情同手足，不仅共同探讨思想和理论，甚至互托"终身大事"。体弱多病的亚当·斯密深恐自己突然辞世，历时九年的著作会石沉大海，便指定大卫·休谟为遗稿管理人，协助出版《国富论》。结果，《国富论》出版没多久，大卫·休谟便先因病去世。人们发现，大卫·休谟的遗嘱中，指定的遗稿管理人为亚当·斯密。

休谟去世后，埋在卡尔顿山脚下的墓地。通往墓地有条"大卫·休谟小路"，是他生前散步的地方。墓碑上镌刻着休谟写的墓志铭："生于 1711 年，死于〔   〕——空白部分就让后代子孙来填上吧。"亚当·斯密死后则被安葬在皇家英里路上的坎农盖特教堂（Canon-gate Kirk）墓地，墓碑上写着："《国富论》的作者亚当·斯密安眠于此。"

即便过世，两人的墓地也相隔不远。

在冰川时代最后的据点豪饮威士忌

苏格兰生产威士忌历史悠久，这里的威士忌被称为"生命之水"，是世界上最好的威士忌之一。苏格兰威士忌色泽棕黄带红，清澈透明，气味焦香，带有一定的烟熏味，具有浓厚的苏格兰乡土气息。

要说苏格兰人对威士忌有多热爱，大概从苏格兰人（Scots）和苏格兰威士忌（Scotch）的英文有多相似就可见一斑。而"苏格兰威士忌"一词更是专有词汇，只能专门用来形容于苏格兰蒸馏并最少已窖藏六年的威士忌酒。

来到英国，少不了要试试英式下午茶的。从伦敦国王火车站出发，坐了五个小时火车，一路饱览英伦乡间景色，抵达有北方雅典之称的苏格兰首府爱丁堡，刚好就是英国人的下午茶时间了。在英国最古老的城堡里悠闲地享用着下午茶，这原本并没有列入在我们的旅途计划中。

与现代感十足的伦敦相比，爱丁堡这座城市清冷中带着历史沧桑，很有味道。出了爱丁堡中央火车站，穿行于古老的街道，整座城都被列入世界文化遗产，身处其中，感觉自己也快成了泛黄书页里的插图的一部分。城中地标爱丁堡城堡，抬头可见，是英国最古老的城堡之一，比温莎古堡还要早 400 多年，位于 135 米高的死火山岩顶上，三面悬崖，唯有的入口是一条陡峭的石坡路。

放下行李，赶在城堡闭馆前入内参观。下午三四点钟，爱丁堡的天色阴郁，位于黑色岩壁之上的城堡显得异常坚硬冷峻，据说这里因为常年笼罩在海雾和冷风中，连女王也不爱住。不过，它却是苏格兰人的精神象征，看过电影《勇敢的心》，里面发出一声怒吼"为了自由"的华莱士，就是苏格兰的经典人物代表。

与华丽柔美的温莎古堡相比，同为皇家城堡的爱丁堡城堡更像是一座男人的城堡。虽然历史上这里也曾出现一位传奇式的女王——玛丽女王。美剧《风中的女王》里讲述的就是这位苏格兰女王的故事。命运最终跟英格兰人开了一个玩笑，被伊丽莎白一世软禁 18 年并处决的玛丽女王，她的儿子最终却同时成为苏格兰、英格兰和爱尔兰的国王。

旅途中难得的闲暇，坐在爱丁堡城堡最高处的落地窗前，品尝了英式下午茶。倚窗眺望爱丁堡城中的建筑遗址，在古堡昏暗的灯光下就着可爱怡人的甜点，细啜慢饮，感觉这场景似曾相识，似乎在某部电影里出现过。

五月的爱丁堡挺冷，隔天清晨登卡尔顿山，身着一件薄羽绒，出门前又披上围巾，可山上冷飕飕的风让人不敢久留，俯瞰了一会晨光中的爱丁堡，看了几眼为纪念拿破仑战争牺牲的苏格兰将士、仿照雅典帕特农神庙建造的国家纪念碑，然后匆匆

* 爱丁堡国家纪念碑

下山。

走在王子街上，正好遇上前往苏格兰高地的巴士。对于一个苏格兰人来说，征服高地和品尝苏格兰威士忌是一生必做的两件事。在这样雨雪交加的冷天，到威士忌的家乡——苏格兰高地去喝上几杯烈酒，是一个蛮不错的选择。

威士忌被苏格兰人称为"生命之水"。苏格兰高地是欧洲风景最优美的地区，被称为冰川时代的最后一个据点，到处都是被巨石覆盖的原野、崎岖的山峦和清冽的湖泊。得益于独特的自然资源，早在 15 世纪这里就发展成为威士忌的著名产区。

电影《勇敢的心》里，英勇的苏格兰将士徒手拔出身上断箭，唯一的镇痛药就是猛喷一口威士忌。曾经的苏格兰"生命之水"，它的蒸馏技术由修道士发明，原本用于炼金术和医学，甚至被当作驱寒的药水，没想到现在成为风靡全世界的酒精饮料。

而英格兰人对威士忌的钟爱更不消说，一个酒吧可以没有葡萄酒，但是一定不可以没有威士忌，更不可以缺少苏格兰威士忌！之前看到一则趣闻，一位英格兰酒痴早上起床突然馋酒，一般超市卖的威士忌还不行，他想喝苏格兰高地出产的某款12年威士忌。为了这瓶市价不到30英镑的酒，这位仁兄直接开了架飞机到苏格兰酒厂，来回飞行1600公里，当场把酒厂的人惊住了。

我们从爱丁堡乘巴士到高地，大约只花了两个小时。阴雨天笼罩下的高地山峦有一种遗世独立的苍凉和壮美，风中掠过古老的苏格兰风笛声，仿佛来自远古。在见识了高地产区原始的蒸馏技术后，一群人围坐一起，对着窗外冷雨中的湖光山色喝着酒。一口威士忌饮下，只觉寒气尽散，浑身暖烘烘的，心里畅快极了。

离开酒厂时意犹未尽，又买了几瓶各种年份的小支装苏格兰威士忌，山长水远地带回家，想着酒馋时再慢慢品尝。海明威说过，千万不要迟疑去吻一个漂亮姑娘或开一瓶威士忌。这话说得有理，但我却迟迟没有开封这几瓶酒。也许，喝威士忌这样痛快的事，就必须在冷峻的高地上，迎着凛冽的冷风，像个汉子一样豪饮，那才带劲！

司各特和他笔下的 64 位主人公以及爱犬

阿伯兹福德庄园（Abbotsford House），苏格兰 19 世纪小说家司各特最爱的私人庄园。时至今日，这里仍为司各特直系后裔所有，庄园保留着原有风貌，珍藏着司各特的各式藏书、全家相片和有趣的历史遗物。

像很多游客一样，我们进入爱丁堡从威佛利火车站开始。威佛利是仅次于伦敦滑铁卢车站的英国第二大火车站，也是英国最繁忙的火车站之一，建于 1846 年。"威佛利"这个名字来自欧洲历史小说之父瓦尔特·司各特的同名小说《威佛利》。

隔天清晨在王子街花园散步，远远地就看到爱丁堡的标志性建筑之一的司各特纪念塔，这是一座黑色哥特式教筑，爬上 287 级台阶上塔顶能俯瞰爱丁堡全

*司各特纪念塔

景。两倍于原人大小的司各特雕像身穿长袍，手握鹅毛笔，凝望远方，仿佛正处于写作中的小憩，他身边卧着爱犬梅达，塔身环绕着这位苏格兰文豪笔下的64位主人公，神态各异，仿若复活。

司各特是一位高产作家，一生创作27部长篇小说，让他笔耕不辍的最大动力竟是巨额的债务。距爱丁堡一个多小时车程的梅尔罗斯（Melrose）小镇，是司各特生前最后住所阿柏茨福德庄园所在。在他书桌上有一个沙漏计时器，司各特曾对着它夜以继日写作，藉稿费以还债，创下十天完成一部小说的惊人纪录。换作今天的电脑键盘敲字，都不一定能达此神速。

司各特最初以创作苏格兰为背景的诗歌闻名，浪漫派诗歌巨匠拜伦出现后，他深感无力超越，转而写作历史小说。但当时人们对小说有很大的偏见，认为小说是给低俗人群看的，因此司各特一开始创作的《威佛利》《清教徒》《罗布·罗恩》，都是以匿名发表。

司氏小说气势磅礴，宏伟壮丽，像一幅巨大的历史画卷。在他笔下，历史事件毫不枯燥，总是和故事人物悲欢离合、曲折遭遇有机地结合在一起。英国的狄更斯、斯蒂文森，法国的雨果、巴尔扎克、大仲马，俄国的普希金，美国的库柏等都深受他影响，俄国评论家别林斯基称他为"历史小说之父"。

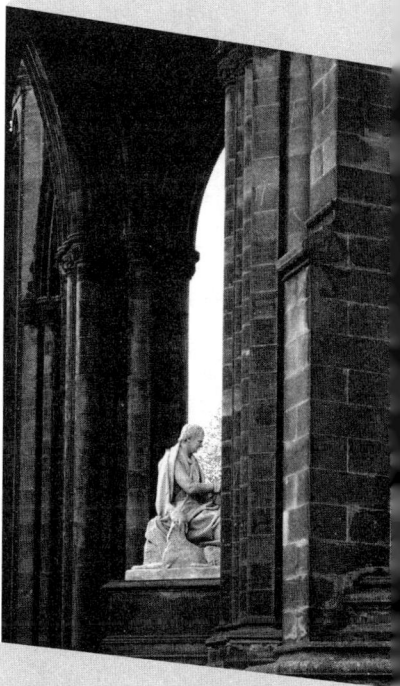

*司各特雕像

司各特出身于苏格兰古老的掠族。美国前总统尼克松、登月宇航员阿姆斯特朗的先辈也是掠族人。历史上的掠族人残暴、爱征战，名声不佳。不过，到司各特祖辈父辈一代已大不同，父亲老司各特是一名律师，母亲是爱丁堡大学教授的女儿，受教育程度良好。当年的爱丁堡空气污染严重、卫生状况极其糟糕，老司各特生下的十个子女，六个夭折，司各特两岁时感染了脊髓灰质炎病毒，发了三天高烧，落下了终生腿疾。

幼小的他被父母送到乡下康复治疗。12 岁那年，他一手挂拐、一手搭着朋友的肩膀，走遍苏格兰低地的每一座古老的城堡。在风景如画的乡野，听了很多古老的歌谣和传说，对苏格兰历史和古代英雄、绿林好汉因而产生了浓厚的兴趣。

他的第一部小说《威佛利》（Waverley），书中主人公也叫威佛利，是他造访过的一座修道院的名字。也许是幼时经历种下的乡间情结，成名后的司各特在苏格兰边界地区的乡间修了座庄园，取名为"修道院长浅滩"（Abbotsford，又称阿柏茨福德）。这座"苏格兰豪宅"代表建筑的私人庄园，后来却让司各特陷入破产泥沼。

从事律师职业的司各特，除了终身担任爱丁堡高等民事法庭庭长，还是边界地区的一名治安官，公务之余，喜欢隐居乡间写作。这位吟游诗人很想要一处属于自己的世外桃源，这对 19 世纪英国收入最高的作家司各特而言，当然也不难实现。

刚刚被封为从男爵的司各特亲自参与阿柏茨福德庄园的设计，把它当另一部经典的传世之作来完成。他走遍苏格兰收集中世纪哥特建筑的装饰元素，购买了很多古建筑碎片，并斥巨资从苏格兰遗产建筑上铸型获得复制件。建成之后的阿柏茨福德庄园无处不显奢华和格调，差不多成为苏格兰私人豪宅的装饰样板间，连维多利亚女王到访之后也羡慕不已，随后改建了自己的王家城堡，并完全地复制了阿柏茨福德庄园的装饰风格。

然而，阿柏茨福德带来的乐趣，他仅仅享受了一年。他的妻子在新宅落成几周后亡故。为建造这幢时髦的建筑，他不惜向出版商预支版税，从银行贷款。司各特在日记中把阿柏茨福德称作"我的黛利拉"，也就是《圣经》里迷惑大力士参孙的妖妇。

又因拿破仑战争，伦敦爆发金融危机，司各特的印刷厂和出版商一夜之间破产，他受连带责任个人负债约 12 万英镑（相当于今天的 1200 万英镑）。所幸他在破产前一年将阿柏茨福德庄园赠予儿子，得以在晚年继续租住。

临终前，司各特要求家人把他的床搬到阿柏茨福德他最喜欢的房间窗边，看着窗外静静流淌的特维德河水去世。

基尔特：一套裙子的历史与战争

一套完整的基尔特（Kilt）包括：及膝带折皱的方格裙，坎肩，夹克，一双长筒针织袜及皮鞋，腰带及悬挂其间的装饰小包，花呢大披肩，古时还有短剑。当然，现代苏格兰人穿基尔特，也有了许多变革，如上衣也常常配以西装领带。

推荐：苏格兰格子呢的围巾，非常值得买，自用送人都很好。价格不贵，20~30英镑，就可以买到很好的围巾。另外，买些薄格子呢回家做裙子或者桌布，装饰性极强。

女人穿裙子，男人穿裤子，古今中外皆然。可是男人世代穿裙子，还将裙子穿成一种文化符号的，只有苏格兰人和他们的基尔特。

＊伦敦塔桥上的苏格兰人

苏格兰男人的基尔特不但穿出了无穷风采，还让老对手英格兰老羞成怒。1746 年，英王乔治二世强制颁行了一部《穿衣法》，作为对苏格兰一系列禁令的一部分，这便是史上有名的"禁裙令"。《穿衣法》明确规定，除了苏格兰高地警卫团的士兵，苏格兰男人穿着基尔特是违法的，违法者将被监禁或流放。

与此同时，类似的法令也在爱尔兰颁布实施。因为爱尔兰有着除苏格兰以外最大数量的凯尔特人，而格子呢的基尔特裙，正是凯尔特人的传统服饰。

1688 年，光荣革命推翻了詹姆斯二世的统治。詹姆斯在法王路易十四及一些人的帮助下，试图夺回王位，于 1689 年和 1745 年发动了两次复辟起义但都被镇压下去。在这些复辟行动中，身穿基尔特的苏格兰部落军团是最有力的支持者。有一种说法是，战场上，只要一看到苏格兰军队的基尔特裙，英格兰士兵便有几分胆寒。禁穿基尔特，是对苏格兰人支持詹姆斯二世的惩罚。

从不屈服的苏格兰人为自己穿裙子的权利展开了长达 30 多的斗争，他们常常穿着基尔特去参加各种聚会甚至上街游行。那一时期，被苏格兰人称为"浪漫的乡愁时代"。

1782 年，英王室不得不正式废除"禁裙令"。苏格兰人迅速成立机构复兴古老的民族文化，基尔特当然是重中之重。当时最有名影响最大的这类机构，是由著名作家沃尔特·司各特任主席的"爱丁堡凯尔特人协会"。后来乔治四世访问爱丁堡，高地人穿着基尔特举行了盛大的游行欢迎新国王。

现在，基尔特早已成为苏格兰民族和文化认同感最强的符号，成为婚礼和各种重大场合的正式着装。每年一度的著名的爱丁堡艺术节，必有多个基尔特方队骄傲地走过美丽的爱丁堡大街。

关于基尔特的起源和历史，目前有多种说法。最常见的一种是，早在1700多年以前，凯尔特人就大规模地流行格子织物了，因而就有了最早的基尔特——一种有腰带和帽兜的大斗篷。只是那时的基尔特多由亚麻织成，且颜色单一。到16世纪，随着羊毛生产的大幅上升，长斗篷演变成了现代格子呢的基尔特。

基尔特之所以是一种文化符号，还因为构成基尔特的方格呢本身便是凯尔特人的宗族标志。不同宗族的方格花纹是不同的，外人看不出差别，苏格兰人则一眼便知。苏格兰专门有一个"苏格兰格子呢管理局"，据说经其认证的格子图案有3500多种。除了代表姓氏宗族的"家族格"外，还有"政府格""王室格"，等等。

苏格兰格子呢，几乎成了最受欢迎的旅游纪念品。我家的柜子里，至今还有几条苏格兰格子呢围巾和大披巾。

游爱丁堡期间，我在王子大街一家小礼品店见到一张撩起基尔特以光屁股示人的苏格兰男人明信片，便买了下来。店主是一个热情开朗的苏格兰女孩，于是就苏格兰男人裙子下面是否穿内裤和她聊了起来。她明确地告诉我，传统上，穿基尔特是不穿内裤的。但是现在，大多数苏格兰男人已习惯了在基尔特下面穿点什么。

她还给我讲了一个传说。

很久很久以前，在一次苏格兰和英格兰的战争前线，两军胶着之时，苏格兰指挥官突然下令所有士兵脱掉裙子，先是冲着敌军撅起一片白花花的屁股羞辱对方，然后干脆赤条条地冲向敌军。面对战场上如此这般的风云突变，英格兰军队顿时发懵不知所措，不知对方是疯了还是另有什么秘密武器。此役苏格兰大胜。

传说有多少戏说的成分，我们永远不知道。不过衣服的故事就这样和战争故事历史故事，永远地融合在一起。

*基尔特方阵巡游

第二站：
爱丁堡周边探访记

要感受苏格兰，一个爱丁堡还远远不够。爱丁堡周边地区交通往来便利，不同于首府的古典精致，它们或摩登现代，或返璞归真。教堂、城堡、宫殿、平原与海湾，少一份高地的粗犷，却又有一份别样的苏格兰风情。

罗斯林教堂：地球上最神奇与神秘的教堂，
没有之一

1996 年，人类历史上第一只克隆羊"多莉"，在离苏格兰首府爱丁堡不到十英里的罗斯林小镇（Roslin）诞生，那里曾是爱丁堡大学罗斯林研究中心所在地。如今，研究中心早已迁回爱丁堡，罗斯林小镇只剩下城堡和教堂。

推荐：

图书：《达·芬奇密码》丹·布朗，人民文学出版社，2003

电影：《圣殿骑士》，2007

  导演：彼特·弗林斯

  主演：乔金·奈特奎斯特、斯特兰·斯卡斯加德

古老的罗斯林城堡，坐落在三面环水的悬崖上，曾经是兵家必争的要塞。城堡的一部分早已在战火硝烟与历史风雨中沦为废墟，完好的部分则辟作宾馆接待四方来客。而与城堡毗邻的罗斯林教堂，才是这个小镇风雨不变的圣地。

用《达·芬奇密码》作者丹·布朗的话说，它是地球上最

神秘与神奇的教堂。这就是为什么作者将他那本超级畅销书的一些故事场景放在这里的原因之一。在不过 500 多年的历史中，它那满是密码的建筑、众多的传说，成为引发最多猜测、探究的教堂。

罗斯林大教堂，又叫圣马修大教堂、密码大教堂。传说，当年圣殿骑士团的骑士们，护送圣杯和耶稣头部木乃伊到达罗斯林后，便不知所终。而建造罗斯林教堂的威廉·圣克莱尔，不但担任过圣殿骑士团的总团长，还曾经是苏格兰共济会的大会长。他的后人中，担任上述职务的也不只一个两个。

圣克莱尔家族源自法国诺曼底，是随"征服者威廉"一起渡海来到英格兰的。后来，圣克莱尔家族因陪护嫁给马尔科姆三世的英格兰公主，于 1068 年来到苏格兰。为了奖赏圣克莱尔家族，国王授其罗斯林男爵称号，并给了他苏格兰北部的大片封地，包括奥克尼群岛和洛锡安地区。

从祖上接受了大片土地的威廉·圣克莱尔，决定建一座与众不同的教堂。据说他建教堂的目的，就是为了永远守住从耶路撒冷带来的圣物。因此，他并没有雇佣当地石匠，而是专程去欧洲召集圣殿骑士团的工匠们。有人认为，这与他要保守的秘密不无关系。

虽然从来没有人找到过，但辈辈代代的传说是，教堂下面有一个几乎和教堂一样大的密室，里面藏满了圣殿骑士团的宝藏和许多圣物。这些圣物包括耶稣头颅木乃伊、沾有耶稣血迹的他受难的十字架、耶稣在最后的晚餐上用过的酒杯即圣杯、雅各的

"命运之石"，还有苏格兰国王的王冠和镶有宝石的权杖。

哪里能找到进入地下室的路呢？又如何打开尘封几百年的锁呢？据说，答案就在教堂顶上那 200 多块石雕中。那不是普通的石雕，而是一本特殊的乐谱。如果谁能读懂这本乐谱，演奏完这首乐曲，就能揭开教堂的秘密，找到传说中的圣杯和一众圣物。

1837 年，当第二代罗斯林伯爵去世时，他的遗愿是葬在教堂拱顶下的地下室里。但由于人们找不到地下室的入口，只好将他葬在圣母堂他妻子的旁边。又是 100 多年过去了，依然没人能读懂石雕所代表的乐谱，更不用说演奏它了。

这座规模并不大的教堂墙上、顶上、柱子上布满了各种宗教符号和图案，还有据说是共济会和圣殿骑士团的密符，比如"学徒之柱"上的雕刻。传说雕刻本身就是一段讲述圣物历史与教堂关系的密码。同样，这组密码至今无人破解。

而关于"学徒之柱"的另一个故事是，一位石匠师傅带着他的徒弟为教堂雕刻柱子。技穷的师傅决定去欧洲寻找灵感，等他回来时，发现徒弟已经干完了全部活儿，而且精妙绝伦。师傅感叹之余，嫉妒徒弟的天赋，恼羞成怒用斧头砍死了徒弟。杀死徒弟的师傅受到了惩罚，他的脸被雕刻在柱子对面的阴暗角落里，永远注视着他徒弟的杰作。

教堂的雕刻中，还包括代表异教的 110 个绿色小矮人和在北欧神话、凯尔特传说中出现的死亡面具、恶魔、巨龙。绿色小矮人的嘴里吐出绿色植物，在教堂里繁衍生长，又将小矮人们缠绕包裹起来。把这些神奇异怪拼凑在一起想要表达什么，又是谁把

*罗林斯大教堂的奇怪雕刻

它们刻上去的，同样是谜。

另一个谜一般的存在是，教堂里雕刻的许多花草树木，如原产于南美洲的玉米和芦荟，是完全不为那个时代的欧洲人所知的。考古研究表明，这些雕刻并不是后来修补上去的，而是 15 世纪和教堂一起建成的。那时，哥伦布还没有出生呢。

有多人担任过圣殿骑士团大团长和共济会总会长的圣克莱尔家族，也有许多传说。其中一个最为神奇的是，每当该家族有人死亡，罗斯林教堂的石头就会变色，有时如同被涂上了一层金粉，有时则发出银白色的光。据当地人称，他们最后一次看到罗斯林教堂变颜色，是在第二次世界大战中，一位年轻的家族成员牺牲之后。

当然，也有不少研究者著书立说，称所有这一切不过是后人编造的"罗斯林神话"，或罗斯林家族成员自己制造的"罗斯林骗局"。

拉哥镇上真正的鲁滨逊漂流者

苏格兰福斯湾（Firth of Forth）一带，有许多古老的渔村小镇，拉哥（Lower Largo，英文里有时又简称 Largo，或 Seatown of Largo）就是其中的一个。我们从爱丁堡租了一辆车，沿着海边慢慢行去，时不时停下来吹吹北海的风，眺望一下北海以外的北冰洋。

推荐：

图书：《鲁滨逊漂流记》丹尼尔·笛福

动画片：《塞尔柯克漂流记》，2012

拉哥镇上有一块路标指向智利的费尔兰德斯群岛，上面标注的距离是 7500 英里。离镇中心不远的主街上，一栋建筑的外墙上镶了块铜牌，注明这里是亚历山大·塞尔柯克的出生地。

塞尔柯克何许人也？没有多少人知道。但人们都知道被称为"欧洲小说之父"的丹尼尔·笛福，他的长篇成名作《鲁滨逊漂流记》，让一代又一代的读者爱不释手。而笛福，正是听了塞尔柯克的传奇故事后，才写下这本传世名作的。因此可以说，没有塞尔柯克，也许就没有笛福的《鲁滨逊漂流记》。

*拉哥镇上的塞尔柯克雕像

　　塞尔柯克 17 岁开始出海，27 岁时，他作为武装民船五港同盟号的领航员开始了第一次的远洋探险。该船的船长是托马斯·斯特拉德林，托马斯以暴躁、鲁莽著称。1704 年 9 月，五港同盟号来到智利海岸线外 670 公里处的马斯蒂拉岛补充淡水。

　　马斯蒂拉岛是费尔兰德斯群岛中的一个，完全无人居住。在此之前，五港同盟号在经过合恩角时遇到了风暴，随后又与一艘法国海盗船圣约瑟号干了一仗，导致轮船损毁不轻。塞尔柯克认为，需要停下来先把船修好再往前行，但船长坚决不同意。

　　于是他提出，如果不修船，他宁可留在岛上也不前行。船长托马斯本来就不喜欢塞尔柯克，认为他是一个制造麻烦的人，听他此言后，高兴地同意将他留下，并给了他一本《圣经》、一支滑膛枪、一柄短斧、一把小刀、一口烹煮锅、一套床上用品和一些衣服。

第二天，塞尔柯克有些后悔，想回到船上，但被船长托马斯拒绝。事实证明塞尔柯克是对的，五港同盟号不久在哥伦比亚海域沉没，船长和部分船员虽获救，但他们被带到利马投进监狱并死在那里。孤独地在荒岛上后悔不已的塞尔柯克，直到四年之后才知道船长的命运。

刚开始的几天，塞尔柯克总是站在海岸边，除了捕龙虾充饥，就几乎眼也不眨一下地凝视海面，生怕错过了一艘驶过的船只。但那正是海狮上岸的季节，大群大群的海狮迫使他离开岸边，进入岛内。不能捕龙虾，他要花更多时间获得食物，所以没法成天眺望海面了。

进岛后，他的生活条件好了许多。他捕野山羊，有了肉和羊奶，还有野生胡萝卜、野卷心菜、野辣椒和各种浆果。虽然有攻击人的野猫，但他能够让自己与野猫比邻而居还能安然入睡。塞尔柯克用在海滩上捡到的废桶箍，打出一把新刀子。他在漆椒树下搭了两个茅草棚，一个作厨房一个作卧室。

他每天在门框上划印记日，用滑膛枪打野山羊，但是由于子弹越来越少，他不得不奔跑以追逐动物，这使他摔下悬崖严重受伤，无法动弹，他绝望地躺在那里足足一整天。好在他慢慢爬到了自己的茅屋，渐渐养好了伤。

他继续一个人在岛上过日子。他从海边的废船中起出钉子做针，用棕榈叶搓成绳子做线，缝制兽皮衣服。他在山顶上建了瞭望台，一有空就去远望。他读《圣经》唱圣歌，发觉这样不仅能开口说话，心里也舒坦多了。

就这样，塞尔柯克在荒无人烟的岛上野人般生活了四年又四个月。四年中，曾有两只船来到海岛，但都是西班牙船只。作为一名苏格兰海盗，他不敢冒被抓被打死的危险去求助，反而迅速地藏了起来。一次，几个人带枪上岸追他。他躲在一棵大树后，西班牙人在树前撒尿都没发现他。

1709 年 2 月 2 日，威廉·丹皮尔指挥的公爵号和公爵夫人号船队在小岛停留时发现了他。塞尔柯克初见他们时，高兴得语无伦次。但他很快恢复正常，不但帮助治好得了坏血病的船员，还每天为他们捕捉三四只野山羊。丹皮尔因此戏称塞尔柯克为"马斯蒂拉岛总督"。

丹皮尔是发现澳大利亚的航海家、植物学家。丹皮尔让塞尔柯克任公爵夫人号上的二副。重新回到人类社会的塞尔柯克表现出前所未有的勇猛、贪婪、掠夺成性。一路行去，他一路抢劫，而且收获比同行的任何人都大。至 1711 年 10 月回到英国时，他已离家七年多了。

塞尔柯克的生死冒险，引起了人们极大的兴趣。许多记者、作家都来采访他，笛福就以他为原型，写了《鲁滨逊漂流记》。随着小说在全世界大受欢迎，塞尔柯克逗留过的小岛也为人们所熟知。塞尔柯克成了名人，又因为一路抢来的财富在伦敦过着富有而惬意的生活。

但随后，塞尔柯克被控在布里斯托尔抢劫船只，判了两年监禁。出狱后，他报名加入了英国皇家海军，成为韦茅斯号的大副。在西非沿海一次追击海盗船的巡逻中，他因患上黄热病而去世，舰艇为他实施了海葬。

1869 年，英国托帕兹号官兵在马斯蒂拉岛上他常常站立眺望的地方立了一块铜牌。1966 年，智利政府将马斯蒂拉岛更名为鲁滨逊岛，将群岛中最大的马萨福拉岛更名为塞尔柯克岛。虽然塞尔柯克有可能连见都没有见到过这个岛，因为它在群岛的最西端，离马斯蒂拉岛有 180 公里远。

如今的马斯蒂拉岛，不再是荒岛。岛上不但建起了有几百人居住的小镇，还是一个旅游目的地。上岛的游客，大多奔着塞尔柯克的故事去的。岛上有他居住过的山洞，有他的瞭望台，他的两间茅草屋也还在。

而在他的故乡，人们也没有忘记他。除了他出生的故居上有铜牌以资纪念，镇上还有他的塑像，也有以他的名字命名的公园和餐馆。我们就在海边山崖上的塞尔柯克餐厅里，吃了一顿十分美味的北海海鲜。

圣安德鲁斯，阳光照耀在大主教的祭坛上

推荐：

电影：《烈火战车》，1981

　　　导演：休·赫德森

　　　主演：本·克劳斯、奈杰尔·哈弗斯

　　以我们的眼光来看，苏格兰东北部的海滨城市圣安德鲁斯
(St.Andrews) 不过是一个小城市，它同其他远离伦敦大都市的
城镇一样安谧、宁静、优雅，但却具有及其不平凡的历史沉淀，
以及一串至今仍然拿得出手的名号。不管是拿出威廉王子在此就
读并收获了凯蒂爱情的故事来说事，还是以一脉绿草茵茵、辽阔
的高尔夫球场和高尔夫故乡为荣；抑或是搬出圣经中大主教圣安
德鲁斯曾经居住过的典故，还有苏格兰最古老的学校、具着 600
年历史的圣安德鲁斯大学；抑或是当年电影《烈火战车》的海滩
外景地，无一不是这个城市的骄傲和荣光。

　　据说，圣安德鲁斯是由一名叫圣雷古拉斯的希腊修道士在
四世纪创建的。他从希腊带来了一些重要遗物，其中包括成为苏

格兰守护神的圣安德鲁斯的一部分骨骸。于是，这个圣坛很快就发展成为了圣徒们朝圣的中心。圣安德鲁斯大教堂是苏格兰现存最宏伟的中世纪建筑之一，不过现代人只能看到它很小部分的遗迹。15 世纪期间，该大教堂在苏格兰牧师、宗教改革领导人诺克斯主张的"宗教改革"的暴力骚乱中被摧毁了。有 18 世纪的学者认为，圣安德鲁斯的辉煌在失去了大教堂后逐步地衰落，可见大教堂于圣安德鲁斯的意义是何等重要。站在教堂遗址，环顾断壁残垣，眼见石块斑驳，满是沧桑凝重，依然可以感受当年庄严尊贵的遗风。那些遗留下来的一小部分教堂墙根顽强伫立着，很显然它原来是一个宽敞和雄伟的建筑物，与皇家应具有的大主教区气派十分适应。据说，大主教圣安德鲁斯的骨骸就埋在祭坛下面。

那些一度被所谓的新教、旧教以及焚烧、攻城等血腥事件笼罩的过往，都早已被一代又一代人翻篇过去了。面对纷繁世事，这个海滨小城始终是阳光和草地的宠儿。它一如既往地吸引着人们眼球的是那一望无际的湛蓝色海岸线，还有同样古老的高尔夫球场。自 15 世纪开始，就有人在圣安德鲁斯打高尔夫球。1457 年，高尔夫球已经成为一项非常流行的运动，以至于詹姆斯二世不得不下令禁止打球，因为它严重妨碍了军队操练剑术。这里的老球场一直都是世界各地高尔夫球迷情有独钟的地方，虽然它只接受男会员，但是允许有酒吧女侍应生。如果想要在老球场打上一场高尔夫球，必须在前一年 9 月份预订，否则只有靠抽签来获取进入球场打球的机会，被球迷形容就像买彩票一样。而且企望通过抽签获得打球资格的人通常非常多，还需要出示现行官方的差点卡或差点证明。当然，即使没有能够在老球场上一试身手，只在球场上随意走走，也是一件惬意的事情。据说，很长时间以来，不少来自世界各地有钱的高尔夫球手和爱好者，不畏这里的房价高涨，纷纷远道而来购置房屋物业，奔的是春暖花开、面朝大海，还有那一片无以伦比的草地和阳光。

老球场的旁边是美丽的西沙海滩（West Sands），海天一线之际，一边连着细软如海绵的茫茫沙滩，一边接着伸手可及的朵朵白云，将本来就一尘不染的空气涤荡得如诗如画。

拍摄于1981年的《烈火战车》，是一部关于体育精神的电影，在当年荣获了奥斯卡的四项大奖。该片的外景地正是眼前这一片美丽得让人受不了的海滩。电影改编自真人真事，以两名1924年巴黎奥运会的运动员，哈罗德·亚伯拉罕和埃里克·利德尔的经历为蓝本，描述他们在20世纪10年代末至20世纪20年代初期间，如何通过努力成为英格兰及苏格兰的奥运田径选手，而最后分别赢得100米及400米短跑金牌的故事。2012年的夏天，在伦敦奥运会开幕式上，著名的憨豆先生用英国式的幽默带观众重温了这一部英国经典的奥运题材电影，以此为体育精神和敢于拼搏的运动员喝彩鼓劲，让人们又一次想起了圣安德鲁斯和发生在那里的故事。

漫步在那一片细柔而又无尽的沙滩上，耳边自然会响起那一段熟悉而又励志的电影主题曲，顿时心潮澎湃。我们曾经为《烈火战车》的音乐所感动，为主人公的奋斗和追求所感动，那是因为"战车"也闪耀过我们曾经的信念和志向。如今虽然30多年过去了，太阳照样升起，进取的精神仍然激昂。

"逃婚小镇"的铁匠铺：两人见证，婚姻即有效

苏格兰小镇格雷纳格林（Gretna Green）的婚姻博物馆里，现存最早的结婚证书颁发于 1772 年，不是颁发给当地人的，而是颁发给了一对英格兰夫妇的。签发证书的人，既不是什么婚姻登记机构工作人员，也不是牧师，而是小镇当时的铁匠。

小镇位于苏格兰与英格兰的交界处，正好在那时从伦敦到爱丁堡的官道上。当时英格兰婚姻法规定，英格兰和威尔士的法定婚龄是 21 岁。如果他们不满 21 岁就想结婚，必须要求双方的父母同时在场，而且婚礼只能在教堂举行，由神父或者牧师充当证婚人。所以古代英格兰人的婚姻记录都在教堂里，而不在市政机构。

苏格兰于 1754 年颁布的婚姻法则要宽松得多。男子年满 16 岁，女子年满 14 岁，无论父母是否在场，只要双方当着两个以上的证人宣誓愿意嫁娶对方，这婚姻就算有效。因此，苏格兰的任意两个人都可以见证别人的婚姻，都可以向别人开出结婚证明。苏格兰这一婚姻法的基础源自凯尔特人的习俗，而非宗教

教规。

因此，那些尚未到 21 岁又得不到父母同意的英格兰和威尔士男女，自然将位于苏格兰边境的小镇格雷纳格林当作最佳私奔结婚地。每年专门逃到这里结婚的，不在少数。简·奥斯汀的小说《爱情与友谊》和《傲慢与偏见》中，都有私奔或计划私奔到格雷纳格林结婚的描写。

进入小镇见到的第一个建筑是一家铁匠铺，加上无论农忙还是农闲，铁匠铺都长年有人。因而，私奔到此的男女们进铁匠铺找铁匠和他的妻子见证结婚，是最简单易行的事情。久而久之，铁匠铺就成了专门颁发结婚证举办婚礼的地方。

1890 年，一个叫休·麦凯的农场主买下铁匠铺以及小镇上其他几栋建筑。他将铁匠铺迁到新的地方，将老铁匠铺专门用作"结婚屋"。他还发明了一个新的仪式，即在说完该说的话后，敲打留在屋子里的铁砧，以示面前这对男女成为合法夫妻。没想到他的这项创新极受新郎和新娘的欢迎，新人们往往会在铁砧前合影，还称呼他为"铁砧神父"。

1926 年，麦凯退休了，他选择女婿理查德·瑞尼森代替自己继续担当"铁砧神父"。瑞尼森成立了一家公司，除了见证婚姻颁发结婚证书，还开始经营婚纱、婚礼和各种结婚纪念品，成功地使其成为家族事业。在苏格兰颁布了新婚姻法，婚姻必须到专门的机构登记后，瑞尼森家族又将小镇变成了旅游热门目的地。

在瑞尼森成为"铁砧神父"的头十年，他为 2000 对男女签发了结婚证书，这些人大多是 40 岁到 60 岁的二婚甚至三婚男女。但是仅 1939 年，他就主持了 2000 多对男女的结婚仪式，而且大多是年轻人。因为许多年轻人都想在参加军队投入战争之前，完成这男女之间最重要的事情。

从 1926 年到 1939 年，瑞尼森共颁出 5147 张结婚证书。每一张结婚证书收费一英镑，但是很多夫妻乐于支付 20 英镑购买套餐，包括在铁砧前合影等。那时的 20 英镑，约等于现在的 3030 英镑。

因为到格雷纳格林结婚太流行又太容易，也为恶棍无赖欺骗无知少女提供了方便，使得不少受尊敬的家庭名誉受损。1935 年，苏格兰议会决定修改婚姻法，成立了一个特别委员会专门负责此事。1939 年，苏格兰颁布了新的婚姻法，并决定从 1940 年开始实施新法。新婚姻法废除了俩人见证即算结婚的规定，法定婚龄虽男女同为 16 岁，但只有专门的婚姻登记机构签发的结婚证书才有法律效力。

而此时，英格兰也修订了婚姻法，规定只要男女年满 21 岁即可申请结婚，而不必非得父母同意和在场。但由于苏格兰的婚姻法仍然比英格兰的婚姻法宽松，法定婚龄要早得多，因此还是有许多急于结婚的英格兰年轻人专门跑到苏格兰去结婚。

近 200 年见证了各式婚姻的格雷纳格林铁匠铺，不再签发结婚证明。但人们到格雷纳格林举办婚礼的热情未减，尤其是在铁匠铺举办婚礼、婚礼现场有铁砧成为英国人钟爱的婚礼形式之一。于是，瑞尼森的角色由见证婚姻变为祝福婚姻。

2004 年，为了纪念当年那部导致许多英格兰人私奔到格雷纳格林去结婚的苏格兰婚姻法颁布 250 年，因"铁匠铺婚姻"而著名的格雷纳格林小镇举行了大规模的庆祝活动。人们穿着那个时代的衣服、唱着那个时代的歌、跳着那个时代的舞蹈，纪念小镇那一段独特的历史。铁匠铺早已改成婚姻博物馆。

当年在小镇铁匠铺见证结婚的最后一对夫妇丹尼斯和艾琳，专程从伯明翰来到格雷纳格林，在铁匠铺重述他们的誓言。此时，离他们上一次在此向彼此发誓，已是 65 年过去了。

第三站：
格拉斯哥——现代苏格兰的灵魂所在

不同于爱丁堡的古典华丽，格拉斯哥（Glasgow）的工业感十足，堪称现代苏格兰的灵魂，旧时代的一切都在新兴的资本主义时代、工业革命和大英殖民地主义时代中被取代。本土艺术家和建筑师麦金托什所设计的建筑让这里增添了一份简洁雅致的艺术感。

在这里，一定要端杯咖啡在乔治广场悠闲地坐坐，体会一下英国人如何将大英帝国最辉煌的成就印在格拉斯哥的街景中。

推荐：
电影：足球流氓（Hooligans），2004
导演：迈克·斯库里昂

现代足球发源地：绅士与流氓的悖论

作为格拉斯哥的主要景点之一，位于汉普顿公园球场的苏格兰足球博物馆对于球迷而言不可错过。博物馆内收藏有非常多的令人过目难忘的纪念品，包括第一场国际足球赛的帽子和比赛门票，以及世界最古老的国家足球赛事奖杯苏格兰杯。另外，博物馆提供汉普顿公园球场之旅活动，可以就此参观苏格兰足球名人堂。

官网：http://www.scottishfootballmuseum.org.uk

摄政院宾馆的老板莱谢克是一位波兰移民，十年前来到爱丁堡，开了这家距离王子大街只有五分钟路程的家庭宾馆。他家的红菜汤味近俄罗斯红菜汤，但更好喝，深得我心。听莱谢克说，是因为他加了一种按他奶奶方法腌成的酸菜，而且炖制的时间更长。早餐时遇爱尔兰帅哥格雷，他刚结束了在伦敦的工作将去美国任职，这是新职位开始前的度假。我俩均是自由行，巧的是今天都打算去格拉斯哥，于是结伴而行。

爱丁堡到格拉斯哥的快车穿行在苏格兰的荒原中，时而森林密不见天，时而小溪淙淙野花遍地，感觉真如哈利·波特一般正驶向一个未知的魔法世界。

走出车站是城市图标性的乔治广场，广场始建于 1781 年，周边到处是苏格兰著名人物的雕塑，如维多利亚女王、阿尔伯特王子、诗人罗伯特·彭斯、发明家瓦特和国王乔治三世等。格拉斯哥人瓦特发明的冷凝式蒸汽机，直接改变了工业的形态和格局，所以格拉斯哥又被誉为"工业革命的摇篮"。在广场上走了一圈，挨个细看了围绕在广场上的众多雕像，然后我们买了咖啡，坐下慢慢喝，静静地看面前一群小男孩玩足球，享受苏格兰仲夏的阳光和阳光下格拉斯哥的早晨。

广场的四周，到处站立着维多利亚风格的建筑，华丽典雅、堂皇雄伟。如此多维多利亚时代的美丽建筑遍布在城市的各个角

* 格拉斯哥

落，也许这正是格拉斯哥如此与众不同的魅力所在。维多利亚时代是大英帝国的巅峰年代，无论是政治、经济、军事还是文化、艺术，都极其辉煌灿烂。在英国，没有哪一个城市，如格拉斯哥一样将大英帝国最辉煌的记忆，牢牢地刻在了世俗的都市风景之中。

格雷是一个超级球迷，到格拉斯哥是为了看足球博物馆。而足球博物馆不在我的行程中，我的计划是普罗文德贵族领地和凯尔文格洛夫博物馆。前者据说是现存的苏格兰最老的建筑之一，是中世纪优秀建筑的代表作，后者的藏品中有莫奈的原作。和格雷讨论的结果是，他先陪我去看上述两个地方，然后我陪他去足球博物馆。

从去足球博物馆的路上开始，格雷就滔滔不绝地给我讲述足球的历史和故事。

现代足球发源于英国，这里诞生了世界上第一个足球协会、第一个足球俱乐部，更发明了现代足球比赛规则。格拉斯哥是大不列颠的足球重镇，第一场国际足球比赛就在格拉斯哥举行，那是 1872 年。

格拉斯哥凯尔特人队和格拉斯哥流浪者队有 100 多年的历史，都取得了许多辉煌的战绩，两支宿敌队垄断苏格兰足球 100 多年。而这两支球队，一支有天主教背景，一支则由新教支持。其中略强些的是凯尔特人队，该队 1961 年夺得欧洲联赛冠军，是英国足球史上第一支夺得欧冠的球队。1967 年，凯尔特人队获得欧洲足球"四冠王"，同样也是第一支拿下四冠王的英国球队。1971年两队在流浪者主场的伊布罗克斯体育场的比赛，酿成了足球史上最大的惨案之一——66人死亡，145人受伤。

格雷是一个很好的讲述者，不但将两队的恩怨情仇讲得绘声绘色，还能点评其间的是非得失。而他本人是凯尔特人队的球迷。

参观完足球博物馆，我们在旁边的露天咖啡厅坐下来，点了两杯清咖，预备稍事休息后去火车站乘车回爱丁堡。就着咖啡，格雷又对我普及起了足球知识。关于足球流氓，他告诉我，英国是足球流氓的故乡和大本营，但英国的足球流氓多是些小混混，不像德国、法国和意大利的足球流氓，多为政治或种族极端主义者。我对足球流氓毫无兴趣，喝着咖啡心不在焉地哼哈着，只记住了大多数足球流氓都有自己的组织，大多数组织都有自己的惊世骇俗的名称，如支持曼联的叫红军（Red Army），支持阿森纳的有枪迷（Gooners）和野兽（The Herd），支持切尔西的有猎头者（Headhunters）等。当然，他也说，欧洲各国政府严打足球流氓，致使上述许多组织早已名存实亡。

第四站：
斯特灵——谁掌握了斯特灵，谁就赢得了苏格兰

斯特灵（Stirling），苏格兰的中部小城斯特灵，曾一度是苏格兰王国的首都。斯特灵城堡是比爱丁堡城堡历史更久的王宫要塞，登上华莱士纪念碑可以看到绝美的苏格兰中部低地平原风景。在这里能体会到附近一带最"苏格兰"的风情。

斯特灵城堡：贴肉佩戴粗铁腰带的国王
原来是个文青

除了城堡本身，绕墙走一圈，从高往低看看苏格兰美丽的原野。

推荐：

图书：《英国史：斯图亚特王朝》大卫·休谟，吉林出版集团，2013

还没走进城堡，就有身着苏格兰民族服装的导游走上前来热情打招呼。个个俊男美女，令人想与之同行与之热聊，本就美丽的心情更加美丽。但我们最后还是决定自己慢慢走慢慢看，于是婉拒。

历史上有一种说法，谁掌握了斯特灵，谁就赢得了苏格兰，由此可见斯特灵在苏格兰历史上的重要地位。在迁都爱丁堡之前，这里是苏格兰的首都，自然也是苏格兰王室所在地。即使迁都爱丁堡后，这里也仍然是皇家最重要的副中心，因而苏格兰历史上的许多大事件，都发生在这里。

被称作"苏格兰胸针"的斯特灵城堡，位于77米高的火山岩悬崖上、低地与高地分界处的福斯河边。这里最早的建筑，是11世纪时亚历山大一世在山顶上修建的皇家礼拜堂。斯图亚特王朝时期，几任国王在礼拜堂的基础上扩建起了包括皇宫在内的城堡建筑群。

这是春天的斯特灵城堡。在进城堡阅读苏格兰那些历史细节之前，我们绕着城堡的墙走了一圈，饱览斯特灵城市和苏格兰原野的风光。目光投向的近处和远处，满是《勇敢的心》的野性和《哈利·波特》的魔幻。

城堡的皇宫是大英帝国保存最完好的文艺复兴时代的建筑。皇宫内有个展厅，展出了几排精美的橡木雕像，主人公全是国王、王后、贵族和圣经人物，这就是著名的"斯特灵头像"。"斯特灵头像"原本有100个，镶嵌在国王议事厅的天花板上，后来因为议事厅毁坏、天花板塌了下来，才重新收集整理后将头像移至现在的展厅，数量上已经不足100了。

斯特灵城堡最精彩和最血腥、也是对不列颠影响最大的篇章，从詹姆斯四世开始。

詹姆斯四世性格怪异而矛盾。苏格兰贵族发动了旨在推翻詹姆斯三世拥戴詹姆斯四世的叛乱，前国王在与叛军的战斗中被斩于斯特灵城下。因此，詹姆斯四世觉得自己要为父亲的死负责，所以一辈子贴身戴着粗铁铸成的腰带，以此赎罪。

詹姆斯四世是个典型的文艺青年，通晓多种语言，还是个有见地的历史学家，对艺术、科学有无穷的兴趣，受他赏识并得他赞助的科学家、小说家、诗人、画家和音乐家更是数不过来。他颁发的特许状中，有许多都与科学、文化有关。除了大规模扩建了爱丁堡城堡和斯特灵城堡，他还建立了枪支研究所、第一所医科大学、第一家印刷厂，建起了拥有当时世界上最强大战斗力的苏格兰海军，由 38 艘战舰和 73 米长、1000 吨重的当时全世界最大的战舰纽黑文号组成。

詹姆斯四世还特别乐于做试验。如他在民间找了几个孩子，把他们送到一个小岛上由哑巴妇女养大，以测试孩子的语言能力与天赋和后天练习的关系。他另一项特别痴迷的试验则是炼金术和长生不老丹。他在城堡最隐蔽的地方辟出个实验室，重金从欧洲大陆请来了著名的炼金师达米安，两人常常在里面研究如何用金、银、水银混合威士忌酒炼成不死药。威士忌是詹姆斯四世的最爱，他相信这种神奇的饮料与其他三种物质混合，能产生神奇的效果。达米安告诉詹姆斯四世，总有一天，他要当着国王的面，从斯特灵城堡飞出去。当然，这一天没有到来。

现在，在斯特灵城堡里还保留着他的实验室，成为游客必访之地，里面有他当年做实验的各种工具和器皿。石碑上，刻写的就是他和达米安炼丹的故事，旁边还展示了国王购买各种器皿和用品的国库账本。国王多年耗掉国库许多银子，既没能炼成不死之约，也没能炼成金刚不坏之身，却在与英格兰的战争中兵败身亡。

詹姆斯四世对苏格兰和英格兰历史的另一个直接影响就是，娶了英格兰国王亨利七世的大女儿玛格丽特·都铎。因为此次联姻，才有了后来两国共一君的情况。

　　詹姆斯四世死亡时，詹姆斯五世才 17 个月大，不到一岁半的小国王是在斯特灵城堡的皇家礼拜堂加冕的。詹姆斯五世的第一任王后是法王弗朗西斯一世的女儿玛德琳，玛德琳死后，他又娶了有王室血统的法国贵族寡妇、吉斯家的玛丽。詹姆斯五世虽然有几个私生子，但唯一合法的王位继承者却是吉斯家的玛丽为他生下的女儿，名字也叫玛丽。

　　詹姆斯五世也短命，才 30 岁就一命呜呼了。这时他的女儿玛丽出生不到十天。玛丽女王不到半岁时，和他的父亲一样在同一个礼拜堂加冕为王。

　　苏格兰的这一段历史，就在与法国和英格兰的联姻、合并、对抗中纠结，演绎出多少故事改变了国家命运。

华莱士：神话、英雄还是刽子手？

推荐：苏格兰国菜"哈吉斯"（Haggis），就是把羊心、羊肝、羊肺等各种羊杂碎，加上调味料和蔬菜，装进羊肚里，煮熟之后切开，再浇上酱汁，配土豆泥和胡萝卜等食用。味道不错，但偏咸，所以最好配一杯红葡萄酒。

尝试当地食品，也是旅游的重要内容。

斯特灵是苏格兰的第一个首府，不但有王室的行宫，更是苏格兰的防守要津，还是大战英格兰的疆场。苏格兰王曾率军在此打败了英格兰王统率的大军，这是苏格兰人最为津津乐道的事情之一。

斯特灵街头，到处可见各式各样的华莱士像。据载，苏格兰王约翰·巴里奥尔时代，政局动荡、民不聊生，各地暴动和起义时有发生。巴里奥尔眼看大势已去，于是向英王爱德华一世求助，将君权拱手奉上。爱德华一世接管苏格兰后，受到苏格兰贵族和其他势力的反抗，为控制局势，爱德华一世采取了高压政策。这使得越来越多的苏格兰人加入到与英格兰人作战的队伍中，华莱士就是当时反抗英格兰统治最英勇的代表。

因此，苏格兰人将华莱士视作民族英雄，才在斯特灵到处为他塑像。但英格兰人，却认为他是嗜血的暴徒，残杀老人妇孺时也毫不手软。

关于华莱士，他究竟曾是一个真实的人或只是一个传说，抑或将许多传说附会在了一个真实的人身上，至今尚无定论。因为找遍大英帝国，无论身世还是作为，都没有一个字的官方记载，除了那些种类繁多的文学作品。这些作品中影响最大的是盲诗人哈里的长诗《华莱士之歌》。此诗自16世纪出版后，据说在苏格兰的受欢迎程度仅次于《圣经》。好莱坞大片《勇敢的心》改编自兰道尔·华莱士的同名畅销小说，而此小说取材于《华莱士之歌》。和英国人谈及此事，正统点的强调历史不是传说，偏激点的则说苏格兰人成功地创造了一个神话。华莱士是苏格兰人眼中的民族英雄，却是英格兰人眼中烧杀抢掠带给边境普通百姓无穷痛苦与动乱的暴徒。即使是华莱士的朋友也不得不承认，华莱士过于嗜血，在杀妇人和小孩时也毫不手软。这个传说的结局是，1304年（一说是1305年），因伙伴出卖，华莱士被俘，旋即被押往伦敦。在经受了一系列酷刑后，华莱士被斩首，身体被肢解为四大块，分别被送往英格兰、苏格兰的四面八方，头颅则被悬挂在伦敦桥上。

建在老城中77米高悬崖上的斯特灵城堡，是到斯特灵者不可不游之地。大不列颠历史上，宫廷肥皂剧多不胜数，血腥而香艳，如命途多舛的玛丽女王就和这个城堡有许多特殊的联系。她一生中的许多重要事件发生在此。当她还是一个婴儿时，父王去世了。为了她的安全，她被带到这里抚养。后来她嫁给了法国国王，在当法国国母的同时，她还是苏格兰女王。国王逝世后她又回到这里，嫁给了她的第二任丈夫。把婚姻当作国与国之间政治的一种工具，西方比中国更甚。欧洲国家之间皇室的婚嫁史如他们之间的战争史一样，复杂而诡异。想来其间的故事与种种纠缠，绝大部分早已淹没在历史的尘埃中了。

城堡脚下有一家非常著名的餐馆，其招牌菜就是苏格兰国菜哈吉斯。早年的英格兰人提起哈吉斯颇有几分不屑，但最近，英格兰人与爱尔兰人正在和苏格兰人抢夺哈吉斯的发明权。哈吉斯的做法是将剁碎的羊肝羊肾等羊内脏加上各种调料塞进洗净的羊肚里，慢火烹煮几个小时，然后或切成片、或掏出羊肚里的食物，再配上土豆泥或萝卜泥佐以苏格兰威士忌。著名的苏格兰诗人彭斯专为哈吉斯创作了一首诗 Address to a Haggis，将其比喻为"布丁家族的伟大酋长"(Great Chieftain of the Pudding-race)。为此，苏格兰将彭斯生日的 1 月 25 日定为"彭斯之夜"(Burns' Night，或作 Burns' Supper)。彭斯之夜的规定动作是朗诵 Address to a Haggis，吃哈吉斯、喝威士忌，最后唱《友谊地久天长》。

第五站：
访，苏格兰高地遗珠

苏格兰高地（Scottish Highlands）是对苏格兰高地边界断层以西和以北的山地的称呼。许多人将苏格兰高地称为是欧洲风景最优美的地区。想看看真正的苏格兰，就得去北部高地地区，那里高地的山丘与原野，充满浪漫、粗犷、孤寂的自然美，等着人们细细品味。

卡比斯黛尔城堡，女公爵的城堡故事

推荐：以青年旅舍的价格，可以享受这个著名卡比斯黛尔城堡（Carbisdale Castle）。所以，一定要在那里住一晚。

女公爵玛丽的一生极富传奇色彩。玛丽的第一个丈夫是高地第 71 轻步兵团的亚瑟·金德斯利·布莱尔上校。1883 年，亚瑟打猎时死于意外。玛丽于 1889 年嫁给了她的第二任丈夫、第 18 代萨瑟兰德伯爵和第三代萨瑟兰德公爵，她因此而成为公爵夫人。这次婚姻遭到了萨瑟兰德家庭的反对，因此，当 1892 年萨瑟兰德公爵故世将大部分遗产赠给玛丽时，公爵的儿子和其他遗产继承人一致认为是玛丽修改了遗嘱。后来，人们发现玛丽为获得遗产毁坏了不少档案，她因此而以蔑视法庭罪被判监禁六个星期。出狱后，她和公爵的其他继承人达成协议，即她只能获得一部分财产，但由萨瑟兰德家出钱在家族领地外为她修建一处适合她身份地位的住所。这便是现在的卡比斯黛尔城堡。

1933 年，城堡被卖给了一个叫西奥多·萨尔文森的陆军上校。西奥多是一个有挪威血统的富有的苏格兰商人，与英国和挪威王室及政界军界过从甚密。二战时，纳粹占领了挪威，西奥多将卡比斯黛尔城堡提供给挪威国王以为其避难所。这里也偶作英国王室和政府的战时办公地，还在城堡召开过几次事关北欧战局的重要会议。1941 年 6 月 22 日，德军进攻苏联后，挪威国王参加了盟军在卡比斯黛尔城堡召集的军事会议。会议达成协议，苏联军队进入挪威领土，但战争结束后不得滞留。苏联红军于 1944 年 10 月 25 日开进挪威，解放了 30 个德军占领下的城镇，将德军赶了出去。之后，根据卡比斯黛尔堡协定，他们撤离了挪威。

萨尔文森上校死后，他的儿子哈罗德·萨尔文森继承了城堡。1945 年，他将城堡捐赠给了苏格兰青年旅店协会。同年 6 月 2 日，卡比斯黛尔城堡向青年旅店协会成员开放。这便是作为普通游客的我们能住在这里的原因。

城堡的设施都管理维修得不错，环境尤好，房子空间很大，走廊长长的，大厅里老式的水晶吊灯仍在，每个房间的壁炉仍在，虽未生火，亦很有情调。城堡里还有非常不错的家庭图书馆，有柔软宽大的沙发，明亮温暖的灯光。挨着书架扫了一遍，发现一本 1937 年企鹅版《英国史》，虽然陈旧，但透着一种新书所缺乏的特殊气质，语言简洁、好读。

在阅览室待了一会，和同行的瑞士朋友走到起居室外巨大的露台上。起居室的灯光远远地从我们背后洒了几缕出来，直洒到露台下面的草地上。远处的天边有几颗稀疏的星星，映出起伏山峦的线条。一切生灵都不再喧闹，四周是无边的寂静。我们手握啤酒罐，也只静静地站着，目光投向深邃的夜空。

去尼斯湖拍水怪吧！

英格兰大峡谷中有三个湖，其中最大最深的是尼斯湖，它也是英国内陆最大的湖。尼斯湖长 39 公里、宽 2.4 公里，平均深度为 200 米，最深处达 283 米。湖的北部有尼斯河与北海相通，因此自古就极具战略意义，为兵家必争。但对普通人而言，知道尼斯湖是因为那著名的水怪。在盖尔语里，"尼斯湖"本就是怪物之湖的意思。尼斯湖水怪的传说在 1500 多年前就有了，但从未有人真正见过，也无研究表明水怪真的存在与否。

推荐：

电影：《尼斯湖怪：深水传说》，2007

　　导演：杰·拉塞尔

　　主演：亚历克斯·伊特尔、艾米丽·沃森

世界闻名的尼斯湖在苏格兰高地，湖面不算宽阔，最宽处仅 2.4 公里，为西南向东北走向，全长约 40 公里，以水深 200 米见称。缓缓悠长的湖面是尼斯湖几百年不变的优雅体态，湖面两岸林木茂密，与幽暗的水色互为一体彼此依存依赖。

当地人一听见我们要去尼斯湖时，第一句就说"看看你的运气好不好，如果能够拍摄到湖怪的照片，一张就可以获取 5 万英镑的酬劳"。当地人把湖怪说得有鼻子有眼的，世世代代口口相传下来也就成约定俗成的事情了。可是我从来不相信这一类传说，宁肯相信这是人们早年赋予平淡生活的一种想象，又或者是出于人们对于丰富的湖水地理变化，以及对于多变的湖光水色的错觉。比如北疆的喀纳斯湖湖怪，先是说它会杀死猎人，后又说是成吉思汗的后代，可以庇护一方天下，其想象力丰富得可以。

从一开始，人们就把尼斯湖的湖怪跟已经灭绝的巨大爬行动物蛇颈龙联系在一起。据说，早在公元 565 年，一位不远千里来到苏格兰高地传教的爱尔兰圣徒科伦伯带着仆人到尼斯湖中游泳，忽然遭到湖怪袭击。从此，长达十多个世纪里，有关湖怪的传闻绵延不绝。1934 年，一个伦敦的医生途经尼斯湖，恰遇湖怪在水面游动。他连忙拍下照片。虽然模糊，但还是能够显示出湖怪的基本特征：长的脖子，扁小的头部，不像任何一种水生动物，而是很像 7000 多万年前已经灭种了的巨大爬行动物蛇颈龙。蛇颈龙是地球上生活在一亿多年前到 7000 多万年前的一种巨大的水生爬行动物，也是恐龙的远亲。如果湖怪确为蛇颈龙，那么，它无疑就是极为珍贵的史前动物。因此，医生的照片一经刊出，举世轰动，人们开始把湖怪与蛇颈龙可能仍然生存联系起来，由此也掀起了新一轮的寻找湖怪的热潮。1960 年，英国一个航空工程师在尼斯湖拍摄了大量影片，其画面可见一个黑色长颈巨型生物游过湖面，后经英国皇家空军侦察情报中心分析，结论是"那东西大概是生物"。到了 20 世纪 70 年代，英美科学家甚至联合组织了大型考察队，派遣了 24 艘考察船一字排开，试图进行拉网式拘捕，却依然是一无所获。后来又说湖怪并非动物，而是古代沉入了湖底的松树。由于湖水的压力，使树干内部发生变化后产生了气体，偶尔浮出水面，让人看上去像是水怪的头颈和身体。同时，也有人指出，尼斯湖通往大海，也有可能是北海中的大型鱼类，循着河道游入尼斯湖中，由于鱼群巨大的数量和不同寻常的头部，非常容易地被人误认为是湖怪，等等。

五光十色的传说总是神奇和遥远的，与"湖怪"有关的传闻一直没有消停过，聪明睿智的人类有时候竟然被这样的传说反复折腾。尽管当地商铺里的明信片上写着这样一句话："Believe, and you will see."（如果你相信，就会看到）。但是，现代人早已对所谓的湖怪失去了神秘感和好奇心，大多数远方而来的游人都沉浸在眼前一片宁静的水色之中。淡定的尼斯湖就像一位见过世面的贵妇人，任由世上流传着关于它身世的各种版本和解说，依然宠辱不惊。

而尼斯湖在气候阴寒的高地却可以终年不冻结，这也是尼斯湖叫人好奇的一个话题。有人说，如果尼斯湖从不冻结是个事实，那么原因不是它的高岸挡住了寒风，就是它迎来的强风吹散了寒流，或者水在不断流动，激流反复冲击它的岩石。是日，高地上空乌云密布，让尼斯湖失去了最浪漫的景色。我们驱车沿着狭长的湖边而过，看不见天空浩瀚的光辉与湖面水雾形成的奇景，看不见云彩的光华和两岸丛林的倒影。即便是天色黯淡，尼斯湖也自有它波澜不惊的魅力，如同苏格兰高地冷峻的气质一样，弥漫着阴郁和冷寂的气息。

* 尼斯湖上驶过的白色游艇

高地的静默，湖波的荡漾，岸边摇晃的灌木，远处的峡谷，似乎都是郁郁不欢的、寥廓寂寞的。唯有偶尔快速驶过的一艘白色游艇，得以划破忧郁的画面，成为一个抢眼的亮点。黄昏时分，我们到达了尼斯湖畔的小镇，天色灰暗，湖光无彩。不过，我们也充分领略到了高地一天之间多变的天气，从横风冷雨到阳光明媚瞬间穿越的快感。时而阴沉时而大雨，时而又艳阳高照，时而是风雨过后的一轮彩虹，一切都来得非常迅速突然而又非常醒目抢眼，仿如京剧舞台上粉墨登场的生、旦、净、丑。

辑 五

英格兰中部及南部：海岸线与奇闻逸事

英格兰中部涵盖广阔的地域，包括英国第二大城市伯明翰和威廉·莎士比亚的故乡埃文河畔斯特拉特福。英格兰中部有时也被称为"米德兰兹"。在这里可以探访的德贝郡、赫里福德郡和诺丁汉郡都是历史悠久的古老地区。

　　而英格兰南部则拥有着一些英国最迷人的景点。诸如多赛特、德文和康沃尔等郡一直保持着一种遥远而宁静的感觉，这使它们成为颇受欢迎的度假胜地。萨里郡、东萨塞克斯和肯特郡——因其风景如画的乡村而被称为"英格兰的花园"。

第一站：
兰兹角——天涯海角的传说

兰兹角（Land's End），位于康沃尔半岛的顶端，是一处三面环海的地方。要到达这里可真要费上一番周折。首先需要从伦敦乘坐三个多小时的火车到达英国铁路的最南端，然后搭乘公共汽车穿行于一个个牧场之间，最后才能达到目的地。

波尔佩罗：小村庄的有趣故事和墓碑

历史上的普利茅斯在大不列颠绝对有重重的一笔。1588 年，英国舰队由此起航去迎战并击败了西班牙的无敌舰队，开启了不列颠 300 年的海上霸主时代，英国也从一个小小的岛国成为世界一等一的日不落帝国。1620 年，五月花号载着 102 名清教徒从这里出发，登上北美大陆，于是有了后来的美国。

驾车从普利茅斯出发，去英国大陆西南端的天涯海角兰兹角 (Land's End)，很快就忘记了都市的无趣。车在蜿蜒如地毯般的绿色和野花中穿行，一边是无比壮观的大西洋景色，另一边则是康沃尔清新宁静的乡村风光，一切又变得有趣而美好。

车行过一个有着迷人悬崖的叫波尔佩罗 (Polperro) 的小村庄，村庄似乎永远静好，把我们一下子吸引住了，于是我们驶下大路，拐上了乡村小道。

* 宁静的波尔佩罗

波尔佩罗没有高楼，窄窄的老街白墙缀满鲜花的民居光滑如新。给汽车加完油我们买杯咖啡坐下来小憩，一抬头，看到小街对面有个小小的"渔业及走私博物馆"（Polperro Heritage Museum of Smuggling and Fishing），于是我们喝完咖啡兴致盎然地走进这不期而遇的意外。

波尔佩罗和英格兰南部无数个村庄一样，世世代代以渔业为生。在 18 世纪以前，这里是著名的沙丁鱼贸易中心，一船船一箱箱沙丁鱼从这里销往世界各地。18 世纪英国不停战争，使康沃尔的渔业在重重打击之下衰退。为了支持战争而强征的各种赋税更让英国南部海岸走私盛行。在大宗走私品中，茶叶多年里排名第一。

伦敦的咖啡屋售卖茶饮始于 1657 年，到 1700 年伦敦已有 500 多家咖啡馆兼售茶饮。茶给不列颠人的印象是具有浓厚东方情调的昂贵饮料、包治百病的仙草。1664 年，东印度公司的普罗德船长航海归去，送给国王查理二世的特别礼物就是一小包茶叶。可见当时茶叶的珍贵。

饮茶流行开来后，英国社会对茶叶的需求激增。到 17 世纪末，英国人均消费茶叶为 1.9 公斤，是全世界之最。18 世纪初，英国从中国进口的商品中、80% 是茶叶。那时英国人想尽办法出口各种商品到中国，但中国人对他们的东西完全不感兴趣，因此英国只能生生地拿白银买回他们的人民奉若神明的茶叶。

那时，东印度公司用于购买中国茶叶的白银每年在 80 万到 100 万两之间，有时高达 150 万两。久而久之，东印度公司白银短缺。于是才有了后来的将鸦片卖给中国人以换白银回流,再后来则直接将中国茶叶移植到印度。与此同时,英国皇室开始征收茶叶税,茶叶税最高时荒诞地超过了100%。而咖啡馆售卖茶亦需获得皇室的特许经营许可。

于是,茶叶走私和掺假出现了。从荷兰和斯堪的纳维亚将茶叶运到英国西南沿海,再由当地渔民将茶叶分装到小船上并将之放到特定的地点藏起来。那时的波尔佩罗就是这样一个走私茶叶的集散地,而走私茶叶的仓库竟设在波尔佩罗及附近村庄的教堂地下室或墓地里,这些地方同时也是制假茶叶的作坊。茶叶制假不外两种,一种是将喝过的茶叶烘干后掺在新茶叶中,一种是将柳叶等植物混在茶叶中出售。

警方悬赏500英镑要人们提供走私船的信息,500英镑在1782年的英国可是笔巨款。但对制假,警方似乎无能为力。

博物馆收集了很多那个年代茶叶等走私品的档案资料和实物,如制作假茶叶的工具和原料,还存有不少走私犯的照片和他们的故事。罗伯特·马克曾经是这一带有名的走私者,他的故事像罗宾汉或海盗一样广为传扬。他死于一次缉私船的炮击,死后全村人为他举丧,他的后人现在还住在村子里。

虽然普利茅斯港口的缉私船昼夜巡逻,但一代一代的渔民仍为了利益链而走险,走私的程度远超想象。这一带的村庄似乎没有不走私的,男女老幼,有的甚至是全村人全家齐齐参与,以至于这一带的农场很难雇到足够的工人。据统计,每年走私进来的茶叶在400万至700万磅之间。走私者组织良好,手法老练。东印度公司及王室痛恨走私，缉私船可以射杀走私者，而被抓住的走私者也将被重判。但普通老百姓支持走私。

波尔佩罗村旁边不远处有个托兰教堂，教堂院子里不但埋葬了200多年前因走私被判死刑被射杀的人，还有一些有趣的墓碑。

罗伯特·马克的墓碑上刻着："一边是人血，一边是茶叶，想想吧，就这样杀死了一个兄弟。"另一块墓碑上写的是："上帝啊，原谅他吧，他不过是想人们便宜地喝到来自东方的神仙水。当然，他自己也想喝点。"

康沃尔：走，用飞行的方式看"戏剧"

兰兹角（Land's End）周围，是许多著名电影的拍摄地。圣迈克尔山（St. Michael's Mount），涨潮时是一个孤岛，退潮时则有道路与岛相连。这里还有一个老太太自己修建的临海露天剧场，世界一流的话剧团以到此演出为荣。

无论是到圣迈克尔山，到兰兹角，还是到波斯科诺，都可以从彭赞斯乘车前往，十分方便。

朋友杰克说，到英国不到康沃尔，无论是风光还是人文，你都只看了英国的一半。

汽车在起伏有致、满是各种深绿浅绿嫩绿、深黄浅黄明黄的康沃尔原野上奔驰。一望无尽的原野上偶有废弃但不破旧的砖塔烟囱，让人断断续续地记起影响世界的工业革命发源于英国，发源于康沃尔。

这里也是许多电影的拍摄场地，如希区柯克根据小说《吕蓓卡》改编的电影《蝴蝶梦》，而《飞车敢死队》和《世界尽头》就是在英国大陆西南端的尽头、被称为英国的天涯海角的兰兹角拍摄的。肖恩·康纳利主演的《007系列之巡弋飞弹》、《憨豆特工》和诸多吸血鬼电影的许多景地就在离兰兹角不远的小孤岛圣迈克尔山。

*兰兹角

车过彭赞斯，美丽宁静的田园风光不见了。兰兹角是惊涛骇浪，是风大海阔，是荒野峭壁。

兰兹角尖锐地插入海中。19世纪以前，这一带是康沃尔的锡制品及相关金属制品重要的出海港口。那时康沃尔的锡矿储藏量和开采量全球最大。现在，这里只是一个旅游胜地。欧洲人、美国人青睐这里，却少见亚洲人和非洲人。

圣迈克尔山在彭赞斯以东五公里处，涨潮季节因海水环绕与大陆隔绝形成一座孤岛。岛上居民只有35人，多半是修道院的神职人员。潮退水位较低时，有一条人工铺成的花岗岩路连接陆地和小岛。但很多时候，连接陆地与小岛的路被海水淹没。海水尚浅时，人可淌水去到岛上。

* 水中若影若现的花岗岩路

1755 年，著名的里斯本地震引发的大海啸，影响了康沃尔沿岸 1000 英里的海域。十分钟之内，圣迈克尔山脚下的海平面上升了 2.4 米，几个小时之中反复涨落。从那时到现在，这里的海平面缓慢升高。

19 世纪，在圣迈克尔城堡的小礼拜堂下发现了一个秘密房间，里面有一具修士的骨骼。研究发现，修士不知什么原因死后，人们将他放在秘密房间里并将房间完全封死，小礼拜堂成了他的坟墓。

二战期间，这里修筑起了工事。据称，曾任德国驻英大使和外交部长里宾特洛浦曾计划德国征服英国后，在圣迈克尔岛上修建一栋别墅。他说他希望自己长期住在那里，过隐士一般的生活。他当然没能当上圣迈克尔岛上的隐士。他后来被英军捉住，纽伦堡国际军事法庭判了他绞刑。

离兰兹角四英里远的波斯科诺米纳克露天剧场，则有另一个故事。

罗威娜·凯德是一个工厂主的女儿，她于1893年出生于英国中部德比的一个小村庄。"一战"后她移居康沃尔，在波斯科诺（Porthcurno）附近俯瞰大海的悬崖上，花100英镑为自己和母亲建了栋房子。

在远离都市的乡间，英国人的娱乐方式之一是经常和住在附近的人组团自导自演戏剧。罗威娜也是如此，1929年她加入了当地村民的演出团，在露天演出莎士比亚的《仲夏夜之梦》。

第二年，他们决定演出莎士比亚的《暴风雨》，但是这部剧需要更大的舞台。罗威娜最初决定将自己的花园提供给剧团作为演出场地，她的花园面朝大海，建在悬崖中间一片突出的地方。但最后，她决定建造一个舞台，这个舞台将建在她屋子的下面。

从未有过体力劳动的经历，也不知道怎样建舞台，但罗威娜向她的园丁比利学习。他们每天从早到晚工作，将材料从花园吊下去，或者从多风的小路和海滩拖上来。他们终于建成了一个可以用于演出的舞台及简陋的坐椅，这便是米纳克剧场（Minack Theatre）。演出获得巨大成功，《泰晤士报》发表了大篇报道和评论，并刊发了剧场的图片。

二战时，剧场被德军的飞机炸成废墟。战后，罗威娜和她的园丁无畏地重建了剧场，并在每年冬天不断地改进完善剧场，直到她满 80 岁。1983 年，她以 89 岁高龄去世。

留在她身后的剧场却永成了她的纪念碑。现在，从复活节至 9 月，剧场有 20 场演出。英国最优秀的剧团很荣幸能在这样一个特别的场地登台，美国也有不少剧团常常飞越大洋前去演出自己的经典剧目。

第二站：
蓝色石灰崖写就的侏罗纪海岸

　　侏罗纪海岸（Jurassic Coast）位于英国南部英吉利海峡，从东德文埃克斯茅斯奥科姆岩石群一直延伸到东多塞特斯沃尼奇老哈里巨石，总长 153 公里。由三叠纪、侏罗纪和白垩纪的悬崖组成，跨越中生代时期，记载了 1.8 亿年的地理史。海岸边的沙滩和悬崖上，以及海蚀柱和石拱门上，到处都留下了史前历史的痕迹，包括许多史前动植物留下的化石，其中还有恐龙的脚印。现已列入《世界遗产目录》。

侏罗纪海岸，生物灭绝的关键证据

莱姆镇（Lyme Regis）位于英格兰南部著名的侏罗纪海岸，这里的蓝色石灰崖，由不同的泥板岩层构成，从侏罗纪时代就沉积在这里，是英格兰最丰富的化石地区之一。

2010 年，世界上历史最悠久最权威的科学院之一——英国皇家学会成立 350 周年。作为系列纪念活动，学会公布了科学史上最有影响力的十名女科学家，玛丽·安宁（Mary Anning）位列其中。而此时，距她离世已经 163 年。

在科学史上，一个人的一生有一次重大发现，足以名垂青史。但安宁的重大发现有三次：1811 年 12 岁时和她的哥哥共同发现了史上第一具完整的鱼龙化石，1821 年独立发现了史上第一具蛇颈龙化石，1828 年再次独立发现了第一具完整的翼龙化石。

在安宁的时代，人们对地球与生物的认识普遍来自《圣经》，几千年历史的地球是上帝创造的，生物也是上帝创造的，全都不会灭绝。安宁的发现，让科学家找到了生物灭绝的关键证据，改变了科学界关于地球史和生物史的看法，当然后来也改变了普通人的看法。

安宁生于 1799 年 5 月 21 日，父亲是莱姆镇上一个有名的木匠，在她 11 岁时因病而亡。安宁的父母生了十个孩子，但存活下来的只有她和哥哥约瑟夫。父亲除了是个好木匠，也是一个不错的化石猎人，常带着兄妹俩去海边悬崖上找些化石来卖，贴补家用。

小镇居民那时对化石毫无概念，只把这些稀奇古怪的石头，当作小纪念品卖给旅游者。比如，当地人把菊石称为"蛇石"，将乌贼化石称为"魔鬼的指头"，而粪化石则是"丑石蛋"，等等。

18 世纪末 19 世纪初，法国大革命与拿破仑战争接踵而至，致使英国上流社会和中产阶级不敢到欧洲大陆旅行，将他们的假期投到英国的海滨度假胜地，莱姆镇就是其中之一。因而小镇的化石买卖，是这里旅游业的一个重要分支。

安宁一家人都是找化石的能手，因此他们收集的化石比其他家庭都多，他们的小纪念品摊也从家门口摆到了古玩店、小旅馆和汽车站。

寻找化石是一件危险的工作，因为松动的岩石随时可能掉下来，还有海浪和滑坡的威胁。患有肺炎的安宁父亲在一次寻找化石时，被掉下的岩石砸中受伤，不久过世。经常陪伴安宁去寻找化石的黑白小猎犬，就是在一次滑坡时被一大堆石头埋在了海底。那一次，安宁也差点丧命。

然而潮汐前后、滑坡之后，是寻找化石的最佳时机，因为新的化石可能暴露出来。父亲死后，安宁继续每天外出收集化石，有时一天要走出好几公里。1811年，哥哥约瑟夫挖出了一个鱼龙头盖骨，但他不知道其他部位在哪里，也不知道还有没有其他部分。安宁在哥哥的发现的基础上，继续寻找，终于找到了化石的其余部分。安宁雇了两个人，用了大半年时间，才将后来震惊世界的史上第一具鱼龙化石挖掘出来。

化石以23英镑卖给一位庄园主，庄园主又转手将它卖给了当时伦敦著名的化石收藏者。化石在伦敦展出时，引起了轰动，一些欧洲的化石收藏家和地质学家专程跨过英吉利海峡来观看展出。在1819年的一场拍卖中，大英博物馆以45英镑又5先令拍得安宁的第一具、也是史上第一具鱼龙化石。

1823年，安宁发现了翼龙化石，这是德国以外的第一具同类化石。1828年，她连续发现的两具完整的蛇颈龙化石，这则是史上第一次。在这三起重大发现之外，她还有许多其他发现，如不同的蛇颈龙化石、乌贼化石、粪化石、鹦鹉螺化石。她甚至敲开过一个乌贼化石，发现里面还有完好的墨囊。她用这个上亿年的墨囊里的墨水，给朋友写了封信。

安宁的许多发现现在收藏在英国自然史博物馆里。在相当长一段时间里，英国用于研究的最有价值的化石，都是安宁发现的。而科学家们在研究这些化石时，常常与安宁讨论。那时专门来莱姆镇看望她并与她一起讨论问题的人，几乎囊括了英国顶尖的古生物学家、地质学家、脊椎动物专家和化石专家。

她和后来成为英国皇家地质学会会长的亨利·贝歇是一生

的朋友。曾任牛津大学地质学教授和威斯敏斯特大学校长的威廉·巴克兰，和安宁一起寻找过化石。巴克兰定期与安宁通信，他说安宁的意见对他十分重要，尤其是关于鱼龙类动物化石体内的粪便化石的命名和研究。达尔文的老师、剑桥大学地质学教授亚当·塞奇威克，既是安宁的早期顾客，也把她当成自己的研究顾问。

安宁并没有受过系统的教育，只在卫理公会的主日学校念过几年书。但是她阅读了所有她能找到的大量文献，在寻找和观察化石时，写下了大量笔记，画了不少草图。每一个第一次见她的科学家，都因她丰富的知识和准确的判断而惊讶。他们说，这个处于社会底层的贫穷女人，比大英帝国任何其他人都更懂得科学。

尽管安宁已是欧洲科学界声望极高的非正式顾问，但她仍是科学的局外人。那时的科学圈，全由信国教的上流社会绅士们组成。作为一个女人，她没有资格加入伦敦任何一个科学协会，也不能出席会议发表演讲。安宁生前唯一一见诸印刷品的东西，是她写给《自然史》杂志编辑的一封信，指出一篇文章中关于新发现的鲨鱼化石的错误。编辑将这封信摘要发表在杂志的一个小角落里。

安宁1847年死于乳腺癌，被葬在莱姆镇的圣迈克尔教堂墓地。皇家地质学会为她在教堂捐了一面彩色玻璃窗，在伦敦专门为她举行了追悼会。安宁的老友、会长贝歇亲致悼词，并将悼词发表在学会的刊物上。这是英国皇家地质学会，也是英国科学界，第一次以悼词的方式颂扬和纪念一位女性。

泰尔汉姆村："为英国而死！"

推荐：

电影：《同志们》，1987

　　　导演：比尔·道格拉斯

　　　主演：基思·艾伦 / Dave Atkins

　　泰尔汉姆（Tyneham）原本是英国波特兰侏罗纪海岸边上的一个小村庄，曾经是"征服者威廉"兄弟的领地。村庄虽然小，不过300来位居民，但村里教堂、学校、邮局样样俱全。村民们世代以渔业为生，日日面对辽阔的英吉利海峡，天天看着壮观的悬崖海滩，在日出日落海风海浪中过着安静的生活。

　　这种生活在1943年12月戛然而止。11月中旬，村庄里的每一个家庭都收到英国战争部的通知，说是为了打赢战争，村庄及其附近的土地全部被征用。后来人们才知道，这是为诺曼底登陆集结物资、训练部队做准备。

　　军方给了村民们28天时间收拾全部家当离开，并承诺一旦战争结束，就把他们的家园奉还给他们。军方还答应村民委员会好好照料村子里的圣玛丽教堂和小学校。一个叫伊夫琳·邦德的村民在圣玛丽教堂的门上，用钉子钉了张纸条，上面写着："谢谢你们善待这里的一切，家具、农舍、教堂和学校，善待它们等着我们回来。"

12月17日，最后一个村民在"总有一天会回来"的信念中悄然离去。然而，他们从此再没能回到祖祖辈辈居住的家园。二战期间，军方征用的村庄远不止泰尔汉姆一个，但与其他村庄不同的是，战争结束后，村民们仍不能如希望的那样回到自己的家。

1948年，战争已经结束了三年，不少村民还在等待返回家园的通知。然而他们等来的是，泰尔汉姆村及周围30多平方公里成为永久性军事基地的消息以及赔偿协议。

抗议无效之后，村民们只得接受现实。他们向军方提出的唯一要求是，虽然他们再也不可能回到这个曾经被称作"家"的地方，但还是希望村里的教堂和学校不要因此而破败下去，希望军方将这两个地方替他们维护好。军方答应了这个要求。

从那以后，这里成了英国国防部下属的一个坦克和装甲车训练基地，还有一个大型实弹射击场和装甲重炮学校。这个"实弹"，肯定不止普通的手枪步枪机枪类子弹。1975年，国防部同意，每个周末和法定节假日开放已废弃30多年的泰尔汉姆村及周边地区，村民们可以回到他们曾经的家园去看看，旅游者也可以周末去踏青或远足。

但这一切，完全不在旅游手册上，外界甚至很少知道关于小村庄的一切。只有"鬼村"的传说在周边流传，而人文色彩浓厚的记者则将此村描述为"为英国而死的村庄"。

我们是在游览长达 155 公里的侏罗纪海岸、行至威尔汉姆（Wareham）时，偶然得知这个村庄的。那正好是个周末，于是决定临时增加一个去处。上网查资料，资料少得可怜。乡村宾馆的老板倒是很热情，详细地为我们画了地图，并告诫我们，一定严格顺着路标的指引，千万不能胡开乱走。

好在到处都有警示牌，"严禁入内""军事禁区""车辆和游客不得逗留"之类。我们规规矩矩地开着租来的车，在完全没有警察和摄像头的荒野，开得小心翼翼不敢超速，一是为了看周边的确美丽的原野海岸，二是心中总有几分隐隐慑于"鬼村"和"军事禁区"这两大头衔。

但是一路上并没有看到关于泰尔汉姆村或"鬼村"的任何路标，就在我们怀疑已经错过了路口，准备放弃这个临时增加的目的地时，一个"开放、村庄"的路牌赫然出现在我们面前。于是我们拐进一条还算平整的双向两车道乡间公路，又开了大约一公里，来到一个停车场。停好车，我们顺着小路往下走，一下子就看到了这个被称作"为英国而死"的鬼村。

60 多年过去，小村的许多建筑物年久失修早已垮塌，只有建于 13 世纪的圣玛丽教堂、建于 1856 年的小学校还完好如初。教堂已改成泰尔汉姆村纪念馆，陈列了一些关于这个村庄的文字和图片。小学校则保留了原来的模样，挂衣服的钩子上还写着孩子们的姓名，课桌上也还摆着孩子们的作业。仿佛他们只不过课间出去玩儿，马上就会回来接着上课一样。

看到这里，突然有几分感动。明知永远也不可能回来了，明知那会是一个永远的荒村了，但村民们提出的要求竟是维护好教堂和学校，而军方也信守承诺做到了。我想这种深入骨髓的坚守和信仰，并不是那么常见的。

虽是周末，但村子里除了我们俩人，另外也只有三五个游客在晃悠。穿行在干净整洁的废墟中间，有一种异样的感觉。每一栋房子上面，都钉了个牌子，简要地说明这是谁的家。2010年，从这个小村庄走出的亚瑟·格兰特去世。遵照他的遗嘱，他的骨灰被埋进废弃了57年的他家院子里。亚瑟是当年的成年村民中，最后一个离世的人。

村子里唯一的电话亭是红色的，新得与村庄废墟的气氛完全不搭。据说这个电话亭，是英国著名设计师乔治·吉尔伯特于1921年设计的。之所以这个电话亭鲜艳如初，是因为1987年，电影公司在此拍摄《同志们》时，按原样复制并安放在原地的。

《同志们》是比尔·道格拉斯执导的关于澳大利亚移民的史诗级电影。道格拉斯被称为英国最有才华的导演之一，他的一生只拍摄了四部电影。另外三部，便是他最受人称道的"童年三部曲"。

离开泰尔汉姆村，沿着大路继续往前开去，我们要回到休罗纪海岸。我们知道在这条参差不齐的海岸线上，有横跨了亿万年的三叠纪、侏罗纪和白垩纪悬崖，有天然拱廊、象鼻山、叠层岩、连岛沙洲和风暴海滩，丰富、壮观而十分有趣。

第三站：
寻，英格兰中部南部的神奇故事

英格兰中部涵盖广阔的地域，这个多样化的地区从西部与威尔士接壤的什罗普郡连绵起伏的丘陵开始，一直延伸到东海岸诺福克的蜿蜒水道。

英格兰南部则是英国的度假胜地，既有风景如画的乡村，也有遥远而宁静的海滨小城。

萨默塞特：沉睡的亚瑟王还会不会醒来？

推荐：

图书：《不列颠诸王史》蒙茅斯的杰弗里，广西师范大学出
版社，2009

《亚瑟王传奇》阿尔弗雷德·丁尼生，哈尔滨出版社，2005

根据《圣经》故事，亚利马太的约瑟是耶稣的门徒之一，他
不但亲眼目睹了耶稣受难，还在耶稣被人们从十字架上取下时，
用在最后的晚餐上用过的酒杯接住了耶稣滴滴答答流下的血。他
买来亚麻布和香料将耶稣包裹好，埋进为自己准备的坟墓里。

而后的第三天，耶稣复活，殃及约瑟入狱。复活后的耶稣
现身监狱看望他，并指示他保护好圣杯，往西行去发扬光大他们
的事业，他会受到耶稣的保佑，他的同伴们也会受到保护。从监
狱释放后，约瑟果然带着圣杯往西而去，从法国、西班牙跋山涉
水，一路到了英格兰。

他乘船顺着小河来到格拉斯顿伯里，他决定在这里上岸休
息。疲惫无比的他将手杖顺手插进土里。这时，奇迹发生了。他

的手杖裂开来，变成根和叶，落到附近的地里，长出几株茂盛的山楂树。这种山楂树与别的山楂树不同的是，它每年冬春各开一次花。春天开花的是老树枝，冬天开花的却是新枝。

曾经有许多人，想了许多办法，从格拉斯顿伯里获得种子或树枝，种在自己的土地里，希望也能成活这种开两季花的山楂树，但是都失败了。这种能在冬春两季开花的山楂树，只在格拉斯顿伯里方圆几英里的土地上生长。

从詹姆斯一世开始，每年圣诞节，格拉斯顿伯里主教会举行一个隆而重之的仪式，剪一束发了芽带蓓蕾的山楂树枝，接受祝福之后，派专人送给王后或女王。这一传统，至今未变。每年的剪枝仪式上，镇中学的学生们都会围着那棵约瑟山楂树的后代唱颂歌。

约瑟从此在格拉斯顿伯里定居下来，建了一座大教堂，专门存放他从圣地带出来的真正圣杯。有约瑟，有圣杯，所以这一新兴的宗教在英格兰很快流行起来。

当然，关于是否有圣杯、圣杯长什么样、究竟藏于何处，流行的版本不止格拉斯顿伯里这一个。另一种传说，圣杯是从天上掉下来的一块石头。但无论如何，圣杯有一种神奇的力量，能带给人快乐、永不衰竭的活力和永恒的青春。

约瑟建造的大教堂，历经千年演变后，变成英国最大、最有权势、最富裕的格拉斯顿伯里大修道院。鼎盛时期，大修道院加上它附属的圣母堂，有近千名修士、修女。镇上，于15世纪专为来修道院朝圣修行的信徒而建的客栈仍然还在，变成了很受欢迎、一房难求的乡间旅馆。

修道院的墓地里曾埋葬过多位英国国王，包括传说中的亚瑟王和他的王后。根据 12 世纪的一本书记载，人们为一个刚死的修士挖掘坟墓时，在地下五米深处意外地挖出了一个金属十字架和一段巨大的空心树干。

树干里有一男一女两具骸骨，十字架上刻着：里面躺着的，是伟大的亚瑟王。现代历史学家们研究的结果却是，这个亚瑟王坟墓的故事是一个谎言，是那时的修士们为了解决修道院的财务危机募集资金而编造出来的一个故事。

因为到目前为止，没有任何考古发现能证明亚瑟王真的存在过。而根据传说，亚瑟王没死，只是沉睡在一个山洞里一块巨石下。而这个山洞就在阿瓦隆，格拉斯顿伯里是通向天堂圣地般的阿瓦隆唯一的进出口。

一旦英格兰遇到亡国之危，他便会醒来，和他的 12 名圆桌骑士一起，挥剑拯救他的人民。只是沧桑巨变，他们还会找到离开阿瓦隆、通往英格兰的格拉斯顿伯里之路吗？

格拉斯顿伯里郊外有一个圆锥形的小山丘，顶上曾经有一个圣迈克尔教堂。如今，教堂里的所有其他建筑都不见了，唯剩下可以登顶远眺依然坚实的高塔。从塔上往下看，天气晴好的日子，萨默塞特郡、威尔特郡和多塞特郡原野的风光尽收眼底。

山丘近处，有一层层对称的露台和七层对称的圆圈。一直以来，考古学家想找到形成这些露台和圆圈的秘密，但迄今没有答案。

"苏利丝之水"的巴斯之路

　　除了有英国最好的温泉，有满城古老又美丽的建筑，还有更多历史传说神奇故事。堂堂大英帝国，巴斯是唯一整个列入联合国世界文化遗产的城市。连巴斯考古挖掘出来的文物，似乎都比别的地方有趣得多。所以，位于埃文河畔的这个巴斯，值得你往返多次，流连不够。

推荐：

莎士比亚戏剧：《李尔王》 莎士比亚

　　巴斯以罗马温泉著名，而温泉的发现和城市的来历相传便与一个麻风病国王有关。据说，布拉杜德王子被父王送到雅典去念书，在那里染上了麻风病。听说父王不久于人世，他带着四名哲学家急急地往家赶。但一回到英格兰，他就被兄弟投进了监狱。

　　布拉杜德在哲学家的帮助下，从监狱里逃了出来，躲进一片带沼泽的树林。为了生活，他当上了猪倌羊倌。冬天，他到树林去放猪放羊，发现他的猪们特别喜欢到一个泥潭里去滚上一阵子，回来时满身热乎乎的黑泥。他还发现猪们十分享受这满身的黑泥。

过了一段时间，猪身上的皮肤病全都消失了。于是，布拉杜德自己也每天和猪们一起，到泥潭里去打滚。就这样，他的麻风病也痊愈了。痊愈后的王子回到宫廷，夺回了自己王位合法继承人的地位，最终当上了国王。当上国王的布拉杜德，在他滚泥潭的地方建起了一个城市，这便是巴斯。那个泥潭，便是著名的国王温泉浴室。

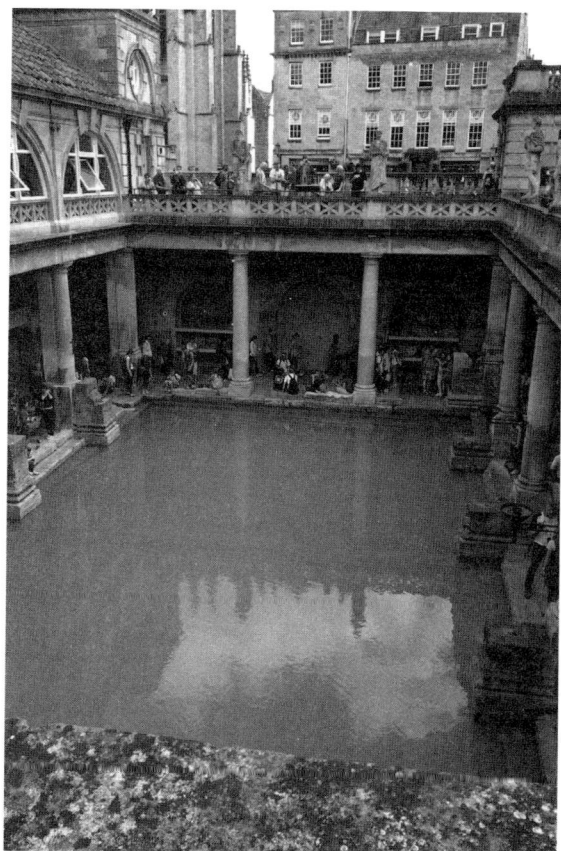

* 巴斯浴池极负盛名

国王的麻风病虽然痊愈了，但他的其他病似乎没能治好。据说这个国王笃信巫术，自信是个高超的魔法师，还是个超级幻想狂，特别喜欢用占卜预测生死。魔法师国王让人为自己弄了一对翅膀，将翅膀施了巫术后，他开始了飞翔，他要飞到特洛伊的阿波罗神庙去。结果自然可以想象，国王从空中掉了下来，摔断脖子而亡。

他的儿子继位为王，便是莎士比亚著名四大悲剧之一的《李尔王》中的李尔王。李尔王只有三个女儿没有儿子，所以王室的这一脉，到他这儿就断掉了。李尔王未得善终，被两个大女儿赶出城堡，抱着小女儿的尸体最后死在狂风暴雨中的荒原上。当然，这只是莎士比亚的情节。

公元 43 年，罗马人征服不列颠将其变成帝国的一个行省。罗马人征服到哪里，道路、斗兽场、神殿和浴室就会修到哪里，英格兰也不例外。埃文河畔美丽的景致和巴斯永不停歇的温泉成了征服者的最爱，罗马式浴室便应运而生。巴斯城的名字，即由此而来。

考古发现表明，在罗马人到来之前，这里就有了凯尔特人建起的浴室和神庙。神庙是巴斯温泉综合体最早的建筑，是献给女神苏利丝的，因此温泉最早也叫"苏利丝之水"。酷爱建浴室的罗马人将这里扩建成一个温泉城，不但有高温浴室、温水浴室，还有冷水浴室。而且，建筑群像一个大宫殿。

关于罗马人的洗浴，一个经典的段子是，有人问罗马国王，你们为什么每天都要洗一次澡啊？这位国王回答道："因为我们太忙了，没有时间每天洗两次澡啊！"所以罗马人统治下的巴斯也和罗马帝国的其他城市一样，温泉便是度假胜地，浴室便是社交场所。许多思想的碰撞、政治的结盟和商业的交易，都在浴室完成。

就像罗马不是一天建成的一样，巴斯也不是一天建成的。由

于不停地有考古发现，所以关于罗马浴场的准确时间和细节仍在
不断变化和增加。1980 年，考古学家在巴斯浴场遗址发现了 130
片希腊罗马式的咒符，咒符大多是些金属片，上面刻着细小的拉
丁文字。

有的咒符上有满篇的诅咒，有的则只有姓名、没有咒语。
这些咒符有的埋在坟墓里，有的被扔在井里或水池里，有的则钉
在墙上。咒符的内容，大多是诅咒杀人放火、无恶不作、如撒旦
般的人。有的上面刻着，如趁我洗浴偷我衣服者，全家必死光光
一起下地狱。读之令人忍俊不禁。也有极少咒符上的文字，与偷
衣服、抢劫杀人无关，而与爱情有关。这些爱情咒符有谩骂攻击
型，有祈求渴望型，有山盟海誓、生死相随型。有的咒符既无文
字也无姓名，只是卷了一小撮头发。

"闹鬼"的布利克林庄园，原是悲情女王的
优雅魂灵久久不肯离去

布利克林庄园（Blickling Hall）位于英国诺福克郡艾尔沙姆附近的布利克林村北部，庄园占地1933公顷。据说，庄园是17世纪詹姆士一世时期全英最漂亮楼房之一，以精美挂毯装饰和珍贵藏书闻名于世。此外，这个庄园还是世界著名的幽灵乐园——它是可怜的无头皇后安妮·博林的亡魂之家。

推荐：

电影：《亨利八世》，2003

　　　导演：彼特·特拉维斯

　　　主演：雷·温斯顿、乔斯·雅克兰德

　　　《安妮的一千日》，1969

　　　导演：查尔斯·加洛特

　　　主演：詹妮薇芙·布卓、理查德·伯顿

英国的大多数名胜古迹、古代城堡庄园，都由一个叫国家信托基金会的机构管理。这个信托基金会称，在所辖630多处古

迹中，有超过 200 处常常闹鬼。他们还据此列出了英国最有名的"鬼城堡""鬼庄园"，而排在第一名的便是位于诺福克郡艾尔舍姆附近的布利克林庄园。

布利克林庄园，是亨利八世的第二任王后安妮·博林的出生地。后来的女王伊丽莎白一世，便是安妮的独生女儿。安妮只活了 35 岁，做了三年王后。她于 1536 年 5 月 19 日在伦敦塔被斩首。因此，她又被称为"无头王后"。来自布利克林庄园的传说是，每年她的忌日，安妮都会将头夹在腋下，坐着同样没有头的车夫拉的车，从庄园驶过。

除了安妮这个英国历史上著名的王后，布利克林的鬼魂远不只这一个。安妮的父亲博林爵士，生前没能营救自己的女儿和儿子，死后便常在庄园外的桥上走来走去。另外，将这个庄园卖给博林家族的另一位爵士约翰·法斯托尔夫也会常回家看看。

博林伯爵是英国著名的外交官，曾长年出使欧洲多国。在他的手下，庄园成为那个年代英国最漂亮的私宅之一。庄园里的私人图书馆，也因数量众多的手稿和各种珍稀版本，而成为英格兰数一数二的私家图书馆。1940 年 12 月，这栋有许多爱恨传奇的私宅被赠送给英国国家信托基金会。

安妮小小年纪就随着父母在欧洲各国的首都居住，是多位王后和公主的密友。也许因为她在欧洲大陆所受的熏陶，比如她的时尚前卫、她的高雅聪慧、她的坚强开朗，使她回到英格兰进入宫廷后，一下子就吸引住了国王亨利八世。

超级花心大萝卜亨利八世，此时已有王后阿拉贡的凯瑟琳和无数情妇，其中包括安妮的姐姐玛丽·博林。亨利一见到安妮，立即使用各种手段诱惑她，包括露骨色情的书信、昂贵的珠宝、无数的鲜花和无比的宠溺。安妮对亨利的所有礼物照单全收，但就是不上他的床。

在诱惑了一年未得手后，亨利只得向安妮求婚，安妮也答应了他的求婚。虽然这时他和第一任王后的婚姻关系尚未解除。安妮答应了他的求婚。凯瑟琳原本是亨利哥哥亚瑟的未亡人，然而亨利的父亲不想退回巨额嫁妆，便令亨利弟娶嫂。

凯瑟琳的父母为了确保这桩婚姻不再生变，设法获得了罗马教廷的批准。因此现在，亨利要解除与凯瑟琳的婚约，同样必须获得教皇批准。他以凯瑟琳未能诞下男性继承人为由，向教皇申请解除婚姻。但教皇拒绝了亨利的申请。

心意已决的亨利为了明媒正娶安妮，不惜与罗马教廷闹翻，宣布英格兰脱离罗马教廷。此举同时意味着，英国与欧洲许多天主教国家站在了对立面。这成为此后一系列政治宗教改革的开端，安妮也因此成为英国历史上最重要和有影响力的王后之一。

亨利和安妮于 1532 年 11 月 14 日秘密结婚，随后又举行了一次婚礼。但是直到 1533 年的 5 月 23 日，新任命的坎特伯雷大主教托马斯·克雷默才宣布亨利八世和凯瑟琳的婚姻无效。五天后，罗马教皇宣布将亨利八世和克雷默逐出教会。在此之前许久，亨利已将凯瑟琳赶出了王宫，让安妮住进了她的房间。

1533 年 6 月 1 日，安妮在威斯敏斯特大教堂加冕为英格兰王后。9 月 7 日，她生下了未来的女王伊丽莎白一世。亨利一心以为年轻体壮的安妮能为自己诞下一个男性继承人，但是她没有，这令亨利十分失望。不过他认为，安妮会给他生下儿子的。

亨利授予安妮很多理政治国的权力，如处理外交事务、接受请愿书并给予答复、颁发专利证书等。那时有许多驻外使节清楚地知道，要想影响英格兰王室和政府，首先要影响安妮·博林。安妮自己也在建立良好的英法关系、寻求法国对英国的支持上，扮演了关键角色。

在私生活上，安妮崇尚奢华、酷爱珠宝，把王家所有宫殿都重新装修得金碧辉煌。她有 250 名仆人，另有超过 60 名侍女专门伺候或陪伴她参加各种社交活动。她还有好几名专职牧师、宗教顾问。她的座右铭是："过最快乐的生活"。

安妮没有意识到的是，她的"最快乐的生活"即将以最悲惨的方式结束。生下伊丽莎白后，安妮三次流产。此时的亨利对安妮的热情早已过去，转而追求安妮的首席侍女珍·西摩。他把为自己生下儿子的希望，寄托在珍的身上。但此时，安妮再次怀孕了。

1536 年 1 月 8 日，前王后凯瑟琳去世。凯瑟琳下葬的那一天，安妮流产了。这最后一次流产，开启了安妮的死亡之旅。在亨利八世的授意下，由克伦威尔亲自操刀，抓捕了安妮的兄弟、叔叔、密友、仰慕者、曾经的订婚对象。酷刑之下，他们全部承认与安妮有奸情。他们声称，她的情人超过了 100 人。

亨利八世也放出话来，称自己当年舍弃凯瑟琳与安妮结婚，是受了她巫术的蛊惑。于是社会上又疯传，安妮是个六指女巫。

1536 年 5 月 2 日，安妮被逮捕关押在伦敦塔。5 月 15 日，她以通奸罪、叛国罪、施行巫术罪、乱伦罪、企图毒死凯瑟琳王后和玛丽公主罪，被判死刑，于四天后执行。

与上述罪行相对应的刑罚有砍头、绞刑、五马分尸、活活烧死等，亨利八世亲笔圈定砍头。他还请来了巴黎最著名的刽子手，称要以最漂亮的刀法、最优雅的姿势，送安妮上路。在宣判前一天，英格兰教会发布公告，亨利八世和安妮的婚姻无效。

5 月 19 日清晨，安妮·博林在两个侍女的陪同下，来到伦敦塔的白塔旁边，专为她搭建的临时行刑台上。虽然显得很虚弱，但是她还是聚集了最后的力气，发表了简短演说。她要求大家原谅她，她说国王是如此仁慈、敬畏上帝，所以她会永远为国王祈祷。

发表完演说，她跪在地上，她的女仆替她戴上眼罩。巴黎来的刽子手，手起刀落，麻利地砍下了她的头。由于议会不允许给她一口较好的棺材，所以她的头和躯体被放在一个简陋的盒子里，草草葬于伦敦塔教堂外。安妮被砍头后第二天，亨利八世与珍订婚，十天后举行了婚礼。国王有了第三任王后。

安妮的独生女儿伊丽莎白一世登基后，安妮被尊为殉道者和宗教改革的女英雄。她被重新下葬，虽然葬礼简单，棺材也并不名贵，但这一次，总算有了一块墓碑。

但她的魂，不在伦敦塔，却一直在布利克林庄园游荡。

斯特拉特福写不尽莎士比亚之谜

　　莎士比亚留给世界三大谜团：一，他那些享誉世界的戏剧和诗歌，是不是全都是他写的？二，他为什么要自写墓碑诅咒盗墓者，他在怕什么？三，他为什么只留给与他共同生活了34年育有三个孩子的妻子一张"第二好的床"？第一好的床留给了谁？

推荐：

电影：《莎翁情史》，1998

　　　　导演：约翰·麦登

　　　　主演：约瑟夫·费因斯、格温妮斯·帕特洛

　　从牛津乘火车到伯明翰再转到斯特拉特福，英国乡间美丽的景色在眼前一晃而过。

　　英国有两个斯特拉特福，一个在伦敦东区，一个在英格兰中部的沃里克郡。为示区别，大家通常把后者称作"埃文河畔的斯特拉特福"。和在英国另一个城市的朋友相约到埃文河畔的斯特拉特福相见，是因为那里是莎士比亚出生的地方，还有他永远的栖息地。

　　莎士比亚的父亲本是一个佃农的儿子，成人后自己开始做各种生意：手套，皮毛制品，麦芽酒和玉米，后被指定为麦芽酒鉴定师。莎士比亚的母亲玛丽·雅顿是农场主的女儿，这样的联姻对提升莎士比亚家的社会地位有明显的好处，所以后来他的父亲当上了地方行政长官。莎士比亚在斯特拉特福出生长大并于18岁那年娶了大他八岁的安妮·海瑟薇。据说两人的婚结得很匆忙，显然是奉子成婚。因为结婚六个月后，他们的大女儿就出生了。在家乡共同生活了五年生下了三个孩子之后，莎士比亚离开斯特拉特福去到伦敦。写了很多情诗的莎士比亚，却未见题写给妻子的诗。据说他俩的关系其实很冷淡。

　　关于莎士比亚的档案资料极其稀少，斯特拉特福只有关于他受洗、结婚和孩子受洗的记录，再无其他。他的出生日期是后来的人们根据他的受洗日推算的。虽然他是公认的英国历史上最伟大的作家，至今仍排在影响英国社会的历史人物前三，共有37部戏剧、154首十四行诗，但却找不到他关于构思和创作如此多作品的任何记录及草稿。

　　1585年到1592年间，离开故乡的莎士比亚成了一个"失踪的人"，没有人知道莎士比亚去了哪里、做了什么，历史上找不到这期间关于莎士比亚的一个字。直到1592年，有人写文章骂这个"乡下来的暴发户"，莎士比亚似乎才浮出了水面，并且显然已经为自己挣得了名气。

　　从很早很早的时候开始，就有一代一代的人，包括一些大名人如马克·吐温、弗洛伊德、海伦·凯勒和卓别林等，怀疑莎士比亚是否是他那些作品的真正作者。

　　莎士比亚没有上过大学，甚至没有受过系统的正规的教育，他本人和家庭成员都是那个时代的平民，怎么会对复杂的英国政治、私密的宫廷生活和严谨逻辑的法律有如此广泛的了解和如此深刻的洞察力呢？

　　所以，不少人都认为，莎士比亚作品，或者真正的作者另有其人，或者是好几个人合伙写的，只不过为了商业的需要或别的原因只署了莎士比亚一人的名。

　　沃里克圣玛丽教堂的教区居民正在努力获准对富尔克·格雷维尔的墓进行挖掘。格雷维尔是莎士比亚同时代的人，也是剧作家。有不少人相信他是莎士比亚作品的真正作者，与他随葬的还有一些他的手稿。他们请来了考古学家、威斯敏斯特大教堂的科学顾问作指导进行了先期考察。探地雷达表明，坟墓里的确有三个盒子形状的东西。也许打开了这三个盒子就打开了莎士比亚与格雷维尔之间的秘密，但至今还没有进一步的消息传来。除此之外，被认为可能是莎士比亚作品的作者呼声最高的是牛津伯爵和培根。

　　莎士比亚晚年从伦敦回到斯特拉特福定居。他活了 52 岁，在平均年龄只有不到 40 岁的年代，他也算高寿了。他死得很突然，据说是一夜宿醉之后突然病倒，很快就离开了人间。但他在离世前还是有时间写下简短的遗嘱和为自己写下墓碑。

　　他的遗嘱是一个陌生人的笔迹，但他的签名被专家认为是可信的。他在遗嘱中给三个孩子每人留了 150 英镑（约等于现在的

30万英镑），而留给他妻子的，只有短短的几个字"Second best bed"（第二好的床）。

威斯敏斯特大教堂著名的"诗人角"里，没有莎士比亚的真身，而只有他的一尊塑像。莎士比亚被葬在了斯特拉特福的圣三一教堂。

他为自己墓碑的题词则十分古怪奇特：

"Good friend for Iesus sake forbeare

To digg the dust enclosed heare；

Blest bee ye man that spares these stores

And carst bee that moves my bores."

翻译过来就是：

"我的朋友啊，

请看在上帝的份上，

不要动这里的泥土。

护我坟墓者必得祝福，

挖我尸骨者必被诅咒。"

所有人都不知道这样的墓志铭意味着什么，是在害怕什么？是要保护什么？还是那个时代流行的暗语密码？或者仅仅是基于一个原始的想法？因为没有人愿意自己死后坟墓被毁棺椁破碎。但如果不是与人结下深仇大恨，又怎么担心自己的坟墓被挖呢？

谜一般的莎士比亚。

《查泰莱夫人的情人》的开与禁

它的被禁和开禁，又岂止是一本书那么简单。它是一个多么精彩的文化、商业、历史故事。劳伦斯的伦理故事，经历了社会巨大的变迁。

推荐：

图书：《D.H. 劳伦斯传》理查德·奥尔丁顿，东方出版中心，1999

电影：《查泰莱夫人的情人》，1981

　　　导演：贾斯特·杰克金

　　　主演：西尔维娅·克里斯蒂、谢恩·布赖恩特

离诺丁汉不到十英里的小镇伊斯特伍德，是 D.H. 劳伦斯的故乡。汽车驶出诺丁汉不久，就知道伊斯特伍德不远了。因为沿途开始出现与劳伦斯本人或其小说人物、景致有关的路牌、解说牌。一边寻找着与劳伦斯相关的物事，一边瞄过英格兰乡间如画的景色，一边呆呆地想着，当年劳伦斯被辱骂、被鄙视、被排斥，如今，英国人，特别是诺丁汉人，以劳伦斯为骄傲。伊斯特

伍德成了英国著名文化景点，几乎所有旅游书都有推荐，只是简繁而已。

下车后正仰望小镇上空呼啦啦招展着的劳伦斯头像彩旗，一位颤颤巍巍的老太太走上前来问我是不是要去劳伦斯故居，听我回答是，她二话不说领着我直把我送到了博物馆门口，临别还邀我有空去她家喝杯下午茶，说她老伴家曾是劳伦斯家的邻居。

劳伦斯的故事人人都知道，劳伦斯的小说相信不少人也读过，劳伦斯的文学地位历史早有定论。但劳伦斯的小说在世界上被禁和解禁的过程，却未必有多少人知道。站在劳伦斯故居门前，我想，这禁与解禁之间，哪里是几个铅字那么简单，那简直就是历史的滚滚车轮啊。

英国小说家 D.H. 劳伦斯《查泰莱夫人的情人》，1928 年在意大利佛罗伦萨出版了删节版。文学界对其争议很大，社会上谩骂居多。英国当局以"有伤风化罪""邪恶的标志"禁止《查泰莱夫人的情人》在英伦三岛出版发行。当然，被禁止的不独劳伦斯，亨利·米勒、劳伦斯·达累尔等人都在被禁之列。1930 年，劳伦斯病逝于法国。1960 年，值劳伦斯逝世 30 周年之际，企鹅出版社老板艾伦·莱恩爵士出版了未删节本的《查泰莱夫人的情人》，不啻在英国扔了一颗重磅炸弹。英国当局决定以出版和销售淫秽物的名义起诉企鹅出版社和相关书店，于是有了一场长达六日的审判。

在此之前，英国文学的标准是适合 14 岁女生阅读，劳伦斯的作品显然不符合这个标准。英国作家协会深感旧有法律中有关淫秽出版物的条款对严肃文学中的色情描写过于严苛，不利于文学的发展，提出对有关法律条款进行修订。五年后的 1959 年，修订后的条款被写进法律，其中主要有三条：不能断章取义，只拿色情描写说事；关键是要看其是否对科学文学等相关领域有益；应邀请专家而不是没有文学资质的普通公民当仲裁者。

据此，企鹅出版社写信给 300 多位有文学资质的人，请他们当证人。真正出庭的有 35 人，其中不乏当时的大家和名人。大多数受邀者表示随传随到。而控方也没闲着，也找了他们认为能支持检方的证人，如 T.S. 艾略特、利维斯等，但都被拒绝了。六天的法庭辩论不赘述，陪审团的最后判决是企鹅出版社无罪。此后三个月，该书在英国本土销售了 300 万册。半个多世纪后，还有研究者发表文章，探讨这样一场世纪审判如何深刻改变了英国的文化景观。

《查泰莱夫人的情人》在美国解禁略早于英国。1959 年，美国邮政部拒绝邮递该书，企鹅出版社安排专人带了两本书去美国，在过海关时被扣住，并将以走私罪起诉相关人员。企鹅出版社同样组织了强大的律师团，并发动读者状告美国邮政公司。很快，纽约地方法院做出判决，认为该书确实有较高的文学价值。企鹅出版社虽补交了很少的商品进口税，却获得了在美国出版该书的权利。

然而，日本的读者和出版商却没有如此幸运。早在 1950 年，日本的小山书屋就出版了该书。东京地方检察厅对此提出了指控，官司打了七年，最后判决译者和出版者分别被罚款。

后来，历史发展，思想解放，该书不在被禁的名单上了，就自然可以出版了。不同版本的《查泰莱夫人的情人》早就多不胜数了。

第四站：
简·奥斯汀的人生版图

回顾简·奥斯汀的一生，查乌顿村、巴斯两地在她不长的人生中占据了极长的时间段，其影响更是无言而喻。英国的两个奥斯汀故居就位于这两个地方，不过查乌顿（Chawton）的简·奥斯汀故居规模更大，被称作奥斯汀故居博物馆（Jane Austen's House Museum）。而巴斯市中心的简·奥斯汀纪念中心（The Jane Austen Centre）还保持着 200 年前的面貌，门口的简·奥斯汀蜡像旁总是有游客在与这位女作家合影。

从查乌顿到 10 英镑，简·奥斯汀的傲慢与偏见

推荐：1939 年上映、由葛丽娅·嘉逊和劳伦斯·奥立弗主演的老版《傲慢与偏见》，与 2005 年上映、由凯拉·奈特利和马修·麦克费登主演的新版《傲慢与偏见》，对原著的处理有些不同，诠释亦大有异趣。对比着看看，发现，时代确实变了啊。

从伦敦滑铁卢车站出发到汉普郡（Hampshire）的阿尔顿（Alton）只需 70 分钟，听听音乐看看英格兰乡间的景色，很快就到了。大约是这里很少出现中国面孔的缘故，我一走出火车站，出租车司机保罗就迎了上来。从阿尔顿到简·奥斯汀的故居查乌顿村（chanton）还有一段路，而英国村镇之间的公共交通远不如大城市之间的公共交通便利，平常班车是一小时一趟，赶上周末就得两小时一趟了。所以在订火车票的同时，电话预订了一辆出租车。

简·奥斯汀于 1775 年 12 月 16 日生于汉普郡史蒂文村（Steventon），其父是知识渊博颇受当地人敬重的教区牧师长。奥斯汀在查乌顿村的这所住宅里住了 20 多年，并在这里写下了

她的全部六部小说。1801 年，奥斯汀父亲退休，全家搬到巴斯居住了四年。父亲去世后，奥斯汀和母亲姐妹们又搬到南安普顿再到温彻斯特。1817 年奥斯汀病逝于温彻斯特。所以英国有两个奥斯汀故居，一个在美丽的城市巴斯，另一个在更加美丽的乡村查乌顿，后者规模更大，被称作奥斯汀故居博物馆。

据导览介绍，这棵长在朴实的两层楼房旁的古栎树是当年奥斯汀亲手栽种。栎树现在枝繁叶茂，果子掉了一地。进到故居，屋内是典型的英国农舍结构，挨个看去，真是一幅活灵活现的 18 世纪末 19 世纪初英国乡村士绅家庭生活图，宁静而舒适。奥斯汀共有兄弟姐妹八人，大多没有受过正规的学校教育，而是在父母的指导下完成了各自的文学阅读，养成了各自的文学修养。1809 年，奥斯汀开始了她的文学创作。汉诺威王朝时代，英国的中产家庭女人是要料理家务、做做女工的，女人进行文学创作非常罕见。所以，据说原先奥斯汀闺房的门会在有人进出时能发出声响，以便奥斯汀及时藏起她的纸和笔。而她长年伏案写作的桌子，据传来自中国。

在英国，同为女作家，简·奥斯汀的历史地位远高过勃朗特三姐妹。她的出现，被认为是打破了由男人一统文坛的局面，并为 19 世纪英国批判现实主义文学巅峰的到来奏响了序曲。后世的研究者认为，英国文学史上出现过几次趣味革命，文学口味的翻新变化几乎影响了所有作家的声誉，只有莎士比亚和奥斯汀经久不衰。

2013 年，奥斯汀的《傲慢与偏见》出版 200 周年，英国央行决定在 2017 年将奥斯汀的头像印在新版 10 镑纸币上，以向这位深刻影响了英国社会的女作家致敬。英国央行选择印在纸钞上的艺术家的标准是：体现英国社会的革新、领导力及价值，并且其作品依然在为英国人提供灵感。除了女王，被印上钞票的其他大人物分别有莎士比亚、狄更斯、达尔文、丘吉尔等，不独文学，由此可见奥斯汀在整个英国历史上的地位。

奥斯汀的小说多次被改编成电影、电视剧、话剧，有不同编剧、不同导演、不同主演的不同版本。此外，根据奥斯汀与爱尔兰律师汤姆·勒弗罗伊无果的恋情改编的传记片《成为简·奥斯汀》亦红透了西方。

才女终生未嫁，却写透情爱婚姻

简·奥斯汀纪念中心（The Jane Austen Centre）位于巴斯市中心的盖尔街（Gay Street），它再现了奥斯汀1801~1806年间在巴斯的生活以及这段经历对其创作生涯的影响。除了常规的展览，这里的礼品店还出售相关的书籍、服装、首饰等。另外，纪念馆二楼的摄政茶室（Regency Tea Rooms）值得尝试。在这座乔治亚小屋中享用下午茶，举手投足间似乎凭空增添了些英伦贵族的优雅气派，体味奥斯汀写作时的意境。

2017年春季，英国皇家铸币厂发行500万枚2镑硬币，上面是英国著名作家简·奥斯汀的侧面像，同时，奥斯汀还取代达尔文出现在新版的10英镑纸币的背面。英国人以这种方式，纪念这位伟大的女作家去世200周年。

一直以来，每年的9月，在英国的巴斯小城里都会如期举行简·奥斯汀艺术节，届时，整个小镇似乎穿越回到了19世纪初期，人们穿着那个时候的服装，组成长长的队伍，在巴斯最繁华的街道进行游行和表演，展示对简·奥斯汀的怀念和尊敬。多少年来，人们被简的文学作品深深影响，许多女性对于婚姻、爱情、家庭的观念都来自于简的小说，而她未嫁的一生却让人充满遐想。

巴斯在英文中的意思是"洗浴"。如今每天接待着来自世界各地游客的古老浴场遗址，便是英国古罗马时代的遗迹。在人头攒动的游客队伍当中，除慕名而去看浴场和新月楼的，还有不少人是追寻着简·奥斯汀的小说而去的。女作家虽然出生于汉普郡，但与巴斯却有着深厚的情缘。18 世纪末，她和姐姐在巴斯度过了两个长假，便喜欢上了这座小城，并一炮打响了成名作《傲慢与偏见》。后随退休父亲迁居巴斯，奥斯汀一直在修改《理智与情感》《傲慢与偏见》以及《诺桑觉寺》，加上以后四年写成的《曼斯菲尔德庄园》《爱玛》和《劝导》，可称高产。

在巴斯，20 岁的简·奥斯汀遇见了生命中的"达西先生"（《傲慢与偏见》中的男主人公），一位爱尔兰年轻律师勒弗罗伊。然而，奥斯汀的牧师家庭希望未来女婿拥有经济实力，而那个时候的勒弗罗伊却还是一个穷小子，他家里也执意要与富贵之家联姻，并要求勒弗罗伊返回爱尔兰，从此两人便再也没有相见了。情窦初开的简·奥斯汀在眼泪中结束了自己的初恋。后来，勒弗罗伊如家人所愿地娶了个大家闺秀，还成为爱尔兰最高法院首席法官。直到晚年，他才向侄子坦言，曾与一位作家有过一段"少年之爱"。现实中的奥斯汀的感情生活，却没能像《傲慢与偏见》故事中男女主人公一样在一起。1817 年 7 月 18 日，奥斯汀死在姐姐怀抱里，后被安葬在温彻斯特大教堂。

简·奥斯汀一生执着地向往"尊严之爱"，不为人言摇动。她借《傲慢与偏见》中伊丽莎白之口，宣示"干什么都行，没有爱情可千万不要结婚"，她的孤傲与坚持可见一斑。初恋受挫的奥斯汀终生未嫁，却把对爱情的向往和理解都写进了自己的小说里面。简·奥斯汀的多部小说都被搬上银幕，并且反复重拍，她本人的经历也多次被改编成影视作品，比如英国 BBC 在 2008 年制作的《简·奥斯汀的遗憾》（Miss Austen Regrets），2008 年由朱利安·杰拉德执导的影片《成为简·奥斯汀》（Becoming Jane）等。英国 BBC 电视台几年前又在巴斯把《说服》和《诺山角修道院》重新拍成了电视剧。200 年过去了，"简迷"所代表的文学粉丝团体之庞大和热诚，几乎只有莎士比亚的"莎党"能够相比。到今天，奥斯汀最出名的小说《傲慢与偏见》总计销售超过 2000 万册，在全球拥有无数读者。据一项名为"读者最喜欢的书"的调查结果显示，简·奥斯汀的作品《傲慢与偏见》名列第一，《圣经》屈居第六。简·奥斯汀的一生，只有短短的 41 年，写了六部小说，其中《劝导》和《诺桑觉修道院》是她死后第二年才出版的。在英国，简·奥斯汀的小说每星期可售出 35000 多本，成为最畅销的长销书之一。

许多人不明白简·奥斯汀的小说好在哪里——不就是整天围着客厅或舞会嚼舌头，隔三差五议论某人有多少财产、多少镑收入，然后变着法儿将漂亮的小姐都许配给位尊而多金的绅士？这也太俗滥了……然而，不能否认的正是这个从未上过正规学校的奥斯汀，超越了当时一班被称作"女才子"的古典文学研究者，成为如实描绘摄政王时期英国中产阶级日常生活的圣手，甚至还超越了时代，成为英国广播公司（BBC）"千年作家评选"中仅次于莎士比亚的十大作家之一。

辑 六

约克：这里的历史就是英国的历史

约克（York），英国英格兰东北部城市，北约克郡首府，隶属于约克郡 - 亨伯，并具有自治市地位。起初为盖尔人的居点，后为罗马人、盎格鲁人、丹麦人和诺曼人占领，在将近 2000 年的时间里，约克一直是北英格兰的首府，地位相当于今天的伦敦。

　　约克的魔力令其他英国城市难以与之媲美，杰出的建筑和 2000 年的历史与繁荣融为一体。小巧的市中心汇集了 30 多家博物馆、画廊，文艺而时尚；各式餐馆、酒馆供应着世界各地的美食佳肴，据说在约克一年每晚都可以去一个不同的酒吧。

第一站：
老城里"盛放"的红玫瑰与白玫瑰

"约克"这个名字，从维京语"Jorvik"转变而来。同样古老的还有约克老城里数不胜数的考古和文化遗址，至今闪耀着历史的光辉。中世纪风格的街道贯穿全城，古城墙也是英格兰保存最完整的，整个约克古城应该是英国最原汁原味的画帛。

回首玫瑰战事，品尝百年老店下午茶

推荐：城里的贝蒂茶室（Betty's Tea Room），百年老店，地道的英式下午茶。

电视剧：《白王后》，2013 年

　　　　导演：詹姆斯·肯特

　　　　主演：艾玛·弗罗斯特、菲莉帕·格雷戈里

　　玫瑰战争（Wars of the Roses），指发生在 1455 年 ~1485 年间，英王爱德华三世的两支后裔——兰开斯特家族和约克家族的支持者，为了争夺英格兰王位而发生的内战。

　　玫瑰战争最惨烈的一仗是 1460 年 12 月 30 日，兰开斯特家族的军队获得胜利，他们杀死了约克家族的三个主要首领——约克公爵父子和一位伯爵，将他们血淋淋的首级连同其他约克家族显贵的头颅，悬挂在约克古城门上。次年 3 月 28 日，两个家族共计 10 万将士在暴风雪中再次拼死厮杀。而这一次则是约克家族的军队大败兰开斯特家族，爱德华四世下令将俘虏一概处死。有史书评述说，在这次血腥的战斗中，"兰开斯特家族的贵族和骑士之花凋落了"。兰开斯特家族军队在战场上抛下了将近三万具尸体，尸体在河水中堆积起来，以致形成了恐怖的"人体栈桥"。双方战士就踏着"人体栈桥"或逃命或冲杀。爱德华四世重新夺回了约克城。他进城后第一件事，就是从城门上收拾好父亲和家族显贵们的头颅，换上了兰开斯特家族最显要贵族们血淋淋的脑袋。

这场仇杀持续了30多年，最终以兰开斯特家族的亨利七世与约克的伊丽莎白联姻结束。从此，也结束了法国金雀花王朝在英格兰的统治，开启了新的威尔士人都铎王朝的统治，也标记着在英格兰中世纪时期的结束并走向新的文艺复兴时代。为了纪念这次战争，英格兰以玫瑰为国花，并把皇室徽章改为红白玫瑰。

"玫瑰战争"一开始叫做蔷薇战争。这名字的转变，倒是要归功于伟大的戏剧家莎士比亚。在16世纪，莎翁在历史剧《亨利六世》中以两朵玫瑰被拔标志战争的开始之后，玫瑰战争才成为了普遍用语。此名称源于两个家族所选的家徽，兰开斯特的红蔷薇和约克的白蔷薇。听完了这段玫瑰战争的故事，应该对当今女王伊丽莎白二世的父亲、老国王乔治六世曾经说过的话有更深的印象——"The history of York is the history of England"（约克郡的历史就是英格兰的历史）。

从伦敦出发，大约两个小时的车程就到英格兰东北部的约克郡。是日虽然阳光明媚，但行走在约克古城里面却明显有几分阴冷，仿如穿越时光隧道来到中世纪。在这里，不仅有一座气势恢弘的哥特式大教堂震撼人心，还有当年罗马人建造的牢固古城墙，以及保留着中世纪风格的小街小巷。当时，我并不知道玫瑰战争，更不晓得这里曾经如此的刀光剑影，怀着一颗文青的心愿，要去寻找贝蒂茶室，挥霍上一段属于地道英式下午茶的时光。

贝蒂茶室是一家低调的百年老店，它伴随着老城里面几代人的共同成长。明亮的茶室，洁白的台布，亮铮铮的茶具，勤快的服务员，经典的三层点心塔。来到了约克的贝蒂茶室，吃了什么点心、喝了什么茶，已经不再是重要的了。重要的是，我们坐在了传说中约克的老派茶室里，喝着醇和温润的红色茶汤。身穿黑色套服系着白色围裙的大叔大妈级的服务员，忙碌而又殷勤地为客人端茶送茶点。他们的一个微笑、一次俯身、一句细语，都散发着骨子里面的英式范。其中一个稍微年轻一点的女生为我们服务，她轻声轻语的问候和质朴羞涩的眼神，颇有几分神似简·奥斯汀笔下的女性人物。一个多小时的饮茶过程，我们在茶壶、过滤网、茶盘、茶匙、茶刀、三层点心架、饼干夹、糖罐、奶盅瓶、水果盘以及点心纸等一系列只属于英式下午茶的道具和气息交集中，成全了一个积蓄已久的美好心愿。

历史上，约克大主教的地位仅次于坎特伯雷大主教。约克大教堂四周的彩绘玻璃窗户熠熠发光，描绘的都是宗教故事和人物，栩栩如生，令人叹为观止。在它的南耳堂入口处顶端，则是教堂最精致的玫瑰窗，玻璃画为圆形图案，四周一环红白玫瑰相间的精美画面，用以纪念以红玫瑰为徽章的兰开斯特家族亨利七世与以白玫瑰为徽章的约克家族伊丽莎白的联姻。还有大教堂主祭坛上那幅挂毯，中央是一朵盛开的白玫瑰。很可惜，我都没有留意并欣赏到这些悠久而又美丽的细节。但是走过了约克郡，只觉得几百年前的春秋悲歌已是绝唱，一切都将归于尘土。

第二站：

约克周边——从中世纪走来

约克郡是英国最大的一个有着 2000 年历史的古老地区，这里书写着诺曼征服、十字军东征、百年战争、玫瑰战争这样的诸多传奇故事。这些了解大概，也就懂了英国的简短的编年史。一来到约克郡便能感到约克人的自豪，以自己是最纯正的英格兰人的自豪，还有对历史、文化、艺术，甚至对食物和口音的自豪，就连当地人打招呼都自成一套，见面就说"Now,then."

马顿：库克船长的宿命纠缠

库克船长的出生地马顿（Marton），位于英格兰东北部港市米德尔斯堡（Middlesbrough）郊区。市中心的车站，以及该地区大多数城镇都有公交车通马顿。另外，直达或途经马顿的火车、每天高达 17 趟。

推荐：

纪录片：*Captain Cook: Obsession and Discovery*，2007

导演：韦因·菲米瑞

在参观位于英国约克郡马顿的库克博物馆之前，我只知道库克船长的三次大航海和无数的以库克名字命名的山川河流湖泊城镇道路大学中学。但其他细节，尤其是他因何而死、死于何处，一概不知。

在看完博物馆、读了在纪念品店买的一本小书，知道了他的死法后，我无比惊愕，同时，不得不感叹宿命的力量。

1776 年 7 月 12 日，库克率领决心号和发现号两舰从英国出发，开始他的第三次也是最后一次环球航行。1778 年 1 月，库克的船队登上了夏威夷群岛。虽然在此之前，有证据表明，西班牙人和荷兰人也驶过夏威夷，但真正有文字记载的欧洲人登上该群岛却是库克船长这一次。

然后他们继续北进。到这一年年底，他们再次返回夏威夷过冬。1779 年 1 月 17 日，在围着群岛巡回了几周后，船队登上了凯阿拉凯夸湾。这是一个繁荣的海湾，并被当地人认为是祭祀生产和生育之神拉农神的最好地方。

库克和船员们登岛时，土著人正在进行他们一年一度的祭祀仪式。突然见了这群金发白肤见所未见的异族人，以为他们的祭拜显灵了，神的化身来到了他们中间。于是土著人热情接待了库克和船员们，送食物送水，还给予了库克船长最高礼遇的接待。在这些土著人眼里，欧洲人及两艘舰上的一切都让他们感觉到新鲜无比，真如神的使者。而船员们送几颗铁钉就可以和岛上的姑娘共度春宵。但库克的一个船员死在岛上，令夏威夷人对这些欧洲人的神圣性产生了怀疑。不过大酋长对库克一如既往的好，下面的人也就没说什么。

就这样，库克和船员们在岛上舒舒服服地度过了 1 月剩下的时光。2 月，库克率领两舰又整装出发了。他们需继续去完成寻找西北航道之旅。可是出海不久，他们遇上了风暴，两舰都有多处损毁，于是只得返回凯拉阿凯夸湾修理他们的舰船。然而，所有人都没有想到，这次返回竟成了库克船长的死亡之旅。

这次，岛上的居民不是以笑脸，而是以扔石块来迎接他们。因为在这些夏威夷人看来，神的使者走了之后，不到下一年的祭祀节是不会回来的。他们回来了，就说明他们不是神的使者。而不是神的使者接受了如神一般的供奉，那就是对神的不敬和对供奉者的戏弄。船员们拿比铁钉更贵重的东西，不但换不回来任何他们需要的东西，还被唾弃、被追打，连在岸边砍伐木头也不被允许。不但如此，岛民还偷走了发现号的单桅桨帆船。几次交涉要求归还小船都被拒绝。于是，库克船长计划第二天带人去见大酋长进行最后的谈判，如果仍然不成，就抓两个人质换回小船。

第二天是 1779 年 2 月 14 日，库克带人武装进入村庄，和大酋长卡拉里谈了一阵子后，他要求卡拉里跟他们到船上去。卡拉里答应了，跟着他们往海边走。这时，卡拉里最喜欢的一个妻子和两个酋长追了上来，请求卡拉里不要去。大巫师也跟了上来，抱着一个椰子念咒语，试图转移库克及他的船员的注意力，因为这时他们已经来到了海边。库克让随行的船员带着大酋长先上，他断后。就在他转身准备上船时，一个酋长突然快步上前猛击库克的头将他打倒在海水中，另一个酋长冲上来补了一剑刺死了库克。冲突中，和库克随行的四人也一起被刺死，另两人受伤逃上船，涌上来的岛民抢走了库克船长的尸体。

库克船长遇难的地方，正是他第一次踏上夏威夷岛之处。那一年，他正好 50 岁。几天后，接下库克船长指挥权的查尔斯·克拉克船长，发动了一次对夏威夷人的报复性袭击，杀死了 30 多个岛民。然后克拉克率领发现号和决心号继续北行，去完成库克船长未完成的探险。克拉克船长后来死于肺结核，也没能活着回到英国。

虽然杀死了库克船长，但夏威夷人却决定以他们的最高规格完成一场对于神的葬礼。他们取出了库克的内脏、烘焦了库克的身体，然后剔除了所有的脂肪和肌肉，并将骨头清洗干净，以便以后祭祀时使用。

克拉克船长在率队离去之前，成功地要回了库克剩下的遗骸和遗物：不完整的骨架、被打碎的头部、被砍掉的双手双脚，以及他的鞋子和枪。克拉克船长为他制了副棺材，并为他举行了海葬。

库克船长的第三次环球航行，受到了不光英国，还有法国、西班牙、荷兰等国家的共同关注。他们都在等待他的归来，等待更多关于探险的消息，连正在和英国人打仗的美国也高度期待。本杰明·富兰克林曾要求美国所有战舰，如遇库克船队，不得羁押、不得为敌、友善对待、提供帮助。富兰克林不知道的是，在他发出通知前一个月，库克船长就已在夏威夷凯阿拉凯夸湾被杀死了。

在库克遇难的海边，立了块纪念石，纪念石往北的岸上有一尊纪念碑。

马顿是库克船长的出生地，但他家在马顿的时间不长。他出生的房子，早已归于泥土草地。1852 年，在大约的原址上，立了个粉色的花岗石塔，既是记号也是纪念。库克 18 岁时，到了后来成为吸血鬼故乡的惠特比，在那里他学习了船上生活的一切，包括实操。他是从惠特比，走向环球航行的。

在英国文学和吸血鬼的发源地，尽享北冰洋之风

　　第一个用古典英语写作的盎格鲁－撒克逊诗人凯德蒙就出生在惠特比，他的宗教圣歌被认为是英国诗歌的源头。因此，这里被称为英国文学的发源地。真正的吸血鬼的故乡在罗马尼亚，但爱尔兰作家布拉姆·斯托克却将这里的现实场景融进他的小说中，开启了惊悚小说的先河。

　　推荐：

　　小说：《西尔维亚的两个恋人》盖斯凯尔夫人，上海译文出版社，1991

　　　　　《爱丽丝漫游奇境记》刘易斯·卡洛尔，江苏少年儿童出版社，2011

　　电影：《惊情四百年》，1992

　　　　　导演：弗朗西斯·福特·科波拉

　　　　　主演：加里·奥德曼、薇诺娜·瑞德

　　英国约克郡小城惠特比，被称为吸血鬼的故乡。因此之故，即使并非公共假日或什么节日，大街小巷公园里也时而可见打扮

成吸血鬼模样的人，或单个或成群地张着獠牙走过。

出生于爱尔兰都柏林郊外的布拉姆·斯托克曾寓居惠特比多年，并在这里写出了《吸血鬼》的主要章节。小说中的吸血鬼德拉库拉第一次出场，就是在惠特比。小说中悬崖上的199级台阶、蝙蝠横飞、乌鸦拍打窗户，等等，都是惠特比的现实生活场景。1897年，《吸血鬼》出版后立刻大受欢迎，并很快被改编成电影。100多年来，包括吸血鬼文学在内的悬疑惊悚小说，已成了世界图书市场中一个不小的门类，由此改编的电影、电视和游戏也经久不衰。

吸血鬼的原型，实有其人。斯托克在为自己的小说查找资料时，读到了中世纪罗马尼亚大公爵德拉库拉（又译德古拉）的故事，灵感大发，于是写出了书名为《德拉库拉》的小说。德拉库拉后来便成了吸血鬼的代名词和祖先。

德拉库拉的原名叫弗拉德，生活在奥斯曼土耳其帝国四处征战并称雄的年代，曾统治过如今的罗马尼亚南部一带。幼时他和弟弟曾到土耳其作人质，后来回到罗马尼亚成了一代领袖。据说他勇猛过人颇具智慧，但同时也残忍无比。有土耳其使者在他面前不愿脱帽，他就让人在使者的头上从帽顶处打入一根铁钉。他说，既然不想脱帽，那就永远不要脱下来。

他最残酷的是使用"穿刺刑"，即用一根削尖的长木棍从战俘的臀部穿进，然后从嘴巴出来，或者反之，从嘴巴穿进从臀部出来，再将木棍插在地上，让战俘活活被折磨而死。他的残暴使他得到了"穿刺者德拉库拉"的恶名。他曾经将被俘的两万名土耳其士兵插在木棒上围着他的城池树了一圈，乌鸦和秃鹰在周围飞在尸体上啄食，空气中满是腐味和臭气。土耳其援军赶到，见状肝胆俱裂不战而退。

据说他还喜欢用面包蘸着刚刚被杀死的人的鲜血吃，也许正是这样才给了斯托克将他塑造成吸血鬼的真正灵感。

德拉库拉一家其实也挺惨的，父亲被土耳其人杀，哥哥被用烙铁烫瞎眼睛后活埋，他本人最后在布加勒斯特附近的一场战斗中被土耳其人抓住。土耳其人将他五马分尸后，割下他的头带回君士坦丁堡示众。那一年，他33岁。他的残骸被埋在罗马尼亚的一个教堂，最后不翼而飞。

吸血鬼主题从来不是我的菜，有关的小说一本没读过、有关的电影一部没看过。但既然到了吸血鬼的故乡，我也不得不找两本书来读读、找几部电影来看看。虽没有想象的恐怖，但持续了100多年的重口味且有加重之势，仍然让我不喜欢。

其实惠特比还有一个更为重要却不太为人知的头衔，那就是英国文学的真正发源地。因为第一个用古典英语写作的盎格鲁－撒克逊诗人凯德蒙就出生在这里，并在这里的修道院担任院长多年。他那些后来被认为是英国诗歌源头的赞颂上帝的宗教圣歌，就是在雄踞悬崖正对北海的修道院里写成的。当然，修道院早已变成一片壮观的废墟，苍凉而不倒。

除此之外，或者在惠特比度过了他们重要的创作生涯，或者深受惠特比地区传统影响的批判现实主义小说、间谍小说、推理小说、魔幻文学的大师和奠基人物，数都数不过来。盖斯凯尔夫人在惠特比写下了《西尔维亚的两个情人》，著有《月亮宝石》和《白衣女人》的威尔基·柯林斯长期住在惠特比。他说，惠特比永远对我有吸引力。我所深深喜欢的小说大师肯·福莱特和弗·福赛斯，也都在惠特比待过不短的时间。

惠特比人以他们的文学传统而骄傲。他们可以如数家珍般将狄更斯对惠特比的评价倒背如流，还能告诉你为什么《爱丽丝漫游奇境记》的作者刘易斯·卡洛尔的第一本书是在惠特比出版的，那时他已是牛津大学的教授。

惠特比曾经是北海地区最重要的捕鲸港口之一，这里的发达也与捕鲸业密切相关。据说繁盛之时，惠特比港口每天进出的大小捕鲸船达几百只。为了纪念那段历史，惠特比人在海边用长长弯弯的鲸鱼颌骨做了一道拱门。

埃斯克河在惠特比注入北海。内河与海运的这种便利，使惠特比在 18~19 世纪间是仅次于伦敦和纽卡斯尔的英国第三大造船基地。河流将小城一为二，临海的悬崖也因此而分为东崖和西崖。

和风中沿悬崖一侧攀登 199 级台阶，我们来到东边的悬崖上。这里有建于 7 世纪的修道院废墟，是这个小城最早和最著名的景点。当年外观宏阔、内部精致繁复的修道院其实很脆弱，它辉煌了不到 200 年，就在接下来的年代随着维京人的入侵而逐渐凋零至彻底荒废，作为废墟已存在了 1000 多年。

同样是废墟，惠特比修道院比古罗马遗迹更精致，透露了更丰富的信息。我们在修道院废墟边的悬崖上长时间散步，在历史和宗教的背景里，尽享北冰洋之风。

霍沃斯荒野的呼唤：生命之花与文学之树

虽然生活在交通十分不便的荒原中，这个文学之家个个都有成就，其中成就最大的当然是勃朗特三姐妹。《呼啸山庄》和《简·爱》这两部小说，都在 100 年最伟大的英语小说之列。

推荐：

图书：《夏洛蒂·勃朗特传》盖斯凯尔夫人，上海译文出版社，1987

勃朗特姐妹故居博物馆坐落在西约克郡霍沃斯镇。需从伦敦国王十字站乘火车到利兹，约三小时；再从利兹乘火车到基斯利，然后转乘蒸汽小火车可达霍沃斯小镇。因为转乘次数多、耗时长，所以一般的游客很难去到那里。蒸汽小火车只在夏天才有，且班次不多，季节前后只能从基斯利乘公共汽车到霍沃斯。当然，去那里游览的最好方式是在伦敦租一辆车，自己开着一路北上，赏尽北英格兰的景色。

约克郡的荒野，的确与英格兰南部和苏格兰的荒原有很大的不同，似乎更苍凉、更原始、更野性。这里的确是诞生

《简·爱》和《呼啸山庄》的不二之地。

勃朗特故居博物馆是以前的霍沃斯牧师寓所。三姐妹的父亲帕特里克·勃朗特从剑桥大学圣约翰学院毕业后先在康沃尔教区任职，然后于1820年带着妻子和六个孩子搬到这里，任霍沃斯教区牧师长。自此至1861年，勃朗特全家都生活在这里。除了安妮，全家人都在这里去世并安葬在这里。享誉世界的三姐妹的全部文学作品，都是在这座乡间寓所里完成的。虽名气没有三姐妹大，但老勃朗特和三姐妹的兄弟布朗威尔都有小说和诗集正式出版。这是一个名副其实的文学之家。勃朗特故居博物馆现由勃朗特协会拥有和管理，该协会成立于1893年，是英语世界最古老的文学协会之一。

这是一幢建于1778年乔治王朝时期的两层楼石头住宅，除保留了当年的房间陈设和布局，博物馆主要展示的是三姐妹的手稿、笔记、书信、各种版本的作品、当年登载小说评论的报纸，以及他们日常生活的玩具、缝纫工具等。遗憾的是博物馆内严禁拍照。

对夏洛蒂的《简·爱》和艾米莉的《呼啸山庄》，无论是小说还是各种版本的电影，早就烂熟于心，但真正置身于100多年前她们生活创作的环境，还是有一种因无法想象带来的冲击。21世纪，交通工具如此发达的今天，要从伦敦来到霍沃斯尚且如此大费周章。可以想象的是，19世纪中叶的霍沃斯牧师家庭的三姐妹的生活是多么远离尘世、多么孤独封闭又多么丰富自然。这里现在也只是一个小村子，100多年前这里恐怕少见人烟。北英格兰的气候潮湿多风，冬天漫长而寒冷。寓所内，有钢琴、有图书室、有温暖的壁炉陪伴兄弟姐妹们在雨雪天和漫漫冬夜阅读讨论写作。寓所外，是无边的荒原沼泽，是一望无际的石楠花与各种

*约克郡荒原

色彩的灌木丛。没有雨雪的日子，三姐妹在室外写生、散步、骑马、远足甚至疯跑，尽情享受大自然带来的短暂快乐。因此，霍沃斯小镇外，还有勃朗特桥、勃朗特瀑布。

三姐妹的文学之树长青。1846年，三姐妹出版了诗歌合集，但诗集只卖出了几本，且几无评论。第二年，三姐妹的三部小说相继出版，一下子引起了评论界的注意，其中《简·爱》最受好

评。英国另一位小说作者、狄更斯十分赞赏的盖斯凯尔夫人在夏洛蒂死后为她撰写的《夏洛蒂·勃朗特传》，同样被认为是英国最伟大的传记作品之一。夏洛蒂后来又出版过几部小说，但成就都不如《简·爱》。《呼啸山庄》刚出版时得到的却是严厉批评，被认为结构笨拙、语言粗糙，内容充满戾气、人物色彩过于阴沉。但后来，文学界对《呼啸山庄》的评价高过《简·爱》。

三姐妹的生命之花十分短暂。安妮只活了29岁，艾米莉活了30岁，生命最长的是夏洛蒂也只存在了39年。三人都死于肺结核。安妮和艾米莉都未结过婚，后人对她俩的情感生活也几乎一无所知。只有夏洛蒂，文学生活丰富的同时，爱情生活也大放异彩。先后有四位绅士向夏洛蒂求过婚，其中有她哥哥的密友、牧师、出版公司董事。1842年，夏洛蒂在布鲁塞尔学习法语和德语期间，疯狂地爱上了她的老师埃热。埃热个性古怪却才华横溢，十分有洞察力。夏洛蒂向埃热献出了少女纯真而热烈的爱，一封又一封火热的情书飞向埃热。而已婚的埃热却不敢享用这份爱情，不停地向夏洛蒂泼冷水，并强调他不愿他们的关系被误解。这使得夏洛蒂不得不控制自己的感情，不再写情书，并很快回到家乡霍沃斯镇。她于1854年嫁给了父亲的助理牧师尼科尔斯。婚后的夏洛蒂是幸福的，与丈夫去国外旅行，还不时去伦敦参加各种文学活动。但幸福十分短暂，夏洛蒂于1855年因病去世。三姐妹的文学与生命就此永远地画上了句号。

第三站：

在最美的河流边，忘掉生活的区别吧

在约克西北方向 120 公里左右的湖区（Lake District），位于英格兰西北海岸，靠近苏格兰边界，方圆 2300 平方公里，1951年被划归为国家公园，是英格兰和威尔士的 11 个国家公园中最大的一个，同时也是一个充满诗情画意的地方。"玫瑰战争"时期的湖区，是兰开斯特家族的势力范围。而如今，没有人愿意再提起那段刀光剑影的日子，来自世界各地的游人陶醉在旖旎的湖光山色之中，同时感怀的还有生于斯、老于斯的英国著名诗人华兹华斯（Wordsworth）以及他领衔的"湖畔诗派"。

湖区，追寻彼得兔和湖畔诗歌

诗人华兹华斯从小在如诗如画的湖区中成长，嬉水的河流被诗人称为"最美丽的河流"，河对岸废弃的城堡是他常去玩耍的地方，学校的校长还是一位诗歌爱好者，所有的一切都是诗人天然的养分。毕业于剑桥大学的华兹华斯在结伴游历途中，认识了当时已经成名的诗人科勒律治，两位诗人共同出版了诗歌集《抒情歌谣集》。后来，华兹华斯、科勒律治和另一位诗人骚塞的诗歌创作，被称为"湖畔诗派"。他们远离城市，隐居在昆布兰湖

* 静谧的湖区

区和格拉斯米尔湖区，由此得名"湖畔诗派"。这一个流派的诗人是英国文学中最早出现的浪漫主义作家，他们喜爱大自然，描写宗法制农村生活，厌恶资本主义的城市文明和冷酷的金钱关系。"湖畔诗派"三人中成就最高者为华兹华斯，他的诗极其灵秀，又朴素清新。1843 年，华兹华斯继罗伯特·骚塞之后也获得了英国"桂冠诗人"的称号。华兹华斯的诗歌理论动摇了英国古典主义诗学的统治，有力地推动了英国诗歌的革新和浪漫主义运动的发展。因而，英美评论家将华兹华斯的《抒情歌谣集序》称为英国浪漫主义诗歌的宣言。

国人认识湖区，大多都是从英国小说和散文中得来的。印象中，湖区是英国中产阶层喜欢去度假的一个好地方，想必一定是幽美宜人。那一年夏季，我们在湖区度过了美妙而又短暂的三天，经历了阳光明媚的晴好和烟霞弥漫的雨天，倒腾并晃悠着。湖区的美，是造物主使然，它铺排下了一切自然界能够出彩的风景：草甸、野花、湖泊、河谷、山峰。当然，最美的还是星罗棋布的湖泊，主要包括温德米尔湖（Windermere Lake）、格拉斯米尔湖（Grasmere Lake）、凯斯维克（Keswick）。那么，湖区理所当然地成为了英国最美丽的国家公园，并入选《美国国家地理》杂志评出来的，"一生中最值得去的 50 个地方"之一。

温德米尔（Windermere）小镇美丽如画，鲜花斑斓绽放在每一户平常人家的门前和窗台上，出身贵族的毕翠克丝·波特在这里写出了世界上最著名的儿童读物《彼得兔的故事》，并由此诞生了为各国儿童喜爱的彼得兔。除了这只可爱的彼得兔，前来

*湖区民居里的彼得兔公仔

湖区的人大多都会去看温德米尔湖，因为它是湖区的中心，也是英格兰最大的湖泊。当天阳光高照，一尘不染的蓝天像一块巨大的幕布悬挂着，将碧波闪烁的湖色装扮得美轮美奂。坐在湖边，极目远眺，近处是茂盛肥美的草木，成群结队的白天鹅悠然戏水；远处飘荡着白色的帆影点点，风格各异的建筑群错落有致地分布在湖岸四周；身边不时飞过的宗头海鸥，发出放肆高昂的鸣叫。这让人想起了英国著名诗人济兹对湖区的评说，是一个"能够让人忘掉生活中的区别——年龄和财富"的地方。

阴霾，细雨。我们照旧按计划去到相近处的格拉斯米尔（Grasmere）小镇。阴风斜雨、湖光凄迷、离岸疏影、山雾氤氲，写照了一幅淡淡的水墨画。我们打着雨伞，顶着淅淅沥沥的小雨，沿着小镇外围的村庄向又一个湖泊走去，走近了诗人华兹华斯的旧居"鸽楼"，那是一幢两层白色的小楼，小楼的外墙依然攀附着青绿色的植物，青翠泛着无限生机。据说，在格拉斯米尔湖周边散步是诗人每日风雨无阻的功课，而湖边的山山水水又给予了诗人源源不尽的创作灵感。八年时间中，诗人写下了大量脍炙人口的优美诗作，达到了自己创造上的高峰。诗人的妹妹多萝西聪慧体贴，一直与华兹华斯做伴，为哥哥写诗创造了良好条件，自己终身未嫁，后来也成为了诗人。

辑 七

北爱尔兰：你一定要来看
这里冰冷的海

北爱尔兰位于爱尔兰岛东北部，首府贝尔法斯特。有"绿王国"之称的北爱尔兰拥有广袤的绿色草原和数不清的青山绿水，还有着悠久繁华的历史。贝尔法斯特、巨人之路、卡里克索桥、卡里克弗格斯、布什米尔斯、邓路斯城堡、波特拉什……都是北爱尔兰著名的旅游胜地，更不要说北爱尔兰还是《权利的游戏》重要取景地之一，吸引着无数剧迷和书迷前来朝圣。

当地人认为夏天才是北爱尔兰最好的季节，然而夏天是从 5 月还是 8 月开始的依旧说不清，大概对于他们来说，只要有太阳，就是好天气。

第一站：
巨人堤——熔岩写就的史诗与传奇

　　巨人堤（Giant's Causeway）位于北爱尔兰贝尔法斯特西北约80公里处大西洋海岸，是大自然塑造出的又一世界奇景。巨人堤有高崖保护，分大堤、中堤、小堤三类，以中堤的石柱最为对称。石柱大部分是完全对称的六边形，也有少数是四边、五边、八边和十边形的，直径在38～50厘米之间。那里聚集着四万多根六角形石柱，高低错落，延绵八公里，最终入海，仿佛一条没有终点的路。

　　1986年，巨人堤被列为世界自然遗产。

巨人依旧酣睡，巨人堤却正慢慢消失

　　推荐： 无论是从贝尔法斯特，还是从布什米尔斯镇（Bushmills），到巨人堤的交通都很方便，汽车火车都有。推荐乘坐从布什米尔斯到巨人堤的老式小火车，在咣当咣当的铁轨声中欣赏沿途的养眼海景。对于身强力壮又爱好徒步的人来说，连接海滨疗养小镇波特拉什（Portrush）、邓路斯城堡（Dunluce Castle）、巨人堤和布什米尔斯镇的步道，非常值得一走，沿途风景无敌。

*高低参差的巨人堤

　　到北爱尔兰，有一个地方是非去不可的，那就是位于贝尔法斯特西北、距布什米尔斯镇不到五公里的巨人堤。4万多根高高低低长长短短、或者完整或者残缺不全地屹立在悬崖顶、山坡上的玄武岩柱，几千万年里迎着大西洋的风北海的浪，无论是夕阳下还是暮光里，都壮观无比。

地质研究表明，这些玄武岩石柱是由约 5000~6000 万年以前的古新世时期，一系列火山活动造成的。那时，这一带火山爆发频繁，火山岩浆遇冰冷的海水，迅速凝固。这些石柱大多是六边形的，少数为八边形和四边形，现存最高的石柱有 12 米高。据称，原先有 6 万根左右石柱，现已只剩下 4 万多根，而且风化和毁灭的速度，正在加快。

其实无论是玄武岩石柱本身，还是海边的叠层石，这样的地貌并非独一无二。但在爱尔兰人眼里，这些石柱绝非简单的石柱，也与地质地貌无关，而与他们的文化、民族独立有关。这一大片巨人堤，也不是火山爆发形成的，而是他们历史上半神半人的民族英雄大手一挥大脚一跺，修建起来的。

历史上有那么些时段，爱尔兰、苏格兰和英格兰之间，不是我想打败你就是你想打败我，不是我想统治你就是你想统治我。在混战的年代，爱尔兰森林里有一个芬尼安部族，族人个个是勇士，能征善战，他们的头领叫库姆霍尔。库姆霍尔爱上了住在基尔代尔山上另一个部族的首领的女儿穆伊梅，但穆伊梅的父亲拒绝了库姆霍尔的求婚。

穆伊梅不顾父亲的反对，坚持嫁给了库姆霍尔并有了身孕。在一次对敌作战中，库姆霍尔被人杀死。穆伊梅的父亲拒绝成为寡妇的她回到娘家，穆伊梅只好在森林里到处流浪，生下儿子不久就死去了。他们的儿子便是巨人之神芬恩，由几个女武士抚养长大。

长大后的芬恩，机缘巧合学会了魔术，学会了使用各种神器，可以战胜口吐魔火的妖人。他有一支神奇的矛，矛头火热是红色的，他用额头靠着矛头可以几天几夜不睡觉还神力无限。而他的敌人只要稍微碰一下矛头，就会立刻死去，尸体化成一滩水。

芬恩长大之后，在一次外出打猎时遇到了他的妻子乌娜。乌娜因为拒绝嫁给当地财主多依瑞克，被他施魔法变成了鹿。由于芬恩的两只猎犬布朗和塞朗也是被施了魔法才从人变成狗的，所以他们知道乌娜是人而不是鹿。于是芬恩将乌娜带回了家。当踏上芬恩家的土地的那一刻，乌娜立刻恢复了人身。他们很快结了婚。

结婚后的芬恩，越长越大，最后长成了爱尔兰岛上最大的巨人。而大海对面的苏格兰岛上也有一个巨人叫贝南，试图跨海打败芬恩称巨北海。芬恩听说后，建了6万根柱石，好让他越过大海去迎战贝南。这些柱石大小都差不多，但长短高低不一，像是沿着山形而建立的阶梯。芬恩不怕打仗，但他不想因为打仗而弄湿了自己的双脚。

但是，关于贝南的传说越来越多，说他如何勇猛，说他如何巨大，一跺脚就可以翻江倒海，太阳也会掉下来。芬恩听了之后，自忖打不过他，请妻子帮忙把自己藏起来。芬恩的妻子乌娜给芬恩穿上婴儿服，把他装成刚出生的婴儿，折叠起来放进摇篮里。

然后，乌娜烤了一批煎饼，又做了一些和煎饼一样的热铁。当贝南率领的苏格兰军到达后，乌娜告诉贝南，芬恩出去了，但很快就会回来。贝南于是边等边威胁乌娜，说自己多么能征会战、多么力大无比，用小指头就能将石头弄得粉碎。芬恩唯有投降，否则必死无疑。他还伸出小手指头，碾碎石头给乌娜看。

乌娜一边恭维贝南，一边拿出做成煎饼状的热铁给他吃。贝南一口咬下去，却咬断了自己的牙齿，烫坏了自己的嘴唇。乌娜责骂他说，你还号称是英雄怎么这么笨，连吃个煎饼都会弄伤自己，自己的丈夫芬恩可以一口气吃下十个这样的煎饼。

她还说，连摇篮中的婴儿，也能轻松吃下一个。说着，她拿着真正的煎饼喂给假扮成婴儿的芬恩吃。果然，"婴儿"芬恩很快吃一个煎饼。贝南一看，顿时对乌娜和她的婴儿充满了敬畏，更对出门未归的芬恩充满了敬畏。他想，一个小小的婴儿如此巨大如此有力，他的父亲不知该有怎样的神力。他于是不再恋战，带着队伍撤回了苏格兰。

读文至此，我不禁哈哈大笑。爱尔兰的这个神话究竟是在歌颂民族英雄芬恩，还是在歌颂芬恩智慧的妻子乌娜，抑或是在嘲笑愚笨的苏格兰巨人贝南？这个故事的结尾是，贝南不战而退，临走砸坏了巨人堤，以防芬恩追赶。于是，现在我们看到的巨人堤，才如此残缺不全，6万根石柱也只剩下4万多根。

* 临海的巨人堤

与巨人堤相对的苏格兰那端的斯塔法岛上，也有一大片玄武岩石柱，千万年以前与巨人堤相连。那里有一个芬格尔山洞，据称是苏格兰巨人贝南离开和归来的地方。如果这个神话由苏格兰人来编，开头和结局定然会完全不同。

芬恩是爱尔兰的民族英雄，不但具有超自然能力，而且永远不死。他只是睡着了，睡在一个他最喜欢的山洞里。这个山洞人类永远不会知道，他的武士们守候在他的身旁。据说，一旦爱尔兰出现灭国灭族危机，他就会在连续吹奏三次的狩猎号角声中醒来，率领他的勇士们重新披挂上阵。

只不过在贝南之后，爱尔兰没再出现过灭国灭族危机，所以芬恩依然在酣睡。但5000万年的石柱，正在变小变短，因为风化的速度在加快。有人担心，这一寄托了爱尔兰英雄主义理想的巨人堤，最终会消失。好在消失的那一天还没有到来，如今，巨人之足、巨人之眼、巨人的阶梯、巨人的竖琴，仍清晰可见。

第二站：
贝尔法斯特——只与泰坦尼克号有关

贝尔法斯特（Belfast），位于爱尔兰岛东北沿海的拉干河河口，在贝尔法斯特湾的西南侧，是英国北爱尔兰地区的最大海港城市。

贝尔法斯特的造船业相当有名，哈兰沃夫造船厂曾制造了世界上速度最快、最豪华的轮船，泰坦尼克号就是它的杰作。如今，纷繁忙碌的老码头摇身一变，变成了生机勃勃的泰塔尼克区（Titanic Quarter），以拥有高档的酒店以及名闻遐迩的博物馆著称。

声光电再现世纪灾难，
"冰山大厦"里重读"泰坦尼克"

泰坦尼克博物馆是贝尔法斯特的最新地标，建筑漂亮而独特。博物馆内用科技手段非常全面地介绍了泰坦尼克从建造、下水、准备到出发的详细过程，还有复原船舱的展出和一些交互项目可以亲身体验。

官网: http://www.titanicbelfast.com

泰坦尼克号的故事，人人皆知。因此，到了泰坦尼克号的故乡贝尔法斯特，不能不去看泰坦尼克博物馆。这座室内面积有 1.2 万平方米的博物馆，从不同的角度看，像巨型轮船的船头，整体看又像一座冰山，所以当地人戏称它为"冰山大厦"。

*泰坦尼克号纪念馆

"冰山大厦"的地面高度为38米，与泰坦尼克号船体的高度完全相同。即便是在阴天，闪闪发光的外墙体也十分打眼，老远就看得见。博物馆就建在制造泰坦尼克号、奥林匹克号和不列颠尼克号的哈兰德和沃尔夫造船厂的旧址上，是世界上最大、展品最多最全、也最具权威的泰坦尼克号纪念馆。

走进博物馆，当年那场世纪惨剧，又活灵活现地展现在眼前，令人十分震撼。声光电技术，除了介绍背景及贝尔法斯特造船业辉煌的过往，还全景式地展现了泰坦尼克号从设计到生产的一切细节。图片和实物，以及当年的幸存者用低沉的声音讲述他们的生死劫，更让人感同身受这一豪华奢侈的死亡之旅。

博物馆还部分再现了船上的许多场景，如因电影《泰坦尼克号》而扬名的那段楼梯、宴会厅、头等舱和二等舱室、船长室和轮机室，等等。如果运气好，赶上1:48的泰坦尼克号模型停留在博物馆，你还可以一睹它的全貌。模型船上的一切，都是按原样复制的。

泰坦尼克号撞上冰山沉没的画面，已经通过电影和众多灾难片使人"眼"熟能详。博物馆让人看到的是它下水的画面，那壮观的景象亦让人难忘。如今的泰坦尼克号，静静地躺在北大西洋的深水中，已经长满苔藓，正在被微生物吞噬。现代技术让这一切，同样毫无保留地展示在游客面前。

成立于1861年、总部设在北爱尔兰贝尔法斯特的哈兰德和沃尔夫造船厂，曾经是造船业的翘楚，以造船、远洋航运和海上建筑闻名。哈兰德和沃尔夫造船厂在世界造船业有诸多贡献，多年来一直为英国皇家海军、皇家邮政及一些商业公司，制造军用、民用和商用大型船舶，包括各种战舰、航空母舰、巨型油轮。

2001 年，与哈兰德和沃尔夫造船厂有历史渊源的哈考特发展有限公司，花 4700 万英镑买下 23 英亩已荒废多年的当年船厂的旧址及周边土地，建起了一个科学园。2005 年，北爱尔兰旅游部宣布与哈考特公司合作，在造船厂原址上建立泰坦尼克博物馆，以吸引更多的游客。

博物馆的总造价为 1.1 亿英镑，预期的参观者为每年 45 万人。但博物馆建成的第一年，就接待了 80 万游客，其中一大半来自北爱尔兰以外地区。惨剧虽然过去了 100 年，人们依然没有忘记它。对于贝尔法斯特人而言，那更是永远的痛。建纪念馆博物馆，也许是人类抚慰痛苦的方式之一。

当年造船厂所在的区域，已更名为泰坦尼克区。面对贝尔法斯特湾，这里不但有泰坦尼克博物馆，还有美丽的泰坦尼克大道。大道的两旁，是创意感十足的各种工作室、咖啡馆、纪念品商店，稍远些的地方，还有电影厂、教育培训机构和娱乐设施。

从博物馆出来，我们漫步走过"冰山大厦"前面的广场，然后走上泰坦尼克大道。天气晴好，海风和煦。悲剧总是少数，生命总在热热闹闹蓬蓬勃勃地继续。

谁才是泰坦尼克号沉没的真正祸首？
保险诈骗，还是冰山？

被称为 20 世纪最大海上灾难的泰坦尼克号沉船事故，已经过去 100 年了。但关于沉船原因的技术分析和真相寻找，至今尚未停止。

1912 年 5 月 1 日，在沉船事故发生半个月后，美国就有杂志刊登文章称，是一起保险欺诈导致了泰坦尼克号的沉没。因为细节不多，这篇文章当时并未引起人们的注意，却是不绝于耳的阴谋论的源头。而这阴谋论的矛头，则直指美国金融界大亨、有"华尔街的拿破仑"之称的 J.P. 摩根。

早在 19 世纪末，摩根就有垄断大西洋航线的打算。他成立了国际商船集团，于 1902 年并购了英国最大的白星航运公司。所以，他实际上是泰坦尼克号背后的大老板。据说在当时这艘世界最大最豪华的船上，摩根拥有一套专用房间，除了带特殊设施的浴室、吸烟室，还有一般人不得进入的私人散步甲板和游泳池。

白星公司制造奥林匹克号及其姐妹舰泰坦尼克号，是为了与英国丘纳德公司的卢西塔尼亚号和毛里塔里亚号竞争。奥林匹克号的船龄比泰坦尼克号约老些，于 1910 年 10 月首航。两艘船的外观几乎一模一样，只有一些细微的区别，如前甲板的舷窗、窗户大小约有不同。而泰坦尼克号则更大，算加强版。

1911 年 9 月 20 日，奥林匹克号在南安普敦入港时，因为领航员的不小心，加上自己操作不当，致使船舷部位被英国皇家海军战舰老鹰号撞上，损毁严重。而海军部的调查报告直指奥林匹克号操作不当须负全责，保险公司于是拒绝赔付。

这艘当时白星公司的旗舰船只能返回船厂大修，也因为这大修，推迟了泰坦尼克号的出厂时间。此时的白星公司，财务危机重重。两艘明星舰船连续出状况，更是雪上加霜。有研究者称，正是基于此，"华尔街的拿破仑"摩根，策划了一起保险欺诈事件。当然，1500 多人为此陪葬，并不在他的计划之中。

白星公司将旧船奥林匹克号做成新船的样子，以泰坦尼克号的名义下水首航。而真正的泰坦尼克号，则在完工后悄悄地成为奥林匹克号，航行了 23 年后于 1935 年退役。所以有人说，躺在冰冷的海底的，实际上是奥林匹克号。

据称，最初的方案是泰坦尼克号在海上某处与加利福尼亚号会合后，打开通海阀，让海水慢慢地灌进船内。这样，轮船沉没的时间会比较长，加利福尼亚号的救生力量也足以让泰坦尼克号上的乘客安全脱险。然而，在操作中发生了意外。

不知什么原因，泰坦尼克号掉头航行了一段路程，再折回，没能在预定的时间抵达会合地点，并且偏离了航道。而泰坦尼克号发出的信号又被延迟和误读，才使得撞上冰山时，加利福尼亚号并不在近旁。也有人认为，泰坦尼克号撞上的根本不是冰山，而就是加利福尼亚号本尊。

也有人说，泰坦尼克号是先撞上加利福尼亚号，再撞上冰山的。冰山对其的破坏，远没有加利福尼亚号大。当然，这一说法采信的不多。

1985 年，泰坦尼克号残骸终于被发现。对沉船的考察，似乎为上述阴谋论找到了一些证据。从沉船上打捞出来的船上物品，居然全无"泰坦尼克"的标记。但是在船的两侧，发现了腐蚀的残缺的"奥林匹克"字样。而"泰坦尼克"的名牌，本来应该是用铆钉固定在船的顶部的。整个船上，竟然无一架双筒望远镜。

据称，船上知道这一计划的人，不是船长史密斯，而是大副亨利。沉船时，亨利没干别的，而是站在船桥上眺望。有人认为，他是在看加利福尼亚号是否还能如期来到。加利福尼亚号上不载乘客，除了船员外，就只有 3000 件毛衣和羊毛毯，也让人相信这与诡异的阴谋有关。

阴谋说的另一个证据是，摩根原本计划参加首航。但在出发几天前以商务会议的理由，取消了这次死亡之旅。后来的信息表明，那几天摩根并无商务会议，只不过静静地待在法国他自己的别墅里。

当然，大多数英国人，尤其是"泰坦尼克"协会的人，坚决反对阴谋说。他们坚信，躺在北大西洋海底的，一定是真正的泰坦尼克号。即便除去支付给死者家属的钱，白星公司也从保险公司处，获得了保险公司超巨额的赔付款。

　　另一件与阴谋无关、但与真相有关的事情是，面对沉船灾难，"让妇女和儿童优先"并没有发生在现实中，而存在于卡梅隆的电影《泰坦尼克号》里。不单是泰坦尼克号，那时船上所有的救生设施都靠近头等舱和二等舱。一旦需要，船员们会优先安排一等舱、之后二等舱的乘客逃生。有一种说法，灾难发生时，三等舱通往甲板的门曾一度被锁住。

　　数据表明，泰坦尼克号头等舱的乘客存活率为63%，二等舱为43%，三等舱为25%。当然，制度和设施如此，并不意味着没有人性的光辉。史密斯船长留给他的船员的最后一句话是"尽最大努力照顾好妇女和孩子，然后，照顾好你们自己"。

　　美国富商本杰明·古根海姆在生命的最后关头，特地穿上晚礼服，坐在甲板上若无其事地抽着雪茄、喝着白兰地。他说："如果没有足够的救生筏给妇女和孩子的话，就让我们来玩一玩男人的游戏吧。即使面对死亡，也不能当懦夫，要死得很优雅。"

　　泰坦尼克号上最有名的遇难者之一，也是世界上最富有的人之一的约翰·雅各布·阿斯特四世，把生病的妻子、妻子的女仆和护士送上救生艇后，站在舷边和一位美国作家默默地抽烟，他的男仆站在他身后。半个多小时后，泰坦尼克号完全被水淹没。

辑 八

听，从威尔士吹来的温暖和荒凉的风

威尔士东临英格兰，南临布里斯托海峡，北与西濒爱尔兰海，首府为卡迪夫（Cardiff）。相对于英格兰的繁荣与都市化，威尔士更为淳朴与乡村化，不受污染的自然美景、千变万化的地理景观，处处都是原乡之美。威尔士拥有数百座城堡，巍峨的护城墙与幽深的地下秘道，正好孕育出公主王子、巫师及飞龙等神话故事。除此之外，当地还有许多著名的建筑，如哈勒赫城堡、国家图书馆、威尔士大学等，十分值得参观。

第一站：
威尔士西北海岸线，诞生了怪诞和童真

威尔士三面环海，拥有许多沙滩。比起南部海岸线，威尔士的西北海岸线更为冷峻而人迹罕至。威尔士西海岸呈锯齿形，从西南到东北长 105 公里。湾畔城市包括海滨避暑城镇普尔黑利 (Pwllheli) 和克里基厄斯 (Criccieth)，以及历史古城哈勒赫 (Harlech)。威尔士北海岸线则更像是历史的写照，饱经坎坷、历尽沧桑。

"卡那封的爱德华"：不合格的国王，却以另一种方式影响英国历史

卡那封（Caernafon），位于雪敦国家公园（Snowdonia）的西边，是威尔士亲王的加冕之城。这座威尔士北部的皇家小城建于 13 世纪，建筑古朴、街道也很传统，威尔士的标志——红龙到处可见。

卡那封位于梅奈海峡的东岸，与安格尔西岛隔海峡相望。1283 年，英王爱德华一世打败了不愿臣服的威尔士统治者卢埃林兄弟。为了守住疆域，宣示主权，国王修起了一系列相连的城堡和有城墙的城镇。卡那封城堡，便是其中之一。

同时，为了表达对威尔士的重视以俘获民心，在打下威尔士的第二年，国王夫妇就选择在建设中的卡那封城堡欢度他们的复活节，并在这里生下了他们的又一个儿子——爱德华王子。王子本来有三个哥哥，但是两个在他还未出生时就早夭，另一个也在他出生那一年离世。

所以爱德华王子成了独一无二的王储。1301 年，国王为七岁

的王储创造了一个新的封号——"威尔士亲王"，受封仪式便在卡那封城堡举行。因为这种渊源，爱德华王子又被称为"卡那封的爱德华"。自此以后的几百年里，卡那封城堡成了威尔士地区最大最重要的城堡，也是北威尔士的行政管理中心。

威尔士亲王16岁时，国王给他指定的管家是既有管理技巧又有军事才能的格维斯顿。格维斯顿的父亲是爱德华一世的一名将军，在与威尔士的战役中屡获战功。年轻的格维斯顿给国王留下了极好的印象，所以将王储的日常起居生活交给了格维斯顿。

国王不可能想到的是，正是自己选择的这一个人，断送了自己的儿子，也让英格兰陷入混乱。有人说，他们俩都是双性恋，有各自的家庭也都养育了孩子，但也深爱着对方，从少年时代开始，就成了彼此忠贞不渝的恋人。也有人认为，他们俩只是结义兄弟，好得不能再好的朋友。

还是亲王时，爱德华提供给格维斯顿远超他年龄和地位的奢侈生活。在他自己的宫中，格维斯顿几乎就等同于他。他还多次央求父亲给格维斯顿爵位和封地。父子俩的关系因此而破裂。据称，一次爱德华一世暴怒，揪着王子的一大把头发将他甩出去好远，同时，流放了格维斯顿。

王子23岁时即位成为国王爱德华二世，立即召回格维斯顿，并授予他康沃尔伯爵，除了封地上的所有收益，另批给他每年4000英镑的特殊津贴。通常情况下，这个爵位及其领地，只授给王室成员。为了让他跻身英国最高等级的贵族之列，国王还安排他与格洛斯特伯爵的妹妹成婚。

1308 年初，爱德华二世前往巴黎与小他 12 岁的法国公主伊莎贝拉成婚时，任命格维斯顿摄政，以后数次如此，这完全不是英国政治的常规玩法。格维斯顿专断了贵族政治家们与国王的所有联系通道，他们见国王必须通过这位英国第一宠臣。而爱德华二世的所有政治军事决定，都必先咨询格维斯顿。

两人长期的胡作非为，迫使国内的贵族和宗教势力，联合法国国王腓力四世，驱逐格维斯顿，并迫使国王签署了限制王室权力的《1311 年法令》。但是爱德华二世离不开格维斯顿，放逐他时总是给他补偿，除了大量现金土地，还任命他为爱尔兰总督、苏格兰总督。

在国王与宗教领袖和议会的博弈中，格维斯顿三次被逐三次被强行召回。在他最后一次被逐时，议会通过的法规明确指出，格维斯顿待在英国的任何领土，均属违法。但是烈焰焚身的他们公然无视法令。不到两个月，格维斯顿又偷偷回到约克郡，与国王在纳尔斯伯勒城堡相会。

同时，爱德华二世公开声称，对格维斯顿的所有禁令都是非法的。他宣布撤销这些禁令，并将没收了的所有土地和爵位归还给他。格维斯顿在斯卡伯勒定居下来，还开始加固自己的城堡。爱德华二世也乐不思蜀，待在城堡里不肯回伦敦。这一行为，终于彻底激怒了所有王室成员和贵族们。

国王的堂弟、兰开斯特伯爵召集会议，决定与国王站在对立面，瓜分了格维斯顿所有的封地，并率军追捕他。1312 年 5 月 4 日，还停留在纽卡斯尔的国王和格维斯顿逃了出来，格维斯顿逃回他的斯卡伯勒，国王逃到约克。斯卡伯勒很快被兰开斯特伯爵的军队包围，5 月 19 日，格维斯顿宣布投降。

国王立刻与议会谈判，再次承诺驱逐格维斯顿，满足贵族们所有政治经济条件。然而这一次，国内各派政治势力将当时英国动乱、与法国和苏格兰战争失利、高额税收的所有怨气，都撒在了格维斯顿身上。谈判尚未达成协议，格维斯顿已身首异处。

1325 年，伊莎贝拉王后带着儿子爱德华王子，到巴黎与自己的哥哥法王查理四世谈判。她在巴黎宣布，联合流放在巴黎的、国王曾经的支持者罗杰·莫蒂默，发兵攻打英格兰、反对国王爱德华二世的统治。尽管莫蒂默率领的只是一支小小的军队，但在登陆英格兰时，并未遇到反抗。

爱德华二世一路北逃，最后在威尔士被抓住。1327 年，他被迫放弃王位，由他 14 岁的儿子继位为爱德华三世。爱德华二世被关在伯克利城堡，并最终死在那里，然后被埋在格洛斯特大教堂。但他的死因和死亡时间，资料上并无详细记载。

爱德华三世于 1327 年 9 月得知父亲的死讯，但消息正式却含糊地对外公布是三年后的 1330 年 11 月。关于他的死因说法很多，其中一说是一根烧红的铁棍从他的肛门刺进他的身体，并搅坏他的器官致死的。据城堡的仆人们描述，他们在城堡外劳作时，听到了国王临死前持续很久的、高声的惨叫。

另一种说法是，伊莎贝拉假称爱德华二世死在伯克利城堡，但实际上以终身不得回到英国为条件，放走了他。埋在格洛斯特大教堂的是城堡的看门人。19 世纪，一份《爱德华二世的忏悔》的档案在法国南部一个档案馆中被发现。

根据这份材料，爱德华二世逃到了爱尔兰，然后到了欧洲大陆。他在意大利北部隐居多年，并在那里写下了他的故事。传说，1338 年，爱德华三世曾秘密到安特卫普去见过一个叫威廉的威尔士人。威廉便是隐姓埋名的爱德华二世，这是父子俩人的最后一次见面。

史家普遍认为，爱德华二世不是一个合格的国王，但他与格维斯顿的关系，却深刻影响了英国历史。这种关系和影响，是 19 世纪后半叶英国的大学课堂上最热门的话题。但是到了 20 世纪初，政府建议学校，在历史课中要避免公开和过多地谈论爱德华二世的个人生活。

"卡那封的爱德华"对英国王室传统产生的另一个影响是，自他之后，英国的王储都会被封为"威尔士亲王"。1911 年，后来成为爱德华八世的王子的"威尔士亲王"受封仪式，就在卡那封城堡举行。1969 年，同样在这个城堡，伊丽莎白女王封查尔斯王子为"威尔士亲王"，全球 5 亿人观看了电视转播。

城堡的设计者詹姆斯，被称为"中世纪欧洲最伟大的建筑师之一"。除了卡那封城堡，威尔士地区的许多城堡，如康威城堡、哈尔城堡、博马里斯城堡等，都是他设计的，所有这些城堡都被列入联合国教科文组织的世界文化遗产名录。城墙很厚实雄伟，鹰塔独一无二，但英国的君主立宪制似已摇摇欲坠。

在《爱丽丝漫游奇境记》诞生的海边，
喝一杯爱丽丝下午茶

　　兰迪德诺（Llandudno）是一个临海城镇，位于北威尔士的北部，从利物浦或曼彻斯特经过切斯特进入威尔士的第一个交通枢纽就在这里。兰迪德诺是威尔士的一个传统度假胜地，始建于维多利亚时期。100 多年来，兰迪德诺始终保持着中世纪的繁复和艳丽，吸引了无数游人前来度假观光。特别是每年夏季英国王室也会来这里度假。

　　来到威尔士大奥姆斯角的兰迪德诺，才知道这里是《爱丽丝漫游奇境记》的真正故乡。作家和小姑娘在海边度假时的无数漫步和聊天，无数快乐的打趣和想象，成就了这本经典童话。这位小姑娘叫爱丽丝，童话女主角便以她的名字命名。自 1865 年在伦敦出版后，《爱丽丝漫游奇境记》已成为全世界最畅销的图书之一，在英国的销售数量仅次于《圣经》和莎士比亚的著作。

　　童话书的作者是牛津大学数学教授，本名叫查尔斯·道奇森，刘易斯·卡洛尔是他出版童话书时用的笔名。《爱丽丝漫游奇境记》充满了奇幻的想象诗意般的趣味，成为世界童话史上具有里程碑意义的作品。因此，一生只出版了两本童话书的道奇森，被誉为"现代童话之父"。

道奇森有一个朋友，是牛津大学基督学院院长亨利·李德尔。李德尔夫妇养育了十个孩子，爱丽丝是其中的第四个。道奇森经常受邀到李德尔家做客，有时还和李德尔全家一起在牛津风景如画的河上划船或野餐。1862 年 7 月的一天，在划船游玩时，十岁的爱丽丝要求刘易斯为自己及姐妹们讲一个故事。

道奇森即兴编了叫爱丽丝的小女孩，掉进了一个兔子洞之后的奇妙旅程。道奇森不是第一次用幻想故事来取悦小姑娘们了，所以，他是最受李德尔家女孩们欢迎的人。但是这一次讲完之后，爱丽丝要求他把这个故事写下来。道奇森答应了，但因忙于教学和别的事务，迟迟没有付诸笔端。

爱丽丝一直对与自己同名的小姑娘及兔子洞的故事念念不忘。所以当道奇森和李德尔全家一起，前往威尔士兰迪德诺李家别墅度假时，爱丽丝再次敦促他快快把故事写下来。每次他们去海边散步，爱丽丝都会和道奇森讨论故事情节。他们在海边的神思飞扬，终于让道奇森完成了这篇以后注定要影响世界文坛的小书。每写完一段，他都会念给爱丽丝姐妹听，听完她们的意见后，再予修改。

就这样，道奇森终于写完了爱丽丝与兔子洞的故事，但那时，他还没有想过为这篇只有一万多字的童话找一家出版商。又是一天，道奇森将手稿带给一个叫乔治的朋友阅读。乔治对这个童话无感，他的孩子们却十分喜欢。这才让道奇森想起，是否应该让这个故事付诸印刷。

经过一番周折，童话更名为《爱丽丝漫游奇境记》，由道奇森自己画插图，于 1865 年 11 月在伦敦出版。无论是道奇森还是出版商，都完全没有想到，这个小小的童话故事会成为世纪畅销书。1871 年，道奇森同样以刘易斯·卡洛尔之名，出版了《爱丽丝镜中奇遇》，同样大销。

此时，道奇森才意识到，现实生活中的小姑娘爱丽丝对自己的畅销书起到了什么样的作用。因此，他把《爱丽丝漫游奇境记》的手稿，赠送给了爱丽丝。在与李德尔全家交好期间，业余爱好摄影的道奇森还为李德尔家庭、尤其是爱丽丝姐妹，拍摄了许多照片。

*《爱丽丝漫游奇境记》

《爱丽丝漫游奇境记》是维多利亚女王最喜欢读的一本书。女王最小的儿子利奥波德王子，在牛津大学基督学院读书时与爱丽丝有一段无疾而终的恋情。他们两个为何而分手，没有蛛丝马迹可寻。利奥波德王子婚后，给自己的第一个女儿取名爱丽丝。而爱丽丝，则将自己的第二个儿子命名为利奥波德，并请王子当他的教父。

爱丽丝与地方法官、郡板球队队员雷金纳德结了婚，生了三个儿子，其中两个死于"一战"。爱丽丝的丈夫于 1926 年死后，家庭生活一度陷入困境。为了维持日常开销，爱丽丝卖掉了道奇森送给她的《爱丽丝漫游奇境记》的手稿。这本手稿在苏士比拍卖行拍出了 1.5 万英镑的高价。

身为数学教授和逻辑学家，又发表了数首诗、出版了两本举世闻名的童话的道奇森却是一个腼腆害羞的男人。他与李德尔家多年的友谊于 1865 年突然终止。道奇森写给李家的所有信件被全部烧毁。据说是因为他曾打算娶才 13 岁的爱丽丝，遭到爱丽丝父母的强烈反对。

道奇森终身未娶，逝于 1898 年，只活了 66 岁。爱丽丝活了82 岁，逝于 1934 年。道奇森和爱丽丝姐妹散步讨论童话故事的海滩还在，李德尔家在兰迪德诺的别墅却早已改成了一家豪华型公寓式酒店。我们没有选择那个酒店逗留，却在酒店的茶室坐了一个下午。

慢慢啜着酒店特别推出的"爱丽丝下午茶"。近处是 100 多年来《爱丽丝漫游奇境记》在世界各地的不同版本，远处是壮丽的石灰岩岬角，无声地嵌入蔚蓝色的爱尔兰海。

第二站：
又长又拗口的小镇名，成首选密码

威尔士安格尔西岛上的一个村庄拥有着英国最长的官方承认地名，也是世界上的长地名之一。小村庄坐落于梅奈海峡上，靠近梅奈桥和班戈，人口不多游客倒是不少。

裁缝出品，欧洲"最长"小镇

　　欧洲公认的名字最长的地方，位于威尔士西北部的安格尔西岛上，是一个美丽的小小村子。这个村子的名字，足足有 58 个英文字母，如果放在威尔士语里就成了 51 个字母，因为在威尔士语中 ll 和 ch 都算一个字母。若把它们完全地写出来，便是 Llanfairpwllgwyngyllgogerychwyrndrobwllllantysiliogogogoch（英语音标教你如何发音：Llanfair-pwllgwyngyll-gogery-chwyrn-drobwll-llan-tysilio-gogo-goch）。即便是土生土长的当地人，要流利地一口气把这 51 个单词说全，也是一件非常困难的事情。

　　这一长串翻译成英文再翻译成中文是："红岩洞不远处圣西里奥教堂附近激流漩涡旁一片白榛树林中的圣玛丽教堂"，中文名也有 32 个字。这样长的名字，是没办法在地图上标注的，也没办法日常使用，所以当地人将之简化为 12 个字母的兰韦尔普尔（Llanfairpwll）。

*兰韦尔普尔的小小车站

小村最初的名字叫"白榛子林里洞中的圣玛丽教堂"，已经够长了。但村民们还嫌事情不够大，于是在1860年火车通车时，为了拥有全英国名字最长的火车站，也为了提高知名度吸引游客，村委会决定改村名。在征求方案时，村里的裁缝将原名中的多个单词进行变体后，创造出了现在这个又长又古怪的村名。

虽然古怪与不方便，但在出名上，它的确成功了。头顶最长村名的光环，小村的名字，经常以难死人不偿命的密码的形式，出现在欧洲一些侦探悬疑科幻片中或者流行游戏里。美国的一档深夜脱口秀节目，就常拿这个地名来让知名演员或政治家们念，一个在小村出生却在美国成名的好莱坞女星，念自己故乡的村名时，也是漏洞与笑料同时百出。

2015年9月，英国第四频道的威尔士籍天气预报员利亚姆·达顿在播报天气时，成功地流利地说出了有58个字母的村庄的全名，这在英国成了一大新闻。视频被传上YouTube，24小时的播放量达到500万。到2017年5月，即不到两年时间，这个视频的播放量高达1540万人次。

没有简化的史上最长村名，成了安格尔西岛以及威尔士一些官方机构，如警察局、郡或县政府，招聘新警员或者公务员的必考题。因为在他们看来，能够扭曲着舌头流利地说出兰韦尔普尔村超长的全名是一个重要条件。

警察局发言人称，这是为了让更多当地少数族裔或者深谙当地语言和文化的人，加入社会公共服务体系的重要措施。同时，有这些本事的人，也能更好地为辖区内所有族裔的居民提供服务。

虽然安格尔西岛上自新石器时代起就有人居住，但直到1563年，这个小村庄还只有80人。如今，兰韦尔普尔村只有3100人。拥有世界最长村名，的确让兰韦尔普尔村与众不同。我们一走下火车，看见站台上长长的村名，莫名地就兴奋了起来。

我们站在牌子下数了好几遍，才把村名有多少个字母数清楚。而且不得不承认的是，这58个字母的村名极具装饰风格。无论是在火车站，还是在邮局、购物中心，站在村名的下面或旁边，顺着拍斜着拍仰着拍，随便一拍，都很好看。导致并不太喜欢拍"到此一游"照片的我们，全都成了拍照狂人，咔嚓个不停。

村子里的确有一个圣玛丽教堂，是在以前的圣母玛丽亚教堂的基础上重新修建的。教堂不大，十分质朴，典型的小乡村教堂的模样。也许时代变迁了地理状况也发生了变化的缘故，教堂旁边既没有山洞，也没有白榛树林。但我们，都喜欢上了这个充满了趣味的美丽小村。

辑 九

怀特岛：阳光耀眼，
迷失在维多利亚式岛屿

隔着索伦特海峡，位于不列颠岛正南面，有一个面积不过 380 平方公里的小岛，这便是缺少阳光的英国中阳光最充足的怀特岛（Isle of Wight）。

　　从朴茨茅斯、南安普敦、利明顿和绍斯西等多个港口城市，有定期渡轮开往怀特岛。而从伦敦的滑铁卢车站和维多利亚车站，均有多班火车开往这几个港口城市。

第一站：
奥斯本庄园——亲王设计，女王最爱

　　奥斯本庄园（Osborne House）是位于英国怀特岛的一处前英国王室居所，以作为维多利亚女王和阿尔伯特王子的夏宫而修建的。女王挚爱的丈夫阿尔伯特王子，仿照意大利的那不勒斯皇宫设计了这栋建筑，为意大利文艺复兴式宫殿风格。

女王留下遗嘱不许卖掉的庄园，
爱德华七世把它捐了

在英国王室的所有宫殿庄园中，怀特岛上的奥斯本庄园不是最宏伟最漂亮最悠久的，却是最朴实最亲情最富戏剧性的。在还是一个小女孩的时候，维多利亚就随母亲多次到怀特岛上度假，住在俯瞰索伦特海峡的诺里斯城堡里。从那时起，维多利亚就喜欢上了离不列颠本土一水之隔的这个岛屿。

1840 年与阿尔伯特亲王结婚后，女王深感需要一个远离都市、远离宫廷、只属于她和她的家人的度假别墅。这时，她少女时的记忆浮上了心头，她于是把这个特为自己的小家庭而建的庄园，选在了怀特岛。此时，恰巧得知诺里斯城堡旁边的奥斯本庄园正在寻找买家，女王毫不犹豫地买下了它及周边的土地。

* 奥斯本庄园

维多利亚女王的丈夫阿尔伯特亲王，也对这个地方情有独钟，因为索伦特海峡的风光，总是让他想起他喜欢的那不勒斯湾。因此，由亲王亲自设计，建筑师推倒了原来的庄园，在原址上建起规模大了不止数倍的新庄园，还增加了大花园、瞭望台和观景楼。

庄园建成后，每年 5 月女王的生日和 8 月阿尔伯特亲王的生日，王室都会来怀特岛的奥斯本庄园度两个长长的假期。阿尔伯特亲王于 1861 年去世后，女王仍然不改每年两次来这里小住的习惯。后来，她待在怀特岛上的时间，远比待在伦敦的时间多。

奥斯本庄园就建在海边，花园的下面是王室的私家海滩。女王夫妇一致认为，要将这个庄园建得尽可能地舒适，尽可能地接近大自然，让他们的孩子在这里度过的每一天都尽可能地快乐。女王夫妇鼓励孩子们到花园里劳作，还给每个孩子划定了一片区域，由着他们的喜好，种植各自挑选的鲜花、蔬菜和水果。

孩子们将自己收获的果实，卖给父亲阿尔伯特亲王。或者，由管家带着孩子们和他们的劳动成果，到庄园周边的城堡、宅院串门。奥斯本庄园里还有一座瑞士小木屋，是王室从瑞士买下拆装后运到怀特岛上，再按原样组装起来的。

在瑞士小屋里有一个设施齐全的巨大的厨房，孩子们的烹调课和烹调试验就在这里进行。女王夫妇每次都很认真地和孩子们一起上烹调课，兴致勃勃地品尝他们制作的并不好吃的菜式。女王夫妇认为，上烹调课和在花园里劳动是孩子们最好的日常活动；通过出售自己种植的蔬菜水果，则可以学到最基本的经济学知识。

1900 年的圣诞节，女王在奥斯本庄园度过。此时，她已 81 岁高龄，患有严重的风湿病和白内障，行动十分不变。她自知来日无多，却不愿意离开怀特岛。她那庞大家族的儿女和孙子辈们，只好从英国、从欧洲大陆来到奥斯本庄园她的病床边。1901 年，维多利亚女王病逝于奥斯本庄园。

在几年前就立下的遗嘱中，女王明确规定，任何人不得卖掉奥斯本庄园，它必须永远掌握在王室手中。但是，奥斯本庄园是女王的挚爱，却不是她的孩子们的，没有人想要继承它。在女王的儿孙们眼里，奥斯本庄园太过偏远，要来一趟太不方便。

因此，她的长子、新国王爱德华七世，除留下父母的卧室和起居室等部分房间，成为用作陈列和展示女王私人物品的博物馆外，将宫殿的其余部分悉数捐赠给了英国政府。1903 年至 1921 年，庄园曾作为英国皇家海军学院的分院，专门训练海军下级军官。

维多利亚女王的曾孙、后来的爱德华八世和乔治六世，都曾在这座自家的庄园里度过了他们作为海军学院低年级生的最初的日子。1921 年，位于怀特岛的海军学院分部与达特茅斯的校本部合并，奥斯本庄园也就此关闭。

1998 年，英国政府将奥斯本庄园的经营权卖给了一个私人的基金会，用于旅游开发。从此，这个当年维多利亚女王最钟爱的庄园、这个女王一大家人度过了无数快乐日子的庄园，正式对公众开放。

第二站：
卡里斯布鲁克城堡——历史故事一箩筐

卡里斯布鲁克城堡（Carisbrooke Castle）坐落于怀特岛首府新港最高处。城堡始建于 1100 年，这里曾经是皇家要塞和监狱，为抵御法国和西班牙的威胁在历史上起着十分重要的作用。1898 年 8 月 11 日，维多利亚女王最小的女儿——公主比阿特丽斯将城堡对外开放，并内设博物馆，展出查理一世期间的私人遗物、文献、照片、印刷刊物以及英格兰内战期间的部队装备，还有伊丽莎白女王风格的家具等。

官　网：http://www.english-heritage.org.uk/daysout/properties/carisbrooke-castle

如果他瘦点，会不会改写英国历史？

几乎位于怀特岛的中心地带，距离纽波特不过两公里左右，有一座被称为有可能改变英国历史但终于没能改变成的城堡，这便是著名的卡里斯布鲁克城堡。这一有着1000多年历史的城堡，先后在抵御海盗、法国人和西班牙人的战争中发挥了巨大作用。1648年至1649年，英王查理一世被俘后关押在这里。

1645年6月的纳斯比战役，王党军被克伦威尔指挥的议会军打败。查理一世一边逃跑，一边重新组织他的王党军进行反攻。1646年的牛津包围战中，王党军再次溃败。查理一世化装成仆人，逃到纽卡斯尔附近由苏格兰长老会控制的地盘。但是，克伦威尔派人与苏格兰人展开了一场长达九个月的谈判。

最后，苏格兰人同意将查理一世交给议会军，换回10万英镑以及后续的一大笔钱。1647年1月，议会军接手了查理一世，先是将他关押在苏格兰东南部城市纽马克特，然后押往汉普顿宫。11月11日，查理一世逃出汉普顿宫，在南安普敦海边与怀特岛总督罗伯特·哈蒙特联系。

他错误地以为哈蒙特会同情他，向他伸出援助之手，并帮他从怀特岛逃往法国。实际上，哈蒙特是一位议会党人。他让人将查理一世接到怀特岛上后，将他软禁在卡里斯布鲁克城堡，然后通知了克伦威尔。此时的克伦威尔和议会党人并无主意该拿这位国王怎么办，于是令哈蒙特继续软禁，严加看管，可以待客，却不可走出城堡。

和在牛津、汉普顿时一样，查理一世继续和各种派别的代表人物见面谈判、讨价还价。比如，他和苏格兰人签订了秘密协议：苏格兰军队攻打英格兰帮助查理一世复位，作为交换查理一世除了划一大片土地给苏格兰之外，还允许苏格兰长老会在英格兰设立各种机构。

苏格兰军队如约进攻英格兰，王党军推波助澜再次集结。但是，他们再次被打败。此时被关押在卡里斯布鲁克城堡的查理一世，已被禁止走出他的监室。他曾试图钻过囚室窗户的铁栅栏逃出城堡，可惜因为不够瘦，身子卡在铁条之间被卫兵发现，逃跑未遂。

后世有人戏谑地评论，卡里斯布鲁克城堡就这样因为国王过胖，而失去了改变英国历史的机会。1648 年 12 月 5 日，议会以129 票赞成、83 票反对，欲重启与国王的谈判，希望他能最终同意君主立宪制。然而，克伦威尔坚决反对与他眼中的血腥暴君谈判。他逮捕了所有持不同意见的人，并改组议会。

完全听命于克伦威尔的议会，决定审判查理一世。在城堡里被关押了一年多的国王，于 1649 年初走出城堡，再也没有回来。他先后被关在温莎城堡、伦敦的圣詹姆斯宫。审判的前三天，议会让查理一世出庭，后两天则缺席审判。

　　查理一世拒绝为自己寻找辩护律师，声称审判是非法的，自己的权力是上帝赋予的，没有人能审判一个国王。但是，1649年1月27日，查理一世被判叛国罪、战争罪、滥用职权罪，59名特别法庭的成员，在查理一世的死刑判决书上签了字。第二天，查理一世被押上断头台。

　　随着查理一世被处死，英国成为一个联邦制国家。虽然克伦威尔死后，查理一世的儿子继位，王室和王权得以恢复，但王室的权力受到极大限制，君主立宪制确立。关押查理一世的套房，以及那个国王没能钻出去的窗户，如今已是卡里斯布鲁克城堡最热门的景点。

　　另一个景点是驴提水表演。城堡里有一口井，当年是这里的饮用水来源。由于水位低水井深，只能靠驴转动摇柄来打水。如今，这一传统成了颇为吸引人的趣味表演。导游一边幽默地解说，一边和毛驴共同使劲，打出一桶清冽的水来。只不过懒洋洋的毛驴对表演和提水都毫无兴致，使的劲远没有导游大。它之所以有名的另一个原因是在英国的一些小说和寓言里，水井还是海盗们藏匿财宝的地方。

　　读完卡里斯布鲁克城堡的历史和传说，登上虽然残破但依然蜿蜒厚实的城墙走一圈，耗时不多，却能览尽怀特岛起伏的田野和勃伦特海峡的蓝天白云。这是旅行指南不曾介绍，我却力荐的一件事情。